悪酒の時代
猫のことなど
梅崎春生随筆集

umezaki haruo
梅崎春生

講談社文芸文庫

目次

茸の独白

悪酒の時代　猫のことなど

――梅崎春生随筆集――

猫・酒・碁

主役はへちま

生れて以来、腕時計と写真機というものを所有したことがなかった。腕時計とかカメラとか、なければなくて済むものである。

ところが昨年春直木賞をもらいその正賞として上等の腕時計をもらった。それまでは、家にある時は柱時計、街歩きの節は店の時計や他人の腕時計、そんなもので間に合わせていたわけであるが、今度自前の腕時計を着用して見るとなかなか便利なものであると思い知った。

ある男が私に注意した。

「君の腕時計のつけ方は変だね。腕時計は右手につけるものでないよ」

そう言われて他人のをながめると、皆左手に巻きつけている。

だから私もしぶしぶ左につけかえたが、どうも工合が悪い。そして何故工合が悪いのか、自分でもその時はよく判らなかった。

ところがある日、外国のある探偵小説を読んでいると、屍体になった男が右手に時計をつけている。そこで名探偵が、この男は左利きだ、と推定するくだりがあり、私はポンと膝をたたいた。私も左利きであるので、右手に腕時計をつけるのは、当然なのであろう。つまり、腕時計みたいにこわれやすいものは、本能的に動きの少い方の手につけるものなのだ。

カメラも直木賞の賞金で買った。

カメラもやはり右利きに都合がいいようにつくられている。人間の大部分が右利きだから、それも当然だろうが、左利き専用のカメラを、どこかの会社がつくって見たらどうか。やれ改良型だ、やれ新型だと狂奔する前に、左利き専用カメラを売出して見なさい。飛ぶようにとは言わないが、一定個数は確実に売れる。

左利きだってバカにしなさんな。統計をとったわけでないが十人や十五人に一人くらいはいるだろう。

で、そのカメラを使用し始めてまだ一年にしかならないが、とにかく写る。写ることはたしかに写る。時には失敗するが、手続きさえ間違わねば、確実に写る。

この一年間に数百枚撮った。

別段私はゲイジュツ写真を撮ろうという欲望も野心もなく、もっぱら日常の記録をとどめるのが目的なので、ことはかんたんなのである。写ってさえいればよろしい。

掲載の写真は私の娘と息子。抱かれているのはヘチマである。このヘチマは昨秋私の庭にぶら下ったもので、この写真はそのヘチマの記念撮影である。子供を出したのは、ヘチマの大きさをそれであらわすためで、主役はあくまでヘチマである。

私の今の家は練馬にあるが、この土地はヘチマに適しているように思う。世田谷に住んでいる時もヘチマを栽培したが、小さいのが二本か三本なるだけだったのに、昨春練馬に引越してヘチマを植えたら、この写真のようなのが十数本ぶら下った。

このくらい大きなのになると、茎が弱って千切れ、地面に落下する時に、地ひびきがする。

夜中などに落下してドスンと地ひびきがすると、まるで地震みたいで、家中のものが眼を覚ます。大急ぎで雨戸をあけると、地震ではなく、ヘチマの落下だということが判る。

そういう見事なヘチマを十数本、水につけてさらして、上質のアカスリを十数本こしらえた。

でも、アカスリというやつは、十数本あっても、仕方のないものである。

向う十年間分のアカスリを一秋にしてつくったぐらいだから、どんなにこの土地がヘチマに適しているかが判る。

ところがこの土地は、ヘチマや大根には適するけれども、香りのある植物には全然向かないようだ。

世田谷からサンショを移植したが、移植したとたんに香りを失った。シソやミョウガなんかもそうである。土地というものは、全く不思議なものだと思う。

（昭和三十一年二月）

カロ

カロというのは、私の家に住みついている猫の名前。三代目にあたる。

初代のカロは、近所で仕掛けた毒団子で斃死し、二代目は流産のため悶死した。

先代病没の二三日後、どこからともなく迷い込んできた仔猫が、現在のカロで、毛色は先代先々代と違って赤トラである。

当時は仔猫であったけれども、一年経った今日では、ふてぶてしく肥り、見るからにあぶらぎって、身の丈は三尺ほどもある。ここで身の丈というのは、鼻の頭から尻尾のさきまでのこと。地面からの高さということであれば、それはほぼ一尺ぐらいだ。

そのカロが、我が家の茶の間を通るとき、高さが五寸ばかりになる。私が茶の間にいるとき、ことに食事時には、そういう具合に低くなる。ジャングルを忍び歩く虎か豹のように、頭を低くし背をかがめ、すり足で歩くのだ。

なぜこんな姿勢になるかというと、私が彼を打擲《ちょうちゃく》するからだ。カロを叩くために、猫たたきを三本用意し、茶の間のあちこちに置いてある。どこにいても手を伸ばせば、すぐ掌にとれるようにしてある。カロが背を低くして忍び歩くのは、私の眼をおそれ、この猫たたきをはばかっているのである。

猫たたきというのは、長さ二尺ばかり。尖端を丸く編んだ、一種の竹棒である。べつだん珍らしいものでも、特別あつらえのものでもない。荒物屋に行って、蠅たたきを呉れと言えば、これを出して呉れる。一本二十円か三十円ぐらいのものだ。

何故この猫たたきをもって彼を打擲するか。私はこの頃カロにたいして、いろいろと腹を立てることがあるのだ。

食事時になると、カロは襖をこじあけて、茶の間に入ってくる。ただ通り抜けるだけだという風な顔付きで、こそこそと縁側の方へ歩いて行く。そして食卓の側を通るとき、ちらと横目を使って、卓上のものをぬすみ見る。もちろん私がいる時は、ぬすみ見るだけで、こそこそと通り抜ける。あるいは振り上げた猫たたきを見て、一目散に走り抜けてしまう。

ところが誰もいないときとか、いても子供だけの時には、カロはひどく腹の立つことをやる。すなわちいきなり頭を高くして、卓上に前脚をかけ、すばやく食物をかすめ取るのだ。これが悪事であることは百も承知しているし、その上猫たたきをふりかざした私がどこから飛び出すかも知れないので、カロは大あわてしてその事を遂行する。その結果、すこし眼がくらむと見えて、旨い御馳走が卓の真中にあるのに、芋の煮ころがしとかパンの耳などをくわえて、周章狼狽して遁走する。この間などは、一升壜のコルク栓をくわえて逃げた。

なんという浅間しい猫だろう。

そんなに腹を空かせている筈は、絶対にないのである。台所のすみには、ちゃんとカロ用の皿があって、そこにはいつも彼の食事がしつらえてあるのだ。ところがカロはそれを喜んで食べない。

台所の皿上において、カロはおそろしく美食家である。汁かけ飯などには、てんで眼も呉れない。煮干しを入れてやっても、よほどの時でなければ、食べようとはしない。鰯ならしぶしぶ食べる。

この間などは鯨肉の煮たのを入れてやったのに、前脚でつついて見ただけで、匂いすら嗅ごうとしない。私は立腹して、猫たたきを振りかざして追っかけ追っかけ、とうとう屋根の上まで追い上げた。

一体鯨を何と思っているのだろう。

人間がいるからこそ、お前は鯨のようなものまで、口にすることができるのではないか。すこしは冥利ということを考えたらどうだ。

ほんとに、人間がいなければ、猫はどうして鯨肉を食えるだろう。鯨を食べるためには、先ず南氷洋かどこかに行かなければならない。行っただけでなく、こんどは海に飛び込んで、鯨のいるところまで泳ぎつかねばならぬ。

それから鯨の身体に這いのぼって、あの厚い皮を食い破って、穴をあけなければならない。

そんなことが猫ごときに出来るわけがない。溺れ死ぬか凍え死ぬか、うまく泳ぎついても、逆に鯨から食べられてしまうだけだ。

そういう作業を人間がすべて代行して、しかもわざわざ味良く煮て与えたのに、ほとんど見向きもしないのだ。

それは嗜好上の問題だから、それならばそれでもよろしい。そのことだけなら、私も怒りはしない。

私が腹を立てるのは、自分の皿の中ではなく食卓の上の物ならば、カロは何でも食べるということだ。タクアンだって南瓜の煮付けだって、何だってくわえて行って、庭の隅でこそこそと旨そうに食べる。この間のコルク栓だって、半分ほど嚙って食ってしまった。いくらなんでもコルクよりは、鯨の方がうまいだろう。人間だけが旨いものを食べて、自分には不味いものしかあてがわれていない。そう思っているに違いない。しかもそれが固定観念になっている。

そういうカロに私は腹を立てる。そして猫たたきの整備をおこたらない。もっともカロの側からすれば、猫たたきで防備するからには、よほど美味なものが卓上に並べてあるとなおのこと、邪推するのかも知れない。

飼猫は主人の性格に似ると言う。そういう言い伝えを私も知っている。その点において、いささか思い当ることがないでもない。先代のカロも、先々代のカロも、同じようにひねくれたところがあった。それを思うと、私はますます腹が立つ。

（昭和二十七年一月）

猫のことなど

私の家にカロという名の猫がいて、どういうわけか我が家の愛猫はみんな短命で、死にかわり生きかわり、現在のところ四代目であるが、先年小説のタネに困ったわけではないけれども、この猫のことを小説に書いたことがある。

どういうことを書いたかと言うと、単に飼い猫の生態のみならず、飼い主たる私とのかかわり、猫の所業に対する私の反応、そういうものを虚実とりまぜて、デッチ上げというと言い過ぎになるが、とにかく一篇の小説に仕立てて某雑誌に寄稿した。この某雑誌というのは巷間言うところの中間雑誌なるものであって、それに寄稿したからには私のこの小説も中間小説ということになるだろう。それでまあめでたく原稿料も引替えに貰った。そこまではよかった。

それからいよいよその号が発行されて一箇月ばかりの間に、私はこの小説について、読者から数十通のハガキや手紙を貰った。こんなに手紙を貰うことは、私には未曾有のことである。編集部気付のもあるし、直接私宛てのもあるが、内容の趣旨はすべてほとんど同一で、私に対する非難、攻撃、訓戒、憎悪、罵倒というようなのばかりである。猫を飼うのはいいが、その猫をあんなにいじめるとは何事か。蠅叩きで猫を打擲するとは言語道断である。以後お前の小説は絶対に読んでやらないぞ首をくくって死んでしまえ。大体そういう趣旨のものが多かった。遺憾なことには賞めて来たのは一通もない。

世上に猫好きが多いことは知っていたが、こんな具合のものであるとは初めて知った。その数十通の大部分は、読後直ちに怒りに燃え上り、ぶっつけに手紙に書いたもののようで、字も乱暴だし文体も乱れていて、それだけにかえって迫力があり、怒りのメラメラが直接感じられたようである。私の猫の飼い方を分析し批判し、そしてじゅんじゅんと訓戒を加えた静岡県の一主婦の手紙、冷静なのはこれ一通だけで、あとは多かれ少なかれ情念における乱れが充分に認められた。

宛名も私の名だけで様や殿をはぶく、亢奮のため書き落したのか、尊敬する価値なしとことさら省略したのか、そんなのが総通の四分の一をしめている。

それから切手を貼ってないの、文章で精神的打撃を与えるだけにあき足らず、物質的打撃をも与えようとの魂胆なのであろう、そんなのがやはり手紙の四分の一ばかりもあった。

以後お前の小説は読んでやらないぞ、というのはほとんどのキマリ文句で、これはもちろん私への個人的嫌悪の表白であろうが、これは読者というものは小説を読む時、その心底に『読んでやるぞ』という意識がどこかわだかまっていて、それがこんな場合には『読んでやらないぞ』という形で出て来るのだと解釈出来なくもない。しかし私たちが、たとえばドストエフスキイや魯迅や森鷗外を読む時、『読んでやるぞ』という意識があるかどうか、これはおそらくないであろう。するとこれはその作家の質によるということになる。この解釈はすこし私には面白くない。

また『以後読んでやらない』ことによって、私に精神的打撃を与えようというのは、読者というものがなければ作家は成立しない、そういう暗黙の自覚が彼等にあるせいであろう。たとえばサカナ屋などでつっけんどんな応対をされて、もうあのサカナ屋でサカナなんか買ってやるものか、そう決心するのにも似ている。

それならばその雑誌を発行した雑誌社に文句をつけたらいいではないか。そう思って問い合わせて見ると、その編集長宛にも二通か三通かごく少数ではあるが、あんな小説をのせるのなら以後お前の雑誌は買ってやらないぞというのが来ていたそうだ。それの方が本筋だ。

しかし嫌悪と怒りに燃えてすぐ手紙を書いたのが数十人、不快を感じたが手紙は書かず以後読んでやらないぞと心だけで決めたのが、その潜在人数を仮に十倍だとして見ると、つまり私はこの小説のために数百人の読者を失ったということになる。ただでさえ少ない私の読者の中から、数百人にゴソリと脱けられてはたまったものでない。私はすくなから

ずガッカリ、怏々としてたのしまず、思いあまって編集者に相談して見ると、

「大丈夫ですよ。こわいもの見たさで、読まないと言ったって、次の作品が出たら飛びついて読みますよ」

と言ってくれた。

しかしそう言って呉れただけで、読んでいるという確かな証拠はない。以後読まないと宣告したからには、やはり彼等はこの文章をも読まないであろう。とすれば呼びかけように も呼びかけようがない。

大体猫を溺愛するような人間には、偏狭でエゴイストが多い。私が知っている限りはそうであるし、ある程度の理由づけも私には出来る。しかしその理由づけをここで書いても、猫びいきから直ちに反証をあげられそうな気がするから、やめとこう。

しかし猫がいじめられる小説を読み、憤然と抗議の手紙を書くなんて、少々常軌を逸しているとは思わないか。でも、そういうところが猫マニヤの変質性と言えるのかも知れないが。

彼等にとっては、猫が全世界なのである。全世界とまでは行かずとも、半世界ぐらいは猫にしめられているらしい。

世上の小説を見渡すと、大体が人事のあつれきを主題としていて、つまり人間がいろんな苦難にあう、すなわち人間が環境其の他にいじめられる話が多いのだが、それに対して

人間好きがヒュウマニズムの立場から抗議したという話はあまり聞いたことがない。だのに猫を書けばネコマニズムは直ちに抗議をする。変な愛情もあればあったものだ。

そんな奇妙な愛情を私はわが愛猫には持たないが、しかし私は猫を好きは好きだ。好きだからこそ飼い、かまい、そしていじめる。関心を持つということは愛情の第一歩であり、居直って言えば、かまったりいじめたりするのが私の猫への愛情である。

世にサカナ好きというのがあって、これは魚類を愛撫したり溺愛するのではなく、鋼鉄のハリを魚のアゴにひっかけて釣り上げたり、切りきざんで刺身にしたり、火あぶりにして焼魚にしたり、そしてそれらを食べることを大好きな人種のことを言うのであって、これが正常のサカナ好きなのである。

しかしここで私は私の同業者に警告しておくけれども、猫や犬を小説に書く場合は、ことにそれを中間雑誌や大衆雑誌に発表する場合は、あまりいじめるような筋にしない方がいいと思う。読者がてきめんに減るからだ。どうしてもいじめねばならない場合には、そのいじめた人間は最後に崖から落ちて大けがをするとか、首をくくって死ぬとか、キチガイになるとか、そんな具合に因果応報のつじつまを合わせて置くべきである。その手続きを怠ったばかりに、私は数百の愛読者をうしなった。

その後その同じ雑誌から注文を受けて、今度はセミの話を書いた。

ネコだのセミだの何時も鳥獣魚介の類ばかり書いているようであるが、別段人間を書くのに飽きたわけではない。まったくの偶然であるし、時には私も動物のことを書いて見たいのである。動物だからまだいいだろう。これがも少し枯淡の域に入れば今度は植物を書くことになるだろう。そこを突き抜けるとあとは鉱物だけということになる。小説も鉱物となればもうドンヅマリで、全然動きがとれない。動物あたりを書いている分には、一朝ことあれば何時でも人間に引返せる。そういう自信と計算は私にチャンとある。

で、セミの話は前のにこりて、いじめの要素は極度に排除した。一箇所いじめが出て来るけれども、そのいじめの当人は私ではなく、ある老婆という仕組みにしてある。私という人物はセミは楽しみにとらえることはとらえるが、直ぐににがしてやるという、私小説の形式をかりたフィクションなのである。

さすがにこれには抗議の手紙は一通も来なかった。もちろん賞賛の手紙も全然来なかったけれども。

私小説形式のフィクションと言えば、前述のネコ小説もそうなのであるが、読者は全然それを実生活とイクォールとして受取っているらしいことは、抗議の手紙の殺到でもわかる。これは大変重要なことである。

すなわち私小説という形式だけで、私はほとんど努力せずして読者に多大のリアリティを確保していることになる。これを三人称で書けば、リアリティだの効果だのに大苦労をするところだ。

これは勿論明治以来、我等の先輩がルイイと私小説をつみかさね、そして読者にそういう訓練をして来たためである。私にとってはこれは言わば貴重なる天然のボウ大なる埋蔵資源みたいなものだ。これを利用せずして他に何を利用することがあるだろう。

そこで私小説の形式、一人称、主人公は自由業という設定さえつくれば、あとはどういうウソッパチの荒唐無稽を書いても、読者の方は実生活とイクォールととって呉れるから、リアリティの確保に苦労することはない。ひとつこれから以後それでやって見よう。

もっとも今の私小説作家も、全然イクォールではなく、ちょっとずつはウソを入れたり歪めたりしているのだが、形だけは私小説で内容はオールフィクションというのはあまり無いようである。

しかし私にならって皆がこれを始め出すと、読者もバカではないから段々にからくりを見破って、信用しなくなるかも知れない。そうするとリアリティは全然うしなわれる。それでは困るから、このやり方は当分私の専売特許として置きたいと思うが、まさか特許局に願いを出すわけにも行かないので、とりあえずこの一文をもってその特許の確認にかえることにする。

（昭和二十九年二月）

我が悪友

突然電話がかかって、我が悪友、について書けという。悪友なんかいないと答えたら、その悪友がいないということを書けという。で、悪友というのを広辞苑でひいて見ると、『わるい友だち。交わってためにならぬ友』とある。交わってためにならぬ友なんかとは、私は交わらぬことにしているから、現実に私に悪友はないのである。と言ってしまえば曲がないから、酒飲み友達のことをあれこれ考えていたら、高橋錦吉の名前がうかんできた。

高橋のキンちゃんは、初対面の時から大へんな毒舌家で、逢うたびにコテンコテンにやっつけられる。私にだけでなく、誰にも彼にも、キンちゃんは豪放な調子で毒舌をふるう。よく殴られないと思うが、その殴られないところが人柄なのである。

その豪放な性格が、彼の生地かと思っていたら、近頃それがそうでないことが判った。昼間のキンちゃんは、つまり素面のキンちゃんは、無口でしょんぼりして、話しかけても返事さえろくに出来ないのだという。アルコールが入ると、俄然豪放になってくるらしいのだ。そのキンちゃんがある夜電話をかけてきて、バラを持ってきてやったから、新宿「道草」にすぐ取りに来いという。私はタクシーで取りに行き、帰って庭のすみに植えた。根付きが悪かったのか、そのバラは只今昼間のキンちゃんみたいにしおれている。酒をかけてやったら、どうかしら。

（昭和三十一年七月）

悪酒の時代

私が酒を飲み出したのは、十代の末期、学生の頃であるが、今考えると、飲み出したというほど大げさなものでない。何かというと街に出て、おでん屋かどこかで、わいわい騒いだり歌ったり、それで他愛なく酔っぱらって、かついだりかつがれたりして帰る程度のもので、なにも切に酒を欲して飲むと言った飲み方ではなかった。もっとも十代や二十代の初期くらいの年頃で、生理的に身体が酒を欲する、あるいは精神が切に酩酊を欲する、などというのは先ず異例のことだろう。

私はその頃、酒は飲んでも、酒の味は判らなかった。ただ酩酊の味だけを少し知っていた。現在でも私は、酒の味はよく判らない。甘口と辛口、濃い薄いが弁別出来る程度で、もっぱら酩酊専門である。やはり飲み始めの頃の飲み方が、一生を決定してしまうものらしい。

なんだか若い頃は、酒を飲めるということがたいへん得意で、酒の飲めぬ友達をケイベツしたり、おれは酒飲みの血筋だから一升酒はらくにいけると大言壮語して見たり、いろいろ威張ってはいたが、今にして当時の私の酒の腕前をかえり見ると、文壇囲碁会の位に直すと、さしずめ大岡昇平二段格と言ったところで、広言の割には実力がともなわなかったようである。

私の腕前がおのずから輝き出したのは、戦争でそろそろ酒がなくなりかけてからのことである。

外国の山登りの言葉に、何故山に登るかと問われて、そこに山があるからだと言うのがあるが、現在の私の心境もややそれに近い。何故酒を飲むか。そこに酒があるからである。

ところが当時、つまり戦争中（昭和十七年以降）の私の心境は、今の心境と正反対であった。すなわち、何故酒を飲むか。そこに酒がなかったからである。

戦争が進行してゆくにつれ、だんだん物資が少なくなる。酒もその例外でない。個人には配給制度になり、店には割当制となる。その割当量もだんだん減って行く。

商人の良心、あるいは悪心というやつが、そうなると露骨に出て来るようになる。良心的な店は、客の都合やふところ具合を考えて、なるべく免税点（一円五十銭）以内で、客を満足させようとする。つまり貧しい酒飲みにとっては、サカナというものはあまり必要でない。乏しいふところで酔うには、サカナを犠牲にしてその分だけ飲みたい、ということになる。商人の側からすれば、割当の酒量はきまっているから、それをフルに活用して、つまりサカナと抱き合わせにして、一儲けしたいというところなのである。

かくして酒を飲むということは、楽しみにあらずして、闘いということになって来た。折角儲けのチャンスなのに、それを押さえて良心的営業をすることは、これは並たいていのことでない。すなわち戦争遂行につれて、良心的な店は寥々たるものになった。その良心的な店を探すのが一仕事で、またその店が今日は休みか開店か、今日は如何なる種類の酒を飲ませるか、ということを探るのが一仕事であった。そしてその良心的な店の前には、午後五時（六時？）の開店をひかえて、行列が出来るようになった。

私の手元に昭和十八年の日記があるが、それを読むと、酒の記事がほとんどを占めている。一週間の中五日は酒を飲んでいる。飲むだけではなくて、必ず酩酊している。酩酊せざるを得ないのは、時代のせいで鬱屈したものがあったからである。乏しい給料で、そんなに酩酊出来たというのも、数少ない良心的飲み屋のおかげであり、そこで出した焼酎やドブロクや泡盛のおかげである。当時の私たちは、ビールや清酒はケイベツして、あるいは敬遠して、これを近づけなかった。それらが酩酊をもたらすには、多額の金を必要としたからである。

日記に、店の名がいくつも出て来る。笠原。堀留。タルウ（太郎という名の沖縄読み）。はるみ。のろくさ。ゆんべ呼んだ子。飯塚。その他。

本当の名のもあれば、私たちがつけたのもある。たとえば『のろくさ』というのは本郷の餌差町にあって、至極良心的な店だったが、主人夫婦の動作がにぶくて、皆をイライラさせ、そしてこういう名がついた。飯塚というのは新潮社の近くにあって、ドブロクを飲ませた。そこで製造して売る。官許ということになっていて、ここもまことに繁昌、大行列が出来た。店の前で行列をつくると、警察なんかがうるさいので、近くのシロガネ公園というところに集結、定刻になると四列縦隊をつくり、ああ堂々の大行進を開始する。多い時は千名を越す状態だったかと思う。ここのドブロクは実力があった。焼酎が混ぜてあるという定連の話であった。

飯塚酒場は、今でもある。元の場所で、ドブロクは製造していないが、こぢんまりと営業している。今でもこんな安い店は、東京でもざらにはなかろう。ここで五百円飲み食いするには骨が折れる。この間私は新潮に『飯塚酒場』という小説を書き、ここのおばあさんに見せたところ、ぷっとふくれた。飯塚のドブロクには焼酎が混ぜてあった、という箇所が気に入らなかったのである。

「焼酎なんか混ぜるもんですか。うちのは、つくり方がよかったから、よく利いたんですよ」

おばあさんはそう言って大いにむくれた。この飯塚のおばあさんとおじいさんの昔話は、いつ聞いても面白い。ここで昔話を聞こうと思ったら、まずおじいさんに話しかけるといい。おじいさんが話し出す。おばあさんは遠くでじっと聞き耳を立てている。おじいさんがちょっと間違ったことでも言うと、

「おじいさん。そりゃあ違いますよ。そうじゃなくて、こうですよ」

とおばあさんが割り込んでくる。そうなれば話はとめどもなくなって、そのとめどもない話をサカナにして、六本か七本飲み、てんぷらだの山かけなどをいくつかおかわりをしても、五百円紙幣からおつりが来るのである。ここで腰を落ちつけると、ハシゴがきかない。

ここのドブロク時代に、私は一夜に四回行列に並んだことがある。一回に二本ずつ飲ませるから、計八本。あそこの徳利は大きくて一合二勺ぐらい入ったから、一升近く飲んだことになる。さすがにその夜は、まっすぐに歩いて帰れなかった。坂なんかは這って登った。

そういう飲んだくれの生活をつづけていて、十九年いきなり海軍に引っぱられ、てんでアルコールのない生活に入れられたわけだが、アルコールを断たれたということにおいて大へんつらかったかというと、そうでもなかった。まだアル中の域に達していなかったせいでもあるが、兵隊生活そのものがつらくて、思いをアルコールに馳せる暇がなかったからである。断たれるつらさにかけては、酒は到底タバコの敵ではない。

戦争の最末期には、急ごしらえの下士官になっていたから、すこしは余裕がつき、他の下士官などからすすめられて、燃料アルコールなんかを飲んだ。その頃燃料アルコールを飲むのは法度になっていたけれども、かくれて飲んだ。あちこちの基地で、アルコールを飲んで失明した者があるという噂も聞いたが、その頃の私にはそれがよく納得出来なかった。つまり私は、アルコールに、メチルとエチルとがあるということを知らなかったのである。アルコールというからには、どれもこれも同じだと思っていたのだ。海軍航空用一号アルコールというのを、ずいぶん飲んだが、これがメチルかエチルであったか、今もって私は知らない。眼がつぶれなかったところを見ると、メチルではなかったんだろう。

石油としか思われないにおいのものを、一度鹿児島の谷山基地で飲んだが、その翌日は眼やにがどっさり出た。どうもあいつはメチルだったに違いない。湯呑み一杯で止めたから、失明をまぬかれたものらしい。

どうも我が酒歴をふり返ると、悪酒の歴史ばかりで、戦争時代が過ぎると、今度はカストリ時代とくる。

それまでにずいぶん口を慣らして置いたから、カストリというのも、それほど飲みにくいものではなかった。ただカストリの酩酊の仕方は正常な酒にくらべると、ラセン状にやって来る。ふつうの酒の酔い方をハリガネとするならば、カストリのは有刺鉄線である。だからそれでずいぶん失敗したけれども、その頃のかずかずの失敗は、思い出すだに自己嫌悪のタネとなるばかりで、書く気持にはなれない。

私には酒友というのはいない。元来がひとり酒である。ひとりで飲む分にはペースが乱れないが、たくさんの人と一緒に飲むと、どうも調子が悪い。

戦後派という言葉が出来た頃、いわゆる戦後派の人たち、あるいは近代文学派の人たちは、あまり酒類を愛好しなかったようだ。（今はそうでもない）椎名麟三も、今は大酒を飲むようであるが、私が知り合ったその頃は、全然飲まなかった。そして痩せていた。野間宏も痩せていた。

何の会合の流れだったか記憶にないが、そこらでいっぱいやろうというわけで、椎名、野間、埴谷雄高その他二、三名で、新宿のある飲み屋に入ったところ、先客が五、六人いて、河盛好蔵、井伏鱒二、その他中央線沿線在住の作家評論家が、ずらりと並んでカストリか何かを飲んでいた。私たちはその傍で、一杯ずつぐらい飲み、すぐに飛び出して他の店に行った。他の店に行って、異口同音に発したのは、

「あいつら、肥ってやがるなあ」

という意味の嘆声であった。それほどさように、当時の戦後派の肉体は、やせ衰えていて、彼等のボリュームに完全に圧倒されたのである。私は今、当時の野間や椎名の身体や風貌を思い出そうとしてうまく思い出せないのであるが、その時の皆の嘆声だけは、ありありと思い出すことが出来る。それから十年経った今はどうであるか。十年の間にこちらの肉体はずいぶんふくらんで、野間、椎名、武田泰淳、中村真一郎と並べて見ても、堂々たる体格ぞろいで、中央線沿線をはるかにしのぐだろう。今思うと、あの時の中央線沿線にしても、私たちの眼から見たからこそ肥っているように見えたので、その実はそれほどでもなかったのだろう。中肉中背か、それ以下だったかも知れない。

とにかくあの頃は、肥っているということはうしろめたいことであり、あるいは悪徳ですらあった。新聞の投書欄か何かで、外食券食堂の女中さんが肥っているのはけしからぬ、という意味の記事を読んだ記憶がある。肥ったって痩せたって、当人の勝手である筈であるが、それがそうでなかった時代があったということは、いつまでも記憶されていていい。

カストリという酒について、私は法廷に立って、証言したことがある。

私の友人にMという男がいて、その頃私はMの住んでいる家にころがり込んで、同居していたわけだが、そのMがカストリを飲み、柿ノ木坂において通行の女性をおびやかし、金品を強要しようとして、とらえられた。それで裁判になった。昭和二十二年のことである。

公判はたしか東京地裁の十一号法廷というところで、今メーデー裁判が開かれているのと同じ部屋であったと思う。だだっ広い法廷で、裁判官席の前に証人席がある。この間メーデー事件の証人に立った時、どうもこの場所に前にも立ったことがあるという感じがしたが、考えて見るとそれだったのである。

裁判長が私に聞いた。Mがこんな犯行をしたのは、友人として貴下はどう思うか。私は答えた。それはカストリという酒のせいである。

そして私は、カストリという酒を飲んでその酔い方、頭のしびれ方、ギスギスした気持になって何かいたずらでもやりたくなるという特徴、そんなものについてるると証言した。最後に裁判長が私に聞いた。貴下のその証言は、科学的に根拠のあることか。私は答えて曰く。科学的根拠はないが、もっぱら私の体験に即して申し上げたのです。よろしい、というわけで、私の証言は済んだ。Mは執行猶予になった。私の証言がどのくらい力があったのか判らない。私の前に伊藤整が証人に立ち（Mは伊藤整の弟子であったから）

その証言がきいたのかも知れない。私は伊藤証言を聞くことは出来なかった。（法廷の規則でそうなっている）だから後日、どんな証言だったかをMから聞いた。なんでも私小説家の運命、破滅型と調和型、そんなことについて伊藤整は大弁論をふるったらしいのである。かねてから考えていたことをMにあてはめて証言したのか、Mの行動を合理化するためにあみ出したのか、知らないけれども、その弁論を聞けば私も勉強になっただろうと、今思っても残念である。

Mは執行猶予中に、また同じような犯行をして、ついに実刑を科せられた。二度目となれば、私のカストリ説もききそうにないので、拱手傍観せざるを得なかった。やはりMは破滅型だったのであろう。

さいわい私は破滅せず、今日までどうにか生きて来た。酒は相変らず飲んでいる。が、もう歳も歳なので（と言うほどでもないが）悪酒に手を出さず、わざわざ悪酒に手を出さずとも良酒が巷にあふれているので、それを毎夜静かに飲み、時には飲み過ぎて二日酔をしたりして、毎日を過ごしている。

今年の正月の某新聞から、今年は何をやりたいかとアンケートを求められ、どうも酒を飲み過ぎて二日酔をする傾向があるから、最後の一本をやめることにする、と答えたら、友人からそんなこと可能かどうかという抗議を受けた。これは可能である。我が家で飲む場合、最後の一本をつけさせ、それを飲まずに台所の料理用に下げ渡してしまう。料理用ならカンザマシで結構だし、ムダにはならない。カンザマシが毎日一合ずつ出る勘定だから、料理にもじゃんじゃん使えて、料理そのものが旨くなる。二日酔はしないし、料理は旨くなるし、一挙両得というものである。

が、実際には、最後の一本をつけさせ、それを下げ渡すのが惜しくて惜しくて、ついそれを飲んでしまい、毎朝二日酔の状態にあるというのが、私の実状のようである。酒の乏しい時代に酒飲みとなったものだから、酒惜しみの根性がどうしても抜けきれないものらしい。

（昭和三十一年十二月）

吾妻橋工場見学

去る四月某日、「あひる会」写生旅行の一員として、浅草をおとずれた。一行六十余名。先ずロック座を見学写生し、そのあとアサヒビール吾妻橋工場を見学させてもらうというスケジュール。

ロック座。好運にも私一人、カブリツキに席を得て、一幕物の芝居を見る。馴染み（といっても十四五年前の）の俳優は、武智豊子ただ一人。彼女もずいぶん年をとった。感慨をもよおしつつ鑑賞しているうち、ふと気がつくと、あひる会全員の姿がそこに見当らない。幕あいになって、やがてぞろぞろと戻ってくる。

聞いてみると、向いの喫茶店に踊り子を呼んで、ストリップやアクロバットの写生をしていたのだと言う。つい舞台に見とれて、とんだ不覚をとった。皆からわらわれるし、そこを出てビール工場に着くまで、残念で憂鬱な気分であった。せめてビールで取り返さねば、そんな気持で隅田川べりの工場に踏みこむ。

工場側の人の案内で、一時間足らずの間に、隅から隅まで見せてもらった。先ず感じたことは、工場の広さや設備に比べて、従業人員が非常に少ないこと。それが非常に近代的な感じを与える。原麦をハッコウさせるのだって、人力ではなく、麴がそれをするのだから、技師が一人、それを見張っているだけで済む。万事がこんな具合で、工場内がばかにスマートに感じられる。近代工場の未来的形はこんなものか。

よごれた空壜が束になって、順々に清掃される。その操作がなかなか面白かった。数十の空壜がヒョイと持ち上がると、下から同数の束子のようなものがヒョイと突出て、それぞれの空壜の尻を、コチョコチョとくすぐるようにする。上からはまた別の刷毛が出て、壜の内部をゴシゴシとこする。そこらは苛性ソーダのにおいでいっぱい。そしてまたたく間に、それら回収空壜は新品同様となる。

それらがベルトで運ばれ、機械によってビールを次々詰められ、二ダース毎に木箱に詰められて、鉄の斜面をスルスルとすべって、地下室に姿を消してしまう。女工員や男工員が要所要所にいて、木箱の方向をチョイと正してやったり、詰め方不良の壜を、容赦なく見分けてつまみ出したりする。どんなのが不良なのか、素人の私たちには判らないが、それら女工員は刑事の如き慧眼をもって、不良壜をつまみ出す。実に鮮かで感心した。働くものの美しさが、この人々の姿勢や風貌に、すがすがしく充ちわたっている。金魚のウンコみたいにぞろぞろ見物している私たちの方が、すこし気恥かしいほど。

巨大な樽がズラズラと並んでいる部屋があった。この部屋はひどく寒い。樽の直径は七八米ほどもある。入口は小さいのに、どういう方法で、これらの樽を部屋の中に入れたか。答はカンタン。入口が出来る前から、この樽たちは鎮坐していたという話。ここらはビールの匂いがプンプンする。一日中ここで働いていると、もうビールの顔を見るのも厭になりはしないか、などと思う。

巨大な醸造釜、麴室、ホップ(もう乾燥されて袋に詰められているもの)其の他いろいろを見て廻り、最後に別室に案内され、出来たてのビールをたくさん御馳走になった。あんなにビールの匂いに食傷したような感じであったけれども、飲んで見るとやはり美味かった。思わずうなるほど美味かった。やはり生ビールの味は、時間の経たないことが第一条件だと、しみじみと感じた。スケッチブックには何も収穫はなかったが、この味を味わったただけで、私はすっかりタンノウした。

（昭和二十六年六月）

今や紳士になった街——池袋

私は戦前の池袋を全然知らない。戦後の池袋はちょっとばかり。終戦の年の十二月から翌年の二月頃まで、約三ヵ月、池袋西口の奥の要町というところに住んでいたことがある。終戦直後のことだから、池袋も焼野原みたいなもので、それでも西口広場にはいち早く、クモの巣のようなマーケット街が出来ていた。屋根はトントン葺きだし、壁は粗末な板がこいだし、雨が降れば道はドロドロになるし、ひどいマーケットだったが、品物不足の時代だから、けっこう繁昌していた。詩人の林富士馬君がこのマーケットの中に本屋を開いていた。私は時々そこに立寄り、その近所の店でバクダンとかカストリを御馳走になったこともある。ブラック・マーケットだから、どんな禁制品も売られていた。もちろん酒やビールも当時は禁制品である。このマーケットの古着屋に、洋服だの着物だのを売って、すなわちタケノコ生活をしていたのだから、ビールなどというゼイタク品はとても飲めない。せいぜいバクダンかカストリ類であった。

古沢岩美画伯と落合うため、西口駅前のビヤホール『三陽《サンヤン》』におもむく。西口に降りるのはその頃以来、つまり七年ぶりだから、大げさに言うと私は浦島太郎みたいにおどろいた。七年前のあのルイルイたるマーケットはあとかたもなく、一面のネオンまばゆき新興盛り場である。道の見当もつかない。行人に道を訊ねたりして、やっと三陽を探し当てる。古沢画伯はすでにビールのコップを傾けていた。私もビールを注文。七年前とちがって、もはやビールは禁制品でもなければ、ゼイタク品でもない。ビールを飲んでる現場をおさえられて、一晩留置場に入れられたあの頃を思えば、また往事は茫々として夢の如きものである。

三陽はあまり広くないが、なかなかの繁昌ぶりである。経営者は台湾出身の人の由で、そのせいかシューマイがよく出る。シューマイをさかなにしてビールを飲んでいる客が多い。脂気のものはビールの泡を消すのでサカナには不適当だと、ホロニガ通信の生ビール心得帖に書いてあったが、そうするとこれはどういうことになるのかな。つまりそれほどにここのシューマイが美味いということなのだろう。そう解釈して私はもっぱら塩豆でビールを三杯ばかり傾けた。

そこを出て、次なる店は琉球料理の『おもろ』。うなぎの寝床みたいな細長い店で、一番奥には藤田嗣治の画がかけてある。主人の南風原さんは沖縄の人。壁に貼られた料理品は、『あしてびち』『ちゃんぷる』『ミミガー』等々。ミミガーというのは豚の耳の皮を線に切って、酢醤油にしたもの。三十円だから安い。新宿の琉球料理『志田伯』でも私はこれを好んで食べる。コリコリしてちょっとクラゲに似ている。『おもろ』のは『志田伯』のよりすこし柔かい。『おもろ煮』というのは豚の尻尾の煮込み。ピッグテイルシチューである。飲物は泡盛。古沢画伯は泡盛はニガテらしくビール。私は泡盛は好きだ。なにか郷愁がある。学生時代、金がなくなると、こればかり飲んでいた。あの頃にくらべると、戦後の泡盛は薄いような気がするが、あるいはこちらの酒量が上がったためか。泡盛の酔いは透明でいい、などと考えつつ二杯飲んだら、さすがに少々酔いが廻って来たらしい。『おもろ』を出て、次は私の希望で、四五軒はなれた『三勝』という店。なぜここを希望したかというと、そこはそれ七年前私はこの店の常連（?）で、たしか二千円ばかりの借金も残っている。飲屋の借金は一年経つと時効となるそうであるから、もう払う義務はない。ノレンをくぐると、体重十八貫のおかみさんが、相変らずデンと坐っていた。私はビールを飲みながら、七年前の借金のお詫びを言い、近頃の池袋のことなどを訊ねる。昔はここは恐い町だったが、今はずっと落着いて来た由。そう言えばあの頃の池袋はこわかった。酔っぱらいが身ぐるみ剝がれるなんて、日常茶飯事であったが、現在ではそんなことは絶無である由。お目出度き次第である。

『三勝』も七年の風雪に耐えて営業して来ただけあって、景気も悪くないらしく、造作もいささか変り、二階を建増ししたりしている。もうこれなら七年前の借金も払わなくてもいいだろう。借金のみならず、他にも私はこの店に迷惑をかけている。すなわちあの頃は私は酒癖が悪く、この店で詩人の江口榛一とも殴り合いをしたことがあるし、鍛代利通ともケンカをして、店の器物などを破壊したりした。弁償した記憶がないところを見ると、やはり踏み倒しだろう。あの頃から見れば、この私も紳士となったものだ。言葉もやさしく静かに飲んでいる。茫々として夢のようである。

ここですっかり酔ってしまったから、あとのことははっきり記憶にない。『アモール』というキャバレーに行った。音楽が鳴り、若い人々が踊っていた。私は踊れないから、眺めていただけだ。どういうつもりなのかハンカチを口にくわえ、だらりとぶら下げて踊っている青年がいた。なんだかそれが実に池袋的な感じであった。どこが池袋的かと聞かれると私も困るけれども。

ここを出て、『千登利』というヤキトリ屋など。ここのチロリは横臥式でめずらしかった。清水焼で、横たえたままカンをする。これでカンをすると、酒も旨いという。欲しいと思う。七年前の私ならチョロまかして、ポケットに忍ばせて持ち帰るところであるが、今の私は紳士であるからして、そういうことはやらない。

池袋と言っても、西口だけ。その数軒を廻り、すっかり酔っぱらい、ついに池袋の全貌を大観するというところまでは行かなかった。久しぶりのことだから止むを得ない。しかし今度ですこし要領がわかったから、時々歩を伸ばして、池袋まで飲みに行こうかと思っている。

（昭和二十八年十月）

浅草と私

〇

久しぶりで、浅草をみた。終戦後初めてのことである。観音さまから六区へ抜け、池のまわりや絵看板など眺めてあるき、常盤座に入ってレヴューを見物した。

〇

むかし、といっても学生時代の頃、ひとしきり浅草にかよいつめたことがある。常盤座には、渡辺篤やサトウロクローがいた頃で、田谷力三などがオペラ館に立てこもっていた時分だ。毎日たそがれどきになると、本郷三丁目からバスにのって、浅草にかよった。あの頃の浅草は、雑然としたなかにも、安んじて溶けこんで行けるような雰囲気があった。毎晩、レヴューを見たり、映画館に入ったり、女剣劇や万才小屋をのぞいたり田原町で牛めしをたべたり、電気ブランを飲んだりした。たいてい私はひとりであった。

○

今おもうと私がこんなに通いつめたのも、田舎から出てきて、浅草にエキゾティズムを感じていたせいもあろうが、この、浅草という土地では、自分がなんら特定の人間でなく、たくさんの人間のなかのひとりであるという意識が、私を牽引するおもな理由であったようだ。肩をおとして電気ブランを飲んだりかぶりつきから踊子の姿体をながめたりすることが、私にはひどくたのしかった。このたのしさも、ひとりだけの時だけに私にあった。友達と行くと、あまりたのしくなかった。

○

私はいまでもありありと憶い出す。ひょうたん池の橋の上からのぞいた黒い水の淀みとか、あたたかい牛めしのねぎの匂いとか、神谷バーの喧騒だとか、そのような昔の浅草の風物のきれっぱしが、うたい忘れていた歌の一節のように、時折私の胸によみがえってくる。それは孤独であることの愉しさに直接つながっているようである。

○

それから何時頃かわすれたが、ふと浅草が厭になって、そして私は浅草から足を遠ざけた。浅草がいやになったというより、浅草に通う自分の姿勢がいやになってきたのだ。その気持も、自分にはっきりたしかめていた訳ではない。ただ何となく気持が浅草にむかなくなってから、何年か経った。戦争が始まって、そして終った。

○

この間久しぶりに浅草をたずねたのも、私の気まぐれではなくて、ある座談会をするための行程であったのだが、何年ぶりかの浅草は、全体をしろっぽい風が索莫と吹きぬけている感じで、仲店の彼方に玩具じみた小さな観音堂がたっていたり、池のまわりの食物屋も、俗悪な食欲を満たすために並んでいるような感じで、なにか親しめなく膜をへだてたような気持がした。行き交う人の数も、昔日以上の混雑の仕方だが、この人たちも昔の人たちとはちがうのだろう。レヴューや映画館の絵看板もことさらどぎつくて、裸の女が荒縄でしばられていたりする絵が、道行く人々の眼をうばったりしている。

○

入ってみると常盤座は満員で、バァラエティーが始まったところであったが、しかし見ているうちに古く色褪せた官能が胸にもどってきて、私はやがて舞台にひきいれられた。踊子たちも、昔より身体が美しくなった感じで、表の看板から想像したほど舞台は俗悪ではないようであった。年月が経ち社会は変ったけれども、この舞台だけはあまり変っていないような気がした。客席にまで、うっすらと便所のにおいがただよってくるのも、昔の常盤座のままであった。

踊子たちの顔にも、見覚えがあるのは一人も残っていなかったが、長いこと触れなかったオルガンのキーを、胸のなかで久しぶりに押すような気持がして、私は人々の肩や背の間から、あかるい舞台の動きにしばらく心をうばわれていた。

（昭和二十三年八月）

烏鷺近況

どうも碁について書くと、自慢話になる傾向がある。

それは私だけでなく、自分の余技について語る時、たいていの人はそうなってしまうようだ。まれには卑下の形をとることもあるが、それは自慢の裏返しなので、インギン無礼というのと同じ形式である。

人間は、自分の余技について語る時、何故必ず自慢話になってしまうか。

余技とは、専門以外の芸の謂いであり、つまり専門以外であるから、自分の力量について、誤算する傾きを生ずるのだろう。人間は誤算する場合、たいてい自分の都合のいいように誤算するものだ。だから正直なところを語っているつもりでも、はたから見れば自慢話ということになる、と言うことも考えられるだろう。

それからもう一つ、人間が余技において自慢するのは、本業においては自慢しにくいという事情にもよるらしい。

私の場合で言えば、どうだ、オレの小説はうまかろうと、人に語ったり物に書いたりするわけには行かないということがある。内心ではそう思っていても、それを外には出せないのである。比較的謙譲な私ですら、内心奥深くではそう思っているのであるから、私以外の大部分の同業者、また同業者以外の連中も、ほんとは本職において威張りたいのである。

ところが、本職において威張るのは、周囲の事情が許さないから、余儀なくその余技において威張るということになる。メンスのかわりに鼻血を出すようなもので、つまり余技自慢は抑圧から生ずるものであり、代償性のものなのである。

それからもう一つ、余技が碁や将棋の場合は、どうせこれは遊びであるから、競争心や敵愾心がないと面白くない。競争心がないところに、勝負の面白さはない。だから余技を語る時に、実際以上に自分を強しとし、実際以下に相手をけなしつければ、その相手はナニクソと奮起し、次の勝負が面白くなるだろう。余技自慢というのは、そういう効用も持っている。

私が今まで碁を打った相手で、一番打ちにくかったのは、故豊島与志雄氏である。

打ちにくかったというのは、豊島さんが強かったという意味ではない。その頃の私と実力はおっつかっつか、幾分私の方が強かったかも知れない。

何故打ちにくかったか。それは豊島さんに全然競争心、または敵愾心というのがなかったからである。

相手が競争心を持たないのに、こちらばかりが競争心を燃え立たすということは、至難のわざであり、不可能のことである。

では豊島さんはやる気がないのかと言えば、それはそうでない。大いにやる気はあったのである。いつか一遍泊りがけで遊びに行った時、夜中の十二時になっても一時になっても離してくれないので、弱ってしまったことがある。

つまり豊島さんの碁は、相手に打ち勝とうという碁ではなく、石を並べることそれ自身が面白いのだ。相手があっても、ひとりで並べても、同じようなもので、人間の碁というよりは、仙人の碁に近い。

私はと言えば、相手に打ち勝つことを唯一の楽しみとする棋風だから、やはり仙人棋客とは打ちにくかった。

現在文壇囲碁会というのがあり、私もそれに属しているが、年に数回囲碁会が開かれる。一昨日もそれが日本棋院で行われた。

私も出席して、力戦敢闘して、賞品をもらった。私がもらったのは、高級ウイスキーだ。

参考までに他に成績の良かった人たちの賞品をあげると、大岡昇平二段格がシロップ、高田市太郎三段がビスケット、三好達治初段が並級ウイスキー、ここらが目ぼしいところで、尾崎一雄二段などは全敗で、手拭一本しか貰えなかった。

賞品が全然ないのも張合いがないし、また沢山あり過ぎても困る。この程度が適当というところであろう。

この会も、その前の会においても、大岡二段格は大いに敢闘、好成績をとった。

昨年某新聞に、私は文人囲碁の面々について書き、大岡二段格については、

『大岡初段は、互先の碁は不得手のようで、われわれと打つと、大岡初段の石はとかく俘虜となる傾向がある。対局態度は坂田栄男九段にそっくりで、典型的なぼやき型である。ただ違うところは、坂田九段がぼやきながら勝つに反し、大岡初段はぼやきながら負けるのである』

この私の昨年の評価は、訂正する必要があるように思う。この前の碁会では、大岡初段は久しぶりに出席、相変らずぼやきながらも面々をなぎ倒し（私も不覚にもなぎ倒された）全戦全勝、優等賞を小脇にかかえて揚々と帰って行った。昨年はそれほど強いと思わなかったのに、今年は俄然強くなったのは、あるいは人にかくして猛勉強をしたせいかも

知れない。そこで衆目の一致するところ、大岡初段は二段格ということに格上がりをした。

三好達治初段もいい成績を取ったが、前述の某新聞の碁随筆において、私は三好初段のことを、

『風格正しき碁を打つ三好達治初段』

と書いたが、これも取消した方がよさそうだ。

自分の書いた文章を取消したり訂正したり、あまりそういうことをしたくないのだが、やはり事実に反したことを書いたことには、責任を持たねばならない。

では、どこを取消すかと言うと『風格正しき』という部分であって、この前の碁会で対局して見たら、三好初段の碁は一向に風格正しくはないのである、相手の目に指を突込んでくるような、猛烈なケンカ碁であった。

では、何故昨年『風格正しき』などと書いたかと言うと、それまで私はあまり三好初段と手合わせしたことがなく、したがってその棋風をよく知らなかった。だからその文章を書くにあたって、私はその棋風を、三好初段の詩業から類推したのである。

『太郎を眠らせ、太郎の屋根に雪ふりつむ。
次郎を眠らせ、次郎の屋根に雪ふりつむ』

この詩人が、一日上がりの碁になると、俄然人が変ったようになるんだから、判らない

ものであるという他はない。

もっとも碁風とか棋風とか、その人の性格と一致しているかどうか、性格という言葉の解釈にもよるけれども、一致してないことの方が多いようだ。

たとえば、女は男よりおとなしい（イヤイヤ、そうではないぞと言う人もあるだろうが）とされているが、碁においては、女の碁打ちというのは、猛烈なケンカ碁が多いのである。女流専門棋士からアマチュア女流にいたるまで、大体そういうのが多い。だから碁風でもってその人の性格を忖度したり、その人の性格からその棋風を類推したりすることは、たいへん危険で誤りが多いという結果になる。その誤りをおかしたという点で、私は前述某新聞の文章の一部を、訂正し取消す。

では最後に、私の棋風はと言えば、これも私の性格とは正反対で、相当に荒っぽいのである。定石通り打って地を囲い合うというのではなく、敵の陣地の中に打ち込んでムリヤリに荒すのが好きで、またそういうケンカが得意である。ケンカという点では、文壇碁会の面々におくれをとらない。

どうしてそんなケンカが得意になったかと言うと、大学生時代に毎日碁会所通いをしたからで、またその碁会所にケンカ碁の得意な老人がいて、それからもまれたせいである。碁会所流と言えば、ケンカが上手で、手の早見えがする。私の碁も、形において欠けるところがあるが、力闘型で早見えがする方だ。

いつか某新聞で新聞碁（素人の）を打った時、日本棋院の塩入四段が観戦記で、私のことを次のように書いた。

『素人で梅崎サンだけ打てれば、何処へ出しても恥かしくないし、田舎へでも行けば立派な先生格である。だが若し人に教えるとすれば、適任者でないかも知れない。よい力はしているが、まだ形が整備しない点が多いからである。少し本を読んだり専門家のコーチを受けたりしたならば、強さが増すことと思う。云々』

私もあまり自慢はしたくないのだけれども、専門家の塩入四段がそう書いているんだから仕方がない。田舎に行けば先生格になれるというのはありがたいことだ。その中に小説の方がダメになれば、田舎に行って、碁の師匠として余生を送ろうかとも思う。もっとも弟子がつくかどうかは不明であるけれども。

（昭和三十一年七月）

新しい型の勝負師

七月八日深更、高川本因坊は挑戦者の木谷八段を四対二にしりぞけて、第八期も本因坊となった。前年橋本前本因坊を降して以来、二期の栄位を保持したことになる。木谷八段投了の瞬間、写真班の求めに応じて、本因坊は笑顔を見せたが、つくった笑顔でもなく、気負った笑顔でもなく、しごく、くったくなげな自然の笑い方であった。

高川本因坊の前相場は、この二期ともあまりよくなかった。対橋本戦でも、橋本の圧勝が予想されていたし、今度の木谷戦も、六分四分、あるいは七分三分で木谷の勝を予想する人が多かった。木谷八段はもう四十五歳だし、これが最後の機会かも知れないという世人の声援や同情心が、強いてこういう予想を生んだともいえる。しかし事実は反対で、ことに最後の局などは、木谷八段は力戦苦闘の果て、ひとり相撲をとって敗れたような感があった。高川八段は、終始冷静で、小憎らしいほど落着きはらって、精密な計算器械のように計算を進め、木谷八段を中押しに破った。本因坊はよく非力であるといわれるが、非力どころの段ではなかった。

本因坊は五尺三寸、体重も十三貫ぐらいしかない。その風ぼうが、あるいは非力の印象を与えるのだろうか。そして彼の棋風には、強いて波乱を求めるというところがない。世人は常に英雄に波乱を求め、波乱の中における決意や断定をながめたがる。それは世上のファンの心理である。つまり悲劇的なものを求めたがる傾向がある。だから勝負師においても、勝負度胸とかケンコンイッテキという要素が無意識裏に要求される。橋本八段または木谷八段には、そういう悲劇的な要素がたしかにある。高川本因坊にはそれがない。

しかし悲劇的な要素というものは、勝負の世界においては、もう前近代的なものだともいえるだろう。勝負に必要なものは、正確な計算である。それが第一のものであって、爾余のことは極端にいえばアクセサリーにすぎない。高川本因坊は、生来の性格として、そのアクセサリーを持っていない。つまり彼は新しい型の勝負師なのである。その新しさを見落したところに、世人の予想の狂いが出て来たのではないかと私は思う。高川本因坊は純理論派である。しかし勝負の世界においては、理論の重さがハッキリとまだ認識されていない。理論以外のものが、勝負を決定するという迷信が、まだ暗黙の間にはびこっているようだ。

高川本因坊が、本因坊を二期保持したことは、理論派の勝利ということになるだろう。あるいは前近代的な要素から来る人気は、彼にはないだろうが、しかし彼はそれをさびしいとも思っていないだろう。まだ齢も三十七歳だし、ますます理論を深めて、大勝負師になってゆくに違いない。その高川本因坊の前途を、私は祝福する。


（昭和二十八年八月）

茸の独白

強情な楽天家

昭和二十二年春に結婚して、もうほぼ十年になる。結婚当時はひどい貧乏で、その後もいろいろ苦労したし、ソウコウの妻といえるだろう。もともとあまりくよくよしない性質で、苦しくても苦労した割には、彼女は老けていない。

苦労した割には、彼女は老けていない。どちらかというと、楽天的な性格だ。

といっても、強情な面がないでもない。結婚以来、彼女が私に頭を下げてあやまったことは一度もない。なんか失敗しても、自分の非を間接的には認めるが、頭を下げてあやまることを絶対にしないのである。その点ちょっとＮＨＫに似ている。

なかなか器用なたちで、絵も描くし、詩や俳句もつくるし、料理もうまいし。

その他いろいろと声を大にして語りたいこともあるが、あとは被写体に譲るとします。

（昭和三十一年三月）

茸の独白

押入れも無い北向きの三畳間に、もはや一年近く住みついた。昨年雹が降った時屋根に穴があいたらしく、雨が盛んに漏るので、現在では畳は腐れ壁は落ち、変な形の茸が七八本生えている。机が一脚、行李に寝具、本が十冊程、これが私の全財産だ。他には天にも地にも何も持たぬ。旦暮此の部屋に起臥し、茸の生態を観察などしているが、佗しいと言えば佗しい限りである。

生れて以来こんなひどい部屋に住むのも初めてだし、こんなに何も持たないことも初めてだ。しかし何も持たないと言うこと程強いものはない。近頃特にそのことを感じる。こんな部屋にいると、市民的な幸福と言うものが自分に無縁のものであることがはっきりして来るから、その点でも気持に踏切りがつく。生活の幸福を断念出来なかったからこそ今までは苦しかったので、思い諦めてしまえばサバサバと愉しい。気持の起点を此処に置いて、今年は書いて行こうと思う。

今日は正月三日、朝十時に起きて自由ヶ丘の食堂まで飯を食いに行って、今帰って来たところだが、街で見た男女は何処にしまっていたのかと驚くような綺麗な着物を着て、苦労を忘れたような顔をして往来していた。ぼんやり眺めると、昔と少しも変っていないようにも見えるが、それも今日迄の話で明日からはまたもとの恰好に戻るにきまっている。戦争に負けてこのかた、何も彼も変ってしまった。風俗にしても人情にしても、戦争前に比べるとどこか狂っている。人間も変ってしまった。

人間が変ったなどと言うと、人間と言うものは太古から変らないものだぞと叱られそうな気もするが、人間が変らないと言う言い方は、飲み物の中で水が一番旨いと言う言い方と同じで、飲み物の中では酒が一番旨いと信じている私ですら、水が一番旨いぞと鹿爪らしい顔で言われたら、御説御もっともと引下がる他はない。誠にたちの悪い言い方である。人間は不変である。などとやに下がるような真似は私はしたくない。とにかく人間は変った。

どんな具合に変ったかと言うと一言にしては言えない。あらゆる点で微妙な歪みとなってあらわれて来る。異常と言うのは正常があってこそ言えることだが、今は昔が少しずつ狂っているので、異常は存在しない。皆胸の中に異常を蓄えているから、不思議なことを見たり聞いたりしても少しも驚かない。泰然として事に処している。これはおそろしい事だと思う。これをとらえなくてはならぬ。

我が国の伝統に私小説と言うシステムがあって、正常な市民生活を描くには最も都合が良かった。之は精巧につくられた網のようなもので、たいていの魚はこれで捕えられ、そして料理された。私といえども戦前までは之を賞玩することでは人後に落ちなかったけれども、現今の魚はもはや此の網から遠く逸脱しているのではないかと疑われる。捕えたと思ったのが魚ではなくて、魚の影ではないのか。もしそんな仕儀なら、どんなに精巧に拵えられてあっても実用に使うわけには行かない。街で見た男女の正月の晴着と一緒で、時々取り出して美しさを嘆賞する分には差支えないけれども、日常の用を足すには役立たぬ。更に別の形の網をつくるより他はない。現今の魚族を捕えるのに最も適当した様式の網をつくらねばならない。

終戦後、日本の文学が混乱をするだろうと私は思っていたが、それも形だけの混乱にとどまり、本質的には何も変っていないようである。それも在来の網で魚影だけは捕えられたからで、魚の形はしているが魚の味はしないぞとお客はぶつぶつ言ったけれど、他に生き生きした魚の入荷もないから諦めて食べていた感がある。縄で焚火をすると燃え尽きた後に、縄そのままの形をした灰が残る。あれは縄の形はしているが、縄の用には立たないのだ。新しい風が吹くと皆飛散してしまう。今の小説はそれに似ている。

日本の今の現実に身を処するに、在来のやり方では駄目だと言うことは、日常生活において誰も経験していることにちがいない。電車に乗るのに小笠原流のやり方では駄目だしおいしそうな果物に対して俳諧的精神を以て眺めるなどと言うことは誰もやらない。電車には人を押し分けて乗り、果物をいきなりもいで食欲を充たそうと試み、そんな態度を我ひと共におこなって怪まない。生活の上では皆、簡単に過去の亡霊と訣別しているのである。文学の世界でもそうあらねばならぬのにまだリアリズムと称する自然主義や、私小説的精神や、花鳥風月の精神や、日本的ロマンティシズムと言う不思議な精神が、玉石入り乱れて此の現実を処理しようとひしめき合う有様は、徒労と言うも愚かである。

私はそんな亡霊たちと訣別したいと思う。

勿論私も長い間そのような生活の中にいたのだから、簡単に帽子を振って訣別出来るとは思っていない。しかし日常生活の上で肉体が既に訣別しているのに、精神だけが昔の亡霊と奇怪な交歓をつづけていることは不自然にきまっている。私は、雨の漏らぬ部屋に住み、ふかふかした蒲団に寝、三度三度鬼の牙みたいな白い飯を食っているのではない、傾いた陋屋で茸と共に起き臥ししているのだ。考えることだって昔は考えなかったようなことを考え、感じ、行っている。物差しを持って来て小説を作ることなら、私にでも楽に出来る。しかしそれでは仕方がないではないか。誰だって昔とは変って来ている。ただ自分が変って来たことを自覚するかしないかが問題だ。そして昔のものと、意識的に訣れようと思うか思わないかが。

私は私小説的精神と訣れよう。俳諧とも風流とも訣れよう。義理人情とも訣れよう。何物にも囚われることを止そう。そして何も持たない場所から始めて行こう。自分の眼で見た人間世界を、自分で造った借物でない様式で表現して行こう。

私は今まで誰をも師と仰がなかったし、誰の指導をも受けなかった。それは文学上のことだけでなく、生活の上でもそうだった。私は何ものの徒弟でもなかった。また私は徒党を組まなかった。曲りなりにもひとりで歩いて来た。今からも風に全身をさらして歩きつづける他はない。

私だけが歩ける道を、私はかえりみることなく今年は進んで行きたいと思う。私の部屋に生えた茸のように、培養土を持たずとも成長し得るような強靱な生活力をもって、私は今年は生きて行きたいと思う。


（昭和二十二年五月）

ランプの下の感想

私は自分を限定したくない。まして小説以外の、この種の文章をつづることによって、自分を袋小路に追いこみたくない。言いたいことは小説にすればいいので、こんななまな文字をならべることは私の創作力が衰弱している証拠だ。そう私は思う。思うけれども私はこれを書く。しかしこれを書くことによって、自分の内部にあるものが更に明確になるとは私は思わない。むしろ逆になる予感さえある。それはそれでいいのだろう。明確なものは混沌のなかにこそ探りあてられるものなので、むしろ母胎としての混沌が、私の内部でますます巨大であることを私はいのりたいほどだ。性急にことを定めるのもいいことだろうけれども、すべて手探りの過程がすくなくとも私には必要なことなので、私はせっかちに自己をひとつの座にきめてしまいたくないのだ。あらゆる意味において、ことに制作の場においては。

今朝は大西巨人氏より来信。私がある雑誌にかいた「蜩」という小説について。「この作品は小生はとりません。あれはあなた方の前途に横たわる大きい陥穽（私小説的な伝統のこと）へあなたが足をつっこまれた感です。そしてこういう形式に個我の苦悩と真実がもっともよくにじんでいるように考えるのは日本小説界の迷妄です」このような意見である。この後半については私も異存はない。しかし大西さん、私はあれを書いたことによって、大きな陥穽に足をつっこんだとは思わないのだ。私が私小説をもし否定するとすれば、生活日常性の中に自己を埋没させることで作品をなそうとするわが国のしきたりを、そしてそのしきたりが日本文芸の主流となっていたことを否定するのであって、自己を発掘しようという意図のもとに、私はどんな型の表現をもとりたいと思うのだ。個我の苦悩と真実があの作品ににじんでいないのは、私の才能がとぼしいからであって、単に小説の型のせいでないと私は考えたいのだ。作品の発想やスタイルでその作品の内在を規定してしまうこと、これはいささか性急なやり方だと私は思う。「近代的ロマンのついに現われえない嘆きと絶望とから」私も立ちあがって新しい個我の発掘に努力しようとするけれども、新しいスタイルの発掘に努力しようとは思わない。どうでもいいことなんだ、それは。

何故人々は型の点から他を区別し、自分のまわりに壁をつくってしまうのだろう。伝統からの脱出というけれども、伝統というほどの強力なものは日本にはありはしないのだ。あるのは自己をトウカイしたがるという一種の趣味にすぎないもので、それが明治以来の自然主義リアリズムや私小説のしきたりになっている。二千六百年以来か明治維新以後かしらないが、あれほど堅固に見えた天皇中心主義だって、一朝にしてあやうくなってきたところを見ても、此の日本列島の風土には伝統と名づけるほどの力強い積極的なものは発生し得ないのではないか。私小説がいままではびこったのは、それを圧倒する新しい個性が此の国に誕生しなかったからで、此の形式に個我の苦悩と真実がもっともよくにじんでいると人々が考えたからではないのだ。電燈が発明されればランプは古道具屋に払い下げられるだろうし、自動車が制作されれば人力車夫は失業するにきまっているのだ。現今では、ほろびた筈のランプや車夫がそろそろ復活してきて、げんに私もこの文章をランプの下で書いているような始末だが、これは戦に敗北したための一時的な現象で、現在まだ私小説が横行しているとすれば、おおむね此の現象に類するのだ。なんでもありはしない、新しいものが出たら一挙に影をひそめてしまう。

もともと日本の私小説というものは、魚が水を必要とするように、日常の生活の面を必要とするもので、その間における身の処し方や、小市民的な嘆きや、あるいは家族制度などの封建性にたいして幽かな反抗の気配をみせる程度のことで作品をつくっているものだ。ところが現代は一種の乱世で、そんなのんきな低徊はゆるされなくなったから、終戦後発表された老大中堅の私小説作品のうち、その優秀なものはかならずある「危機」がテーマになっている。その危機も、生活面の危機だけにとどまらず精神的なものの危機を描こうとしている点、ある脱皮を感じさせるものの、日常的なもののなかに身を埋没してそこに市民的な自己を処してゆこうという精神の限界につきあたって、むなしくはばたきしているのみである。私小説作家というものは、その生態上非常に頑固なもので、決して壁をやぶって出てゆこうとはしないのだ。私小説が否定さるべきなのは、此の限界性であって、べつに彼等が好んで日常生活を描くからではない。

では、この種の小説が何故いまなお生産され鑑賞されているかというと、一言にして尽せば、それらを一掃するに足る強烈な個性をもった作品が現われないからだ。それへの意図はあるとしても、意図だけで作品は生れて来ないのだ。意図とは何だろう。日本の文学が今のままではあまりにも貧しすぎるから、どうにかしなければならないということは、皆ひしひしと感じているに相違ないことなので、だからさまざまな論説がにぎやかにあらわれ、すでに自壊作用に入っている私小説にむかって、勢よく鞭をふりあげた。それはそれでいいだろう。威勢がいいということは、それだけでも良いことなんだから。で、それにかわってどんな小説が制作されねばならないか。言うまでもなく西欧的骨格をもった本格的小説。近代的ロマン、虚構の真実、バルザック的手法、意識の流れ、実存、虚無よりの創造。可能性の文学。などなど。そして作品がそれにのっとって作られ、雑誌に掲載される。これらの作品を擁護したい気持においては、私も人後におちるものではないが、それでも時とすると私にはある疑問が胸につきあげて来る。はたしてこれらの作品が、旧い作品たちを圧倒するに足るだけの強烈な「個我の苦悩と真実」を、あるいはそれへの可能性を孕んでいるかどうか。自らの限界ではばたいている私小説よりも、もっとなまぬるい、スタイルのみあたらしげな「贋の個我」が、日本文学という不毛の荒地に時を得顔にはびこっているのではないか。丁度ウェルズがかいた火星人襲来の空想小説の中で、シリンダーに乗って火星人とともに飛来した火星の植物が、ものの三日も経たぬ間に地球全土をおおってしまったように。

　しかしこれは私の疑懼にすぎないだろう。こんな瞬間的な疑懼をもととして、なまの文字を連ねて行くことは、やがて自分を袋小路に追いこむことになるにちがいない。だからこれはやめる。しかしたとえば、例にとって悪いかも知れないけれども、可能性の文学にしても、はじめてこれの論を一読したとき、なんという美事な（？）論議であろうと背を鞭うたれる心地であったが、最近織田作之助氏の「土曜夫人」「夜の構図」などを一読するにおよび、あの論をなした仁にしては何という貧しい制作であるかと嘆かざるを得なかった。ここにあらわれているのは、あきらかに作家としての才能の貧困である。才能の貧困ということは、織田氏のみにとどまらず、日本文学のそれこそ本当の伝統であって、過去の日本文学が一個の人間の典型をすらほとんど創造し得なかったことを考えてみても判る。現代の流行作家の人々についても――どんな人々が流行作家なのか知らないけれども漠然たる印象からして――やはりそんなものだろう。デフォルマション、などと称す。デフォルマションとは、正しい形があってこそ言える言葉で、此の国に正しい形など今まで一体どこにあり得たのか。正統的なリアリズムの伝統があったからこそ、シュールレアリズムが発生したように、ものにはやはり一応の順序があるようだ。その因果関係を無視して、いきなり高等な講談や落語みたいな小説をつくって、その身振りでごまかそうとするのは、ひとえに才能の貧困を蔽おうとするせいに他ならない。寄席などに行っても、身振りの大きいのは大抵前座である。真打になるとあまり身体をうごかさない。もっとも彼等は名人芸といわれてヤニ下がっているのかも知れないけれども。

そう言えばそんなヤニ下がりは我が国の文壇の大家にはたしかにある。時たま、という以上に数多くある。でもこれらの人々はすでに亡びゆく人々だし、また私とは何の関連もないから、文字を連ねる興味もおこらない。お気の毒なひとたちである。ひとえに風の前の塵に同じい。しかしその塵をふきはらうどんな新しい風があるかと言えば、かなしいことにはまだそんなものは何も吹いてやしないのだ。風を起そうとするさまざまの企図があるとはいえ、真空の中でかけ廻って風を起そうとしているようなもので、物理的に言ってもそれは不可能なのだ。だから意識の流れをそっくり持って来た小説が出来たり、この日本に居住していないような人物がたくさん出てくる不思議な小説が現われたりする。しかし私は単にこれらの小説を、その型において非難しようとは思わない。非難しようなどとはだいそれたことだと承知している。そんなことは問題ではないのだ。私が注意したいのは、これらの作品が型という点をはなれても、旧来の小説を圧倒できるほどの強い個我を持ち得ているかという点だ。とにかく私がかんがえるのは、明治以来数十年の努力にも拘らず、我々は人間そのものを描く技術すら未だ獲得していないということだ。

　だから私が思うのは、先ずなによりもそのような才能を自己の中に培うべきであって、その他のことには興味がない。伝統からの脱出というのもその一点で意味があるが、それが西欧的手法の導入などということになると、ふとひっかかるものを感じてしまう。それはどうでもいいことじゃないか。それは各自がひそやかに摂取すればいいことで、それをタイトルにして性急に他を区別することは、やがて自分の制作をしばることになるのじゃないかしら。ちょいと踏絵に似ている。（ランプの下で書いていると、頭がつかれてきて、連想が歪んで飛躍するけれども）私は保守主義者でもなければ、伝統主義者でもない。なんでもない。伊藤整氏の言によれば、私ごときは新伝統派と称すべきものだというのだが、それもおかしい。どこかに誤解がある。それはどうでもいいけれども、私が思うのは、その先刻の火星人の小説で、地球全土をおおった火星植物が、ものの一週間も経たぬ間に、すべて枯れ亡び去った荒涼たる情景だ。と言っても、私は日本の伝統という風土を信じているわけではない。いわば個我という風土に根ざした苦悩と真実を信じているだけだ。他を量るにしても、私はその物指が持ち合わせないのである。だから私の前途には、「大いなる陥穽」などありはしない。実作というものは自分を限定することからは決して生れないもので、自分を自由にたもつことからしか生産出来ないものだ。これは本当に制作をつづけてみれば直ぐ判ることで、はたから見ているぶんには絶対に判りっこない。衰弱からの脱出のみを私は希求する。大西巨人氏はまことに俊敏な青年だけれども残念なことには（残念でないかもしれないが）批評家なので私をあんな風に叱りつける。でも私は徹底的に誤解されているとは思わない。私の才能の貧困を、大西氏はあのような言い廻しで非難したのだろうと解釈する。そう思うと私の胸にそれははじめてこたえて来る。

…………

ここまで読み返してみると、此の一文はまことに混乱していて、何を言おうとしているのか自分でもはかりがたい。袋小路に入るまいと自らトウカイしている気配が濃厚にある。もすこしはっきりものを言わなくてはなるまい。ランプの光がちらちらして、うまく考えがまとまらないせいもあるのだ。思えばランプの光の下で、原始的料理であるところのスイトンを食し、こうして原稿をかいているのは、すでに前世紀の生活である。西欧においては、前世紀の十九世紀という時代は、人間を凝視し自己を凝視し、それを表現する点においては正統的なリアリズムという大道を確立した世紀であった。私たちの伝統は、人間を凝視した世紀すらも持たないのである。数百の艨艟や数千の戦車やそして数万の竹槍をほこった日本の贋の世紀は没落した。ここに新しい世紀は樹てられなければならぬ。この世紀をかざるべき文の華とはなんだろう。あの火星植物のように風土にほろびる仇花であるか。あるいは季節外れの狂い咲きか。私たちはも一度人間にもどらなくてはなるまい。と、やはり私は考えるのだ。凝視に耐えるだけの強い瞳孔を、なにはともあれ取戻す必要がある。で、そんな具合にして私は私の出発を持とうと思う。そして私は型になどこだわりたくない。その作品の中に自分が立っていればいいじゃないか。自分の生活を書いたって、荒唐無稽な物語をかいたってその中に自分の答えがないような小説は、いくら面白くても意味がないのだ。（終戦以来百篇書いたとしても意味がないではないか）こんなのは私は書かないし、また書けもしない。

…………

以上、こんななまな文字をならべることは私のもっとも苦手とするところで、それなら書かなければよかったのだが、いろんなことで書いてしまった。目をつむって出す。実は終戦以来この手の綴方を二三書き、今でも自らを嫌悪する思いに耐えがたい。この綴方もあるいはそんなことになるだろう。こんななまな文章を綴ること、これが私にとって最後であることを、私は切に切に願う。今朝は大西巨人氏の葉書をよみ、それへの返答としてこの文章をつい綴る気になったのだが、返答になっているかどうか。此の葉書は、福岡を十月十二日に発信し、今日（十一月四日）私の手もとにとどいた。二十四日かかった計算になる。江戸時代の飛脚だっても少しは早いだろう。これが二十世紀のできごととはとても思えない。このような時代に、新しいものとは一体何であるか？

（昭和二十二年十一月）

人間回復

近ごろは連夜の停電で仕事は出来ないし、電熱器でにたきはもちろん出来ないし、たまさかの配給の魚類は古くて生食できないし、炭は手に入らないし、困って九州の国もとへ無心状を出しても手紙の往復だけで二ヵ月もかかる。急場の間に合いはしない。生活とみに困窮して憂うつの極みだが、さてそれについて腹がたつかといえば、別段腹も立ちはしない。電燈はつかないもの、配給魚は腐っているもの、と初めからあきらめているからなので、ときたま九州からの手紙が一週間でついたりすると、たいへんおどろいてしまう。なんだか裏切られたような気持になってしまう。考えてみると、こんな私の人間不信の気持は、このごろ始まったものではなくて、ずいぶん古くから根をおろしているようだ。何時ごろから根を張ったのか知らないが、今次の戦争を通じてそれが非常に強められてきたことだけは確かだ。

私も人なみに軍隊に行ってきてああいう非人間的な組織のなかで日本人がどんなことをやれるか、たとえばどんな不合理なことがやれるか、どんな背徳的なことがやれるかという可能性をこの眼でまざまざとながめてきた。そのことを自分の心のなかにも探ってきた。

いま連合軍の軍事裁判などにかけられている日本人の背徳不倫の行為にしても、私の持っているものと全然異質のものではなく、私のものの延長線上にあることを私は感じるのだ。たとえば南方で行われたという、人間の食欲が人倫をふみ越えたような出来事も、私と関係のない人獣の仕業であると私は思わぬ。戦争中の、また現在の私の飢餓の、延長線上にある窮極点にそれは位置するのだと考える。だからそんな意味で、私がそんな環境におかれたとすれば、人間の節を持して死を選ぶかということにおいて、私は自信はない。もちろんその時になって見なければ判らないことだけれども、そんな破倫を自分はやらぬとは私は断言できないのである。その点において、私は自分に絶望している。絶望した形で自分の人性を信じているといってよい。この気持は多かれ少なかれ今の日本人の中にあるにちがいない。街角でたとえば辻強盗にはがれたとしても、別段警察にとどけでる気になれないのも、警察力への不信がそこにあるには違いないが、根本的には、そのようなことが驚天動地の出来事でなく、ほとんど日常的な事件であるからではないのか。彼に内在する振幅のなかに、辻強盗というものも含まれていて、単にぐう然にこの場合加害者と被害者にわかれただけの話であって、たとえば満員電車の中で足を踏まれたことと、さほどのへだたりもない。いつかはこちらから足を踏むこともあり得るのだ。つまり社会の混乱というのも、各自の心の中の混乱の反映で、各自の内在する病根が、そのまま形となって風俗にあらわれているにすぎない。すくなくとも私の場合ではそうだ。だから去来する人間悪に責任を私がもち得るというのも、その点においてのみであって、自分に絶望した場所から人間の回復をめざして行く他はないのだ。

だから矢張り私は傍観者を憎む。われわれにいま、彼岸がある訳がない。現在立っている場所だけしかないのだ。傾斜した今の場所で、もっと傾斜がひどくなれば、私は人をつきおとすこともあるだろうし、足をひきずりおとすこともあるだろう。そして自分を救おうとする気持だけが、やがて他を救う気持になってゆくことを私は信ずる他はない。それ以外の、高遠な弁舌や図式でもって、この荒廃した精神の風土を救えると考えるものは、ことごとく迷妄の輩にすぎぬと思う。

この東京という原始的大村落において、ひとびとは暗黒の夜々を過し、波にうちあげられた腐魚をたべ、己れの身を己れで守るすべを自らとらざるを得ないものの如くである。いわば穴居時代と大差ない状態にまで立ちもどった。われわれはもはや市民ではなく、人類である。人間を回復し、社会をうちたてるため、この現在のスタートラインに皆がならぶこと、そして各々が自分がこのスタートラインに立っていることを認めることが絶対に必要なのであって、スターターになったり応援団になることは必要でない。この必要でない人種が現今の文化面をある程度しめていて、これが文化における混乱を招致しているもののようだ。しかしこれは、本質的な混乱ではない、単に文化の衰退にすぎぬものと、私は近ごろ考える。この連中を先ず葬らねばならぬ。

（昭和二十三年一月）

日本的空白について

この戦争中、東京都庁の小役人を私はやっていたことがある。そこでどんな仕事をやっていたかというと、東京都の小学校の教員を道場に引きつれて行き、ミソギをさせたりフリタマの行というのをやらせたり、つまり錬成講習と称する行事の、もっぱら雑務に当っていたのである。雑務というのは、教員たちに道場までの切符を配ったり、寝るときの布団の数を心配したり、そんなことが主なので、教員の錬成指導には別にミチヒコとかスケヒコという専門屋がいてそれに当っていた。私は一介の事務取りにすぎないから、もちろん行に参加する必要はなかった。だから、冬の真盛りに教員諸子が裸になって水を浴びたり、真夜中たたきおこされて霊火の行というのをやらされたり、そんなところを見聞きするにつけても、所をかえて私がそんなことをやらされる位置に立てば、どんなにか憂鬱なことだろうと、そんなことを考えていたのである。実際に何度も見てきたことだから、此の種の行事の無意味さを私は誰よりもよく知っていた。教員にこんな錬成をやろうと思いついたのは、教育局長であった皆川治広という男だが、この男の頭のおろかさもさることながら、その命によって引っぱりだされる教員諸子の迷惑はいかばかりかと、私は思いをいたすことしばしばであった。

　しかし事務のあいまにその行事を見聞した私の実際の印象からいえば、如上の私の危惧は杞憂にすぎなくて、私が予想しているような迷惑げなところは、普通すこしもあらわれていなかったようである。むしろ進んで行に参じようとする一種の心構えすら、傍観者の私にもありありと感じられるのが常であった。今から考えてみれば、あの当時の官民が、ミソギとかヤマトバタラキとかたわけた事にうつつを抜かしていたことは、言いようもなく莫迦らしい話だが、あの当時にしたって、ちょっと考えてみれば、こんな行が無意味なことは直ぐ判ることなので、無智蒙昧の徒なら知らず、人の師と立つ連中がこんなに熱心であったという現象は、未だに私の胸に消えがたく残っている。もちろん此の頃の小学校教員は極端に被圧迫的職業であり、上には視学とか校長がいて、自然偽善的なポーカーフェイスを身につけていたことは、私も百も承知していて、その点を私なりに割引して考えてみても、あの行事の印象はかなりファナティックで、ちょうど胸の中の空白を懸命にみたそうとするあがきみたいなものを、私は確実に感じ取っていた。その点について私は時として、おそろしく惨めな気持になったりしたことを記憶している。その時私は、自分を含めた日本民族の心の中には、宿命のようにひとつの空洞があるのではないか、ということを漠然と考えたりしたのである。

その空洞とはなにか、私は未だに漠然と感じているだけで、自分の胸のなかにも確実に摑みかねているけれども、それが日本人全体に通じる偏向としてあらわれていることだけは今でも確かに言える。この空洞は、観念的な言辞をもっては、うまく埋められない。日本人は神を持たなかった、などと利いた風な説明では納得できないので、単に言葉や説明に対応してその空洞があるのではなく、なにか根元的なところでそれは形成されているのではないかという気がする。私がいま考えるのは、精神のいわば空白の部分を、私たちの祖先は営々として意識的につくり上げて行ったのではないかということである。つまり日本の気候や風土や生活がこんな空白をうみだしたのではなくて、逆にこんな風土に生きてゆくために、そのような空白を過去の日本人は意識的にはぐくんで行ったのではないか。丁度竹の中が空っぽであることが、力学的に言っても中が満たされているよりは強いように。しかもその空白は、かなり精密に設定されているように、私には思えるのだ。たとえば民族的な遺産として、現今のこされている我が国の芸術作品をかんがえてみても、ひとしくこの空白の部分が重大な役割を果していて、いわばそれから生じる消極的な強靱さといったものが、芸術としての魅力の中心をなしているような気がする。

例を建築にとっても、我が国には石造や煉瓦造が発達せずに、今もってヤワな木造に終始するというのも、そこに関係があるのではないか。強烈な季節風と周期的な地震をもつ此の風土で、家を建てるにさいして私たちの祖先は、故意に空白の部分や脱落した箇所を

い木材がえらばれたとも思われる。石や煉瓦にはそんな性格を賦与できないから、もっぱら都合のいい木材がえらばれたとも思われる。だから本当の意味の——つまり自然を截断しようと企てる風の力学や幾何学は、日本にはなかった。日本人は自然の破壊の意志をよく知っていたから、それに肩すかしをくわせるような空白の部分を、すべてに設定し育成してきた。もちろんそれは事物や事象のなかにとどまらず、精神や人性の中にもそれを育成した。何世紀も何世紀もかかって、完璧を忌む精神が日本人特有の気質になっているわけであるが、それをいま一面的に尽せば、完璧を忌む精神といえるだろう。

このような概論的な記述は、私としても趣味的にも反撥するから、ことを芸術に引きもどす。この完璧を忌む精神が、日本の芸術にもことさらにある脱落をつくっているものらしい。日本の美というものは、シンメトリーを通過しない美で、趣味や好尚がいきなりコノワタや盆栽の松にたどりついてしまう。伝統というものはありがたいもので、私たちは一挙に結果だけを身につけてしまうことができるのだ。生活を真正面からうけとめることをせずに、気分として散らすことを、幼少にして体得してしまうのである。現代文化のすべての衰頽はそこから始まっている。

明治以前千余年の、日本に産み出された芸術を、世界に独特のものであると信じることにおいて、私は人後におちるものではない。自然に対応したギリギリの空白というものは、ここでは一種の強さになっていて、比類のない特殊なスタイルを産み出していた。だからそれはそれでいいだろう。それだけで純粋にひとつの世界をつくって、終末までうごいてゆくものだろうから。ただ私が考えるのは、そのような空洞が現在私たちにとっては、いろんな事情からもはや決定的な弱さとしてあらわれていることだ。

明治以後、どんな具合でこうなってきたのか私は知らない。外来思想が一挙に入ってきて人間の存立が溷濁してきたせいもあるだろうし、日本人がいきなりふくれ上がろうとしてそこに無理が出来たせいもあるだろう。和歌や俳句や茶室や生花やあらゆるものの母胎であったその日本的な空白が、本来の意味を失い、文字通りの空白のまま、私たちの胸に残されてしまった。脱落という形骸だけが、私たちの生活を支配しはじめたのである。完璧を忌む精神が、私たちの趣味面だけにのこり、ここから日本の芸術は堕落した。末流となれば、すべてのものは衰頽する。芸術というものは人間の正直な反映で、この日本人が戦争に負けたのも無理はない。この形骸的な脱落の箇所を、日本人の封建性だとか、神の喪失だとか、定義づけることに私は興味がない。私はただ、私たちの脱落の表情を眺めるのみである。

此の戦争に私も召集されて、海軍兵士としてすごしてきたが、あのような世界でも、盲点みたいに昏い箇所がいくつもあって、それが私をおどろかした。たとえばあの科学の精粋とも言えるような軍艦で、すべてが科学と能率にのっとった日課に、日本海軍においては、甲板掃除をするのに水兵がひとりひとり掃布をもって、甲板をこすってあるくのである。世紀を超越した原始的な掃除方法である。甲板をきれいにするために、一寸考えさえすれば、人手のかからぬもっと効果的なやり方が浮ばない訳がない。それをやらなくて、此処だけを蒙昧のまま残しておこうというのは、何だろう。

こんな現象は、これのみに限らぬ。今四方を見わたしても、いくつも指摘できるのだ。外の部分は全部そろっているのに、その部分だけをポッカリ脱落させているようなことが。これが意識して行われているのか、無意識のあり方なのか。私はやはり空洞をはらんだ私たちの心の姿勢に戻らざるを得ない。なにものかに対する緩衝地帯、排水路、あるいはカタルシス、そんな風の空白の発生的意味を失ったかわりに、私たちはひとつの頽廃としての空洞をいま内包しているのではないか。それはもはや手探ってみると、年老いた春婦のオルガンよりもうすぎたないようだ。

そのような頽廃から、さまざまの末期的倒錯がおこってくる。もっとも進歩的な政党にいまだに親分子分の制度がのこっていたり、特攻隊が出撃にあたって桜の花片がどうしたというような辞世をのこして行ったり、毎月生産される小説が気分を散らしたような私小説であったり、そんな現象を我ひとともに怪まない。もっとも此の空白は、いまや単なる空洞にすぎないので、歯科医が歯の穴を何ででも埋められるように、私たちは何にでも飛びつきかねないのだ。そしてこの空白を、日本特有の精神性だと誤認したことが、此の十年間の文化の混乱の最も大きな原因で、その偏向はいまだに残存している。

そして私は、此の空白を私たちが意識していないとは思わない。ちゃんと感知していて、しかも残存しておこうと思ったりするのも、そこは逃げこむのに最も都合がいい箇所であるからだ。それを正当化するために、いろいろの言いくるめを自分に用意している。もともと我が国には論理はなくて、日本式論理しかないから、問題はいつも膜をへだてた彼方で錯綜してしまう。日本人は裏店に住んでも盆栽や藤棚をつくる。美を忘れない国民だというような言い方で、日本の美が強調されたりする。美とは、本来そうしたものではないだろう。私たちはすでに死んだ慣習のなかに生きている。それが一番らくであるからだ。一番らくな姿勢を日本人がとりたがるのも、私はその空洞に関係があるような気がしてしかたがない。数世紀の日本を支配した無常感ですら、現代の私たちは無力感としてうけとっている。こう言うすりかえをすら、私たちは空洞のなかで巧みに処理してしまう。

私は、昔はひとつの意味をもっていた此の空白が、現代では単なる頽廃として残存していることからして、現代日本の芸術が土俗品にすぎないということ、それを芸術品にまで高めるにはどうすればいいかということ、私たちが伝統と信じているものは実は伝承的な偏向にすぎないのではないかということ、だから新しい伝統の基礎をどんな形でつくらねばならぬかということ、などを書きたかったのだけれども、枚数の関係でここで終ってしまった。だから書けないけれども、私が時折おもい起すのは、あの教員たちのミソギなどに対する異常な傾倒ぶりである。フリタマの行などの時、一種の宗教的エクスタシーに陥って畳から二三尺とび上がるのも、必ず毎回二三人いた位だ。それを思うと、私たち日本人は体質的に未開人的なところと、精神生理の上に空洞を、あわせもっているという確信をもたざるを得ない。日本人のフレキシビリティは、いわばこの形なので、このマイナスは今から先も次々うけつがれて行くのではないか。民主革命とか人間革命とか、歌声は大いに起っているけれども、一夜明ければ、狐つきがおちたようなことになりはしないか。まことに憂慮に堪えない。

(昭和二十三年二月)

現代への執着

大学には四年いた。三年のところを勝手に一年引き伸ばしたのだから、学資を仰いでいた伯父に、もう一年分続けてくれとは言いにくく、自分で働いてやることにした。アルバイト生活である。

神田駿河台に政府外郭団体の東亜研究所というのがあって、学生課の紹介で、そこの書庫で働くことになった。時間給二十銭というきめだ。時間給というのは、学生だから講義に出席せねばならない、だからそれを除いて働いた時間だけ給料を呉れるという仕組みである。しかし毎日通って全時間を勤務しても、総額四十数円にしかならない。その頃といえども四十数円というのは、大学生としては最低の生活費である。私は他に収入は皆無なのだから、講義は放棄してそこに通わねばならなかった。書庫は地下室にあり、仕事は書籍の整理や貸出し。東亜研究所というのは、たしか近衛文麿が所長で、東亜各国の資料を集め調査研究をし、侵略の手づるにしようというあまりよろしくない団体だ。夏が過ぎ、秋ともなり、やがて卒業論文提出期が近づいてきた。

以前に届けておいた論文題名は「森鷗外論」だ。私は不勉強な学生で、講義にも欠席ばかりしていたので明治以前の国文学についてはほとんど知ることがない。第一あの原典のグニャグニャした仮名や字が判読できない。だから森鷗外を選んだのだが由来明治大正文学を選ぶのは、よほどの勉強家か怠け者ということになっていた。怠け者がとかく選びがるのは、樋口一葉とか芥川龍之介。全著書を集めても大した量はないからである。私の森鷗外もそれに近い。と言うのは、私は鷗外の全著作を対象としたのではなく、もっぱらその範囲を鷗外の現代小説だけに限ったからだ。あの尨大な鷗外全集を読みこなす根気もなければ暇もなかった。すなわち翻訳を省き、論文も省く。史伝も省くし、詩歌も省く。小説の中でも初期文語体で書かれたのは敬遠。「大塩平八郎」のような歴史小説も同じ。残るのは「雁」とか「鷗」とか平明にして判り易い現代小説ばかりである。これならそう参考書や資料も要らないし、短時間に仕上げがきく。

提出期がいよいよ切迫して、あますところ二週間ぐらいになってしまった。今度はアルバイトの方は放棄して朝から東大図書館にこもり、参考書を三、四冊借り出しぶっつけに原稿用紙に書く。下書なんかこしらえる余裕はない。十日ばかりの間に八十枚ほど書き上げ大急ぎで製本屋に頼んで製本し、研究所書庫に行ってナンバリングで頁を打ち、そしてギリギリの日に提出した。こんな粗雑な論文でも、どうにか通過したからふしぎなものだ。

この論文は、学校に保存されると大変だから、卒業時に取返して、チャンとしまって置いた。終戦時まであったが、この稿を書くために探したが、どこにしまったか見当らない。見当らない方が身の為である。

（昭和二十八年七月）

あと半世紀は生きたい

あと一ヵ月経つと、私は満で四十歳になる。初めて十代となった時、二十代になった時、また三十に足を踏み入れた時、それぞれの感慨があったが、今度四十男となるの感慨は、まだなって見ないからハッキリは判らないが、前三者にくらべてかくべつ強烈のような感じがする。

ふりかえって見て、十代、二十代よりも、三十歳から四十歳までの間が、一番長かったようだ。途中で数え年から満に切り替ったから、実質的にも一年数ヵ月長くなったが、生きて来た感じの上ではもっともっと長い。周囲の状況の変化がめまぐるしかったせいもあるのだろう。

三十歳の時、私は戦争のさなかにいた。敵から殺されるということが、そのころの最大の脅威であった。戦争が終ると、今度は飢渇がその脅威にとってかわった。昔日の脅威はたとえば『地震・雷・火事・おやじ』というように、大体の序列がきまっていたが、今ではこの十年を例にとっても、脅威の序列はさまざまに変化した。毎年のベストセラーの表の如くに次々に変化した。

この十年間に、人間はいろんなものを発明発見し、進歩発展させた。たとえば薬学や予防医学の異常な発達で、人間の病気に対する抗力はたいへん強化された。人間は病気を飼いならし、その他もろもろの自然を飼いならした。全然飼いならしたというほどではないが、半分ぐらいは手なずけた。その手なずけられた自然にとってかわって、人間は人工の自然というべき脅威をつくり上げつつある。朝の紅顔が夕に白骨となるのは、現今では病気のせいであることはマレで、その他の人工的な原因であることが多い。天災にかわって人災がのさばり出てきた。そのピラミッドの頂点みたいな位置に、水爆原爆がうす気味悪い微笑をたたえながら、でんと坐っている。

どんな脅威があろうとも私たちは絶望することなく生きて行かねばならぬ。四十初頭の決意として、私はさしあたりあと半世紀は生きようと思う。西暦紀元二千年の祭典が、世界政府によってパミール高原かどこかで、にぎにぎしく開催されるだろう。その祭典に私は日本地区の文化人代表の一人として出席したいと思う。その節、梅崎春生翁は齢すでに八十五歳になっているが、毎日の食事にプランクトンやクロレラ、それらの適量の摂取により、髪は壮者のようにつやつやと黒く、腰もまだシャンとして全然曲っていない。さまざまの脅威に耐えてきただけあって、眼光けいけいとして鷲《わし》のごとく、精神もピンと張り切っている。そういうカクシャクたる翁が、式典の台上に立ち、荘重なる口調で堂々と『平和の辞』を述べる。万雷の拍手が周囲からまきおこるであろう。

その日まで生きようと言うのが、私の第一期の計画である。計画通りうまく行くかどうか。

（昭和二十九年一月）

怠惰の美徳

学校を出てから四年ばかり、小役人生活をしたことがある。たいへん暇な役所で、それに私がもりもり働いて立身出世しようという気持がなかったし、上司も私の無能を見抜いてろくに仕事を与えてくれなかったし、朝出勤簿にハンコを押すと、あとはもうほとんど仕事がない。昼飯を食べるのが仕事らしい仕事で、退庁時間までぼんやりしている。ぬるま湯に入っているような毎日であった。

しかし私はこの生活は苦痛でなかった。生れつき私はじっとしているのが大好きで、せかせか動き回ることはあまり好きでない。体質的に外界からの刺戟を好まないのだ。BC級戦犯者の手記に、もうこんな不合理な世界はイヤだから、来世は貝か何かに生れ変りたい、という言葉があって、私を感動させたが、私は来世ももちろん人間を望むけれども、どうしても人間以外の動物ということなら、やはり貝類がいい。植物ならまず蘚苔類。鉱物なら深山の滝なんかに生れ変りたい。滝なんかエッサエッサと働いているようだが、眺めている分には一向変化がなく、つまり岩と岩の間から水をぶら下げているだけの話である。忙しそうに見えて、実にぼんやりと怠けているところに、言うに言われぬおもむきがある。私は滝になりたい。

役人時代は私は毎日役所でぼんやり時を過すことによって、給料を得た。今は自前でぼんやり時を過ごしている。まるまるぼんやりしていると頭が干上がるという欠点はあるが、ぼんやりにヒモがついていないところに純粋性がある。私は近頃毎日八時頃起き、朝飯を食べ、それからまた寝床に這い込んで横になる。ぼんやりとものを考えたり、本を読んだりしている。午後一時ごそごそと起き出して昼飯を食べ、またあわてて寝床に這い込む。三時頃しぶしぶ起き上がり机に向い、六時頃まで仕事をする。それから夕刊などを読みながら、九時頃までかかって晩飯ならびに飲料を摂取する。九時半にはもうぐうぐうと眠っている。決して勤勉な生活とはいえない。典型的な怠け者の生活である。しかし自前で怠けている分には誰にも後指さされるいわれはない。私は自主的に怠けているのである。

そういうことをやや誇らしげにある男に語ったら、それはビタミンB群の不足ならびに肝臓障害がお前を怠けさせているのであって自主的などとは口はばったい、と叱られた。なるほどそういう見方も成立つか。

そういえば私はどちらかというと、仕事がさし迫ってくると怠け出す傾向がある。仕事の暇な時には割によく動いて、寝床にもぐり込んでばかりいず、セミ取りに出かけたり、街に出かけたりする。これは当然の話で、仕事があればこそ怠けるということが成立するのであって、仕事がないのに怠けるということなんかあり得ない。すなわち仕事が私を怠けさせるのだ。

ここまで書いてきて標題の「怠惰の美徳」について考えたが、なにか論理が混乱して、どこが美徳なのかよく判らなくなった。実はこの標題は私が自主的に選んだものでなく、そういう題で書けという注文原稿である。なぜ私が「怠惰の美徳」について書かねばならぬのか。そう反問すると、先般伊藤整が新聞に文芸時評を書き、それで貴下のことをナマケモノだと書いていたから、との答え。そんなことを書いていたかと、いま古新聞をがさがさと引っぱり出してしらべて見たら、ナマケモノでなく閑人と書いてあった。ナマケモノと閑人とは大いに違う。どうも変だと思った。私自身にしても、ナマケモノといわれるより、閑人といわれる方が気持がいい。私は「閑暇の美徳」という文章を書くべきであったようだ。

（昭和二十九年六月）

居は気を移す

二三日中に、住み慣れた世田谷から、練馬に引っ越すことになった。考えて見るとここ世田谷には、もう十年近く住み古したことになる。

十年というと、私の今まで生きてきた年月の、約四分の一にあたる。十年もひとところに住んだのは、これが初めてだ。

私の小さい時は、オヤジが借家を転々とするのが大好きで、その親許を離れると今度は私が下宿を転々とするのが大好きで、すなわち三年以上同じところに生活した経験が一度もない。

それをここに十年近くも踏み止まったのは、もちろん戦後の住宅事情によるものであるが、しかしそれにしても少々長く住み過ぎたような気がする。私の住んでいる家から下高井戸駅まで、歩いて十分足らずであるが、その十分足らずの行程で、帽子に手をかけず頭も下げず口も利かず笑わずに、下高井戸駅に到着することは、私の現今ではもう不可能のことになっている。十年前は顔見知りは一人もいなかったのに、今はうじゃうじゃと巷にあふれていて、どうしても頭を下げたり口を利いたりしないわけには行かないのである。それが少々今の私にはわずらわしい。

お尻に苔が生えたような気がして、うっとうしい。で、昨年あたりから引っ越したいと念願するようになった。世田谷の家と言っても借間なので、そうそういつまでも住んではいられない。

それに十年も住みつくと、考え方や生活感情に変化発展がなくなって、風邪をひいたゴムホースみたいになってくる。孟子に『居は気を移す』という言葉がある通り、人間の考え方などは周囲の環境に支配されることが大である。硬化を避けるためにも、新しく居を求めるにしくはない。

今度の練馬の住居は、区の建売住宅というやつで、これも申し込んで抽籤ということになっていて、私の申し込んだのは十八倍という抽籤の家であった。今年は私はいろいろついているから、当るだろうと思っていたら、当った。

十六坪足らずの建坪に、部屋が四つもあって、その他台所ありガス風呂あり洗面所あり、もちろん便所もちゃんとついている。とにかく非常に圧縮した感じにつくられていて、『居は気を移す』という点から行けば、どんな工合に私の気は移るのだろうかと、少々心配でなくもない。考え方までがごちゃごちゃと圧縮されてはかなわない。

そのかわり、練馬というところは世田谷と違って、何か大まかな感じがあり、のんびりしていて、大根などもよく育つ。その点では私の考え方や感じ方にも、いい影響を与えるかも知れない。

練馬に引っ越すというと、ずいぶん田舎に引っ越すように受け取る人がいるが、あそこはそんなに田舎ではない。私の当籤を電話で知らせてくれたのは、練馬の地元の新聞だが、後日その新聞を見ると電話の談話として、当籤して非常に嬉しい、移転したからには大いに練馬文化のために尽したい、などと私の覚えのないことまで書き立ててあった。練馬文化というものがあるらしいのである。しかしどうすれば『練馬文化』に尽せるのか、今のところはまだ判らない。

とにかく二、三日中に引っ越す。

引っ越したら新しい環境と生活が始まり、私の人生観も変るであろう。

人生観などと言うものは、大体そんなものであって、周囲を全然拒否するような強烈な個我、人生観は、そうざらにあるものではない。

周囲のみならず、身体の状態や健康状態が、その人の人生観を形造ったり、変化させたりすることがある。胃弱において、あるいは胃弱によって、傑作を書き残した文学者もいる。あるいはテンカン。

私の友人で小説を書いていた男があったが、ある日サントニンを服み、蛔虫をすっかり駆除したところ、とたんに小説が書けなくなった実例がある。頭がすっきりとポカンとなって、何も書けなくなったと言うのだ。

するとこの男の小説は、当人が書いていたつもりでも、実は蛔虫が書いていたということになる。小説だの人生観だのいうものは、その根底において、かくの如くはかなきものである。

私も現在健康状態はあまり良好でない。悪いというほどではないが、良好だとは言い難い。半健康（ストレス説によればこれこそが病気の本体の由）の状態にある。

慢性的ビタミンB群の不足、肝臓肥大、その他いくつかの軽微な障害が私の身体にあって、それが私のものの考え方、人生観、世界観などにも強い影響を及ぼしているようである。

練馬に引っ越して、朝な夕な新鮮な空気を吸い、酒煙草を節し、悠然として南山を見るような生活を続ければ、あるいは健康がすっかり回復し、まるまる肥って、そのかわりに小説などは全然書けなくなるかも知れない。

やはり小説というものは、私の感じからすれば、根底のところにマイナスの部分、光ではなくて影、歪み、そんなものが必ずあるようだ。それらの上に小説というもの、小説家というものが成立しているように思う。将来小説はどうなるか知らないが、近代から現代にかけての小説は、大体においてそういう仕組みになっている。

肉体も精神も全然健全な人は、小説を書かないし、また書けないだろう。だからその人々は小説家にならないで、他の職業についている。議員などになって、国会であばれたりしている。

現在のような病める時代にあって、心身共に健全ということ自体が、異状であり、おかしいのである。健全ということは、すなわちデリカシーの不足あるいは想像力の欠除ということであって、私たちは先ずこれを排することから仕事を始めねばならぬと思う。

（昭和三十年六月）

本に関する雑談

私には本を集めたり所蔵したりする趣味が今は全然ない。いわんや初版本やキコウ本なども私には縁遠い。本というものは現在の私においては、中味だけが問題なので、読了してしまえばそこらにほったらかし、あるいはまとめて古本屋に売りはらってしまう。ものに執着を持ってはいけないというのが、終戦後の私の考え方で、戦前すこしためていた書籍類も、戦後パッパッと四散してしまった。

がらんどうの書棚を見ると、私は気持がさばさばする。そのかわりにぎっしり詰った書棚を見ると、気分が鬱然としてくる。

そういう具合であるから、私は本というものに対して、中味は別として、その形骸には尊敬だの愛着だのは感じないのである。そういう精神主義から程遠いのだ。

この間もうちの女の子が、母親から叱られていた。

「なんですか、この子は。学校の御本を足の指でつまんだりして！」

すると女の子が口返事をした。

「でもパパだって時々、御本を足の指でつまんでるわよ」

その子の母親は激怒して、私に向って、今後子供の前で本を足指でつまみ上げてはいけないと、きびしく申し渡した。

私だってなにも、本を軽蔑したり憎悪したりして、足指でつまむわけではない。足指でつまむのは、足を使った方が手早い（足早い？）場合に限られている。

しかし子供にそんな真似をされると、教育上面白くないから、近頃では子供たちの前ではつつしむことにしている。

私も子供の頃は本を大切にした。非常に大切にした。

あまり本を買って貰えなかったからである。

少年雑誌などというものは、お正月に一度買って貰える程度で、あとは友人に借りて読んだ。借りものだから、大切にせざるを得ない。汚したり破ったりすると、次から貸してくれなくなるのだ。

どうもその頃の我が家の教育方針は、学校教科書以外の本を読むのを喜ばない風で、私はオヤジやオフクロにかくれて、雑誌だの文庫だのを読みふけった。文庫というのは、岩波文庫みたいな高尚なやつでなく、立川文庫という俗悪な文庫である。俗悪であるからこそ面白いのである。

教科書のかげにかくれて、立川文庫を読みふけり、それをオフクロに見付かって叱られたことが、何度もある。立川文庫は我が家において家禁の書であった。

家禁の書であるからこそ、それをかくれ読む面白さは倍加する。

そんなに本が読みたいなら、俗悪な文庫でなく、良好なる児童読物をあてがった方がよかろうと、私のオフクロは考えたらしい。『赤い鳥』という児童雑誌を数ヵ月にわたって買ってくれたことがある。

鈴木三重吉編集『赤い鳥』の執筆者で、今なお生きている人も多かろう。そういう人たちにはすまないような気がするが、『赤い鳥』の童話は私にはあまり面白くなかった。立川文庫の面白さにはるか及ばなかった。

もちろんそれは執筆者が悪いのではなく、子供の私が悪かったのであろう。

子供の頃読書を抑制されたから、私は自分の子供には本を潤沢にあたえる方針をとっている。

子供はせっせと読んでいる。相当にむつかしいのも読んでいるようだ。むつかしい言葉が出ても、前後の関係で推量して理解してしまうらしい。

子供の読書というのは、大人のそれとちがって、拾い読みということはあまりやらぬらしい。すみからすみまで読んでいるようだ。

先日、これは雑誌ではないが、G社発行の『がくしゅうずかん』(二年生用)というのを買ってやった。すると子供はせっせと頁をめくっていたが、パパの手紙があるよ、と私に言った。

そこで私がそれを見ると、八十二頁の『ゆうびん』というところで、手紙をポストに入れると、どういう順序で先方につくかということを、図入りで解説してある。

そして封筒のあて名や自分の名の書き方の例として、封筒のうらおもての画がある。表の宛名は『さいたまけん　はにゅうまち　いしいいちろうさま』とあり、裏は『たちかわし　にしまち三　うめざきはるお』となっている。私はおどろいた。

『うめざきはるお』という名は、日本中にそうざらにはなかろう。第一梅崎という姓は割にすくなくて、たとえば東京都の電話帳をめくっても、『梅崎』という姓は一人も見当らないほどだ。(梅崎一族は貧乏人ばかりで、電話をひけるのが一人もいない、という説も成立するか?)

石井一郎とか鈴木花子とか、そんな一般的な姓名ならかまわないが、『うめざきはるお』はあきらかに姓名権侵害である。私はG社に抗議を申し込もうと思う。しかし読者の少年少女たちが『うめざきはるお』という名を覚え、それを機縁にして、将来私の読者になることも考えられる。抗議を申し込むべきや否や、近頃私の気持は千々に乱れている。

（昭和三十年二月）

青春について

青春について書けとのことだが、それはすでに私が青春のなかにいない、と見極められたせいだろう。人は青春のさなかにあって、自らの青春を語り難い。青春というものはその中にいる時は自覚することがむつかしく（むつかしいというよりは、自覚する必要がないのだ）、離れると初めてしみじみと自覚されてくる。喪失という形でしか自覚されないのが青春というものの特徴である。

などと断定的なことを書いたが、これは一般にあてはまることではなく、私だけのことかも知れない。私は今語るべき青春をほとんど持たない。何となく青春時代を過ごして、そして中年となり、やや狼狽という状態にある。もすこし何とかハナバナしく青春を生きればよかった、などと近頃夜半の寝覚めにぼんやり考えたりするのである。

これが私が老年になるともうすこし中年時代をハナバナしく生きればよかった、と夜半の寝覚めに眼をしょぼしょぼさせて考えることであろう。順ぐりにそういう悔いを重ねて、やがて私の一生は終りということになるだろう。青春と同じく、私は中年をも、ぬるま湯の如く生きている。

私は三十代、また三十代の初め、自分の若さ（青春とはちょっと違う）は永遠につづくものだ、と漠然と感じていた。若さ、と言っても抽象的なものでなく、自分の筋肉や関節の柔かさ、暴飲暴食しても一昼夜経つと元通りになる胃腸、そんな状態が死ぬまでつづくと漠然と考えていた。道で転んでかんたんにネンザしたり、冷えて坐骨神経痛をおこしたり、大酒をのむと一週間もこたえたり、そんな身体の状態になるとは、夢にも考えなかった。考えるメドがなかったのだ。

だからその頃の私は、中年男あるいは老年者の身体不調に対して、全然同情を感じていなかった。同情するということは、その状態に自分を置く、そういう想像力が働いた時に成立が可能なものであるが、若い私にはそういう想像力は働かなかった。働かせる必要もなかった。そういう老いは私に無縁のものだったわけだから。

そういう意味で、青春というものは傲慢なものであり、老いに対する想像力の欠如という点でたいへん残酷なものである。しかしその点では青春よりは子供の方がもっと残酷である。子供というやつは、老人というものは当然死ぬものと考えている。だから爺さん婆さんが死んでも、涙を流すこともなく、嬉々として葬式マンジュウなどを食べている。私も子供の頃は、葬式というものはたいへん楽しいものであった。現在の私は葬式というやつは、ひしひしというほどではないが、相当に身にこたえる。やはり世の中は順ぐりに出来ている。只今青春のさなかにいる諸君も、そう手放しで楽観しない方がよかろう、と老婆心ながら私は思うのである。

（昭和三十年六月）

自分の容姿

どうも自分が考えている自分の像と、他人の眼にうつる自分の像とは、大きなへだたりがあるものらしい。

もちろんそれはどちらが当っているか、どちらが正確かということは、一概に断定出来ない。

他人の眼は客観的であるが、私がかくしているところのもの、機微のところまでは、おそらく届くまい。反対に私が私を考える場合、あまりにも即き過ぎているために、あるいはウヌボレその他の条件によって、たいへんに歪んでいるということも考えられる。

私も自分について、大いに思い違いしていることが、しばしばあった。

たとえば自分の声について。私は私の声を、非常に重々しい沈着な声であると、ながい間思っていた。ところが近年、ラジオに出たりテープレコーダーにとったり、その再生音を聞くと、私の声質は意外に軽いのである。意外というのは私の意外であって、他人はもともと軽い声として受け取っていたのだろう。

自分で自分の声を聞くのは、いったん声が口の外に出て、それから再び自分の耳の穴に入り鼓膜に達するのではない。口と耳とは身体の中でつづいている。そこをジカに通るのだ。（その証拠に、耳の穴を指で固くふさいで発音しても、自分の声はちゃんと自分に聞える）自分の声を、そのジカの調子で他人も聞いていると思いこんでいたところに、私の誤解があった。これは私だけでなく、自声の再生音を聞いたことのない人々のほとんどが、同じ誤解におちいっていることだろうと思う。

自分の容姿だってそうだ。

自分の容姿を自分で眺める方法としては、鏡、写真などがある。しかし私たちは、鏡に向うとき、写真にうつされるときなどには、すでに無意識あるいは有意識のポーズをつくっているのである。そして人々は、そのポーズを自分の本体だと思っている。だからうっかりしたところをスナップされて、へんな顔にうつされると、〈おれはこんなへんな顔をしていない〉と人々は考え、不快を感じる。私も不快を感じる。ほんとはそれはへんな顔でなく、その瞬間の地顔なのだ。人間は自分の地顔を見たがらない。

ラジオの自分の声を聞いて、不快に感じるのも、同じような関係である。私はラジオの自声を聞くと、とたんに鳥肌が立ち、長く聞いているとジンマシンがおきる。

鏡だの写真だのはまだまだよろしい。

私はこの間、某映画にチョイ役として出演した。

これは写真とちがって、私自身が動くのである。ごまかしが利かない。

ここにおいても、私は自分に対してたいへんな誤解をしていたことを発見した。私は私の日常の挙動や動作を、いかにも男性的で堂々としていると、ながい間信じ込んでいた。その前提の上において、いろいろポーズなどをつくっていた。

ところがスクリーンの私を見ると、私の身のこなしは私が思い込んでいた如くではなく、全然中性的、あるいは女性的ですらあったのだ。こんな手ひどい裏切りを受けたことは近来にない。素足でべたりと犬のウンコを踏みつけたような気分になって、私は早々に客席から飛び出した。

かくの如く、私は私自身について、かんたんな形而下の部分においてすら、いろいろ誤解を重ねている。だから自分の心理、精神構造、あるいはそれらの具象化としての作品、などについても、私はさまざまの誤解をしているかも知れない。かも知れない、と不安定な言葉を使うのは、私のウヌボレのなす業であろうが、〈私は私を誤解している〉と断定することは私には出来ない。そういう断定は自分の成立を不可能にしてしまう。

その〈しているかも知れない誤解〉を正すためにも他人の眼は必要であり、また非常の重さをもって存在する他人の眼を、おろそかにしたり否定したりするわけには行かない。

前号の佐古純一郎氏の『生の希求者梅崎春生』という文章も、そういう意味で私は大へん参考になり、勉強になった。厚く御礼申し上げる。

なかんずく、梅崎的心理主義と梅崎的技法が梅崎文学の将来の発展深化をはばむであろうという指摘など、私をギョッとさせ、かつ脅かした。自分はたんたんと安穏にあゆんでいるつもりでも、他人の眼から見るとおとし穴だらけなのである。こういう具合に私は私を誤解している。

同じ文章で、佐古さんが私と同じく海軍の応召兵であり、同じ相浦海兵団に入り、同じ佐世保通信隊で暗号術講習を受け、同じく暗号兵になって終戦をむかえたことは、私には初耳であった。同じ苦しみを経験したということだけでも、私は佐古さんに強い親近感を感じる。

私は佐通暗号講習の第一期生であり、講習も通信隊の中で受けたが、佐古さんは私より六ヵ月後の応召だから、講習も数期後であり、講習場所も通信隊内でなく、佐世保の背後にそびゆるマンバという山の頂上の兵舎だろう。私も一度マンバに登り、頂上から佐世保港を見下したことがある。その頃すでに海軍は潰滅的打撃を受けていたので、港内にはほとんど軍艦のかげはなく、輸送用の巨大な潜水艦が一隻ポカリと浮いていた。

昭和二十年度においては、私は三月一日から五月末日まで、佐世保通信隊あるいはその周辺に勤務していた。だからあるいはその時期に、私は佐古氏と顔を合わせたことがあるかも知れない。もし顔を合わせたとすれば、彼は私に敬礼し、私は彼に答礼したことであろう。私の方が階級が上だから、これは致し方ない。

五月初め、佐世保通信隊の前庭のツツジの花の美しさを、私は今なお忘れ難い。庭中がツツジの木で、それらが一斉に開花し、五月の陽光の下に燃ゆるように咲き乱れていたのだ。そのツツジの花の美しさを、佐古さんも見たかどうか、今度会ったら訊ねて見たいと思う。

（昭和三十年三月）

私の小説作法

『小説』と言うものは、それがつくられるためにいろいろと複雑な個人的（また社会的）な条件があり、また単に技術だけで製作されるものではないから、その『小説作法』なるものは『ラジオの組立て方』とか『ダンス教習法』などとは根本的に異なる。かんたんに伝授出来るわけのものでない。また伝授される側からしても、研鑽これ勉めてついに免許皆伝にいたる、という筋合いのものではない。

もし『小説』が、剣術あるいは忍術に類するものであれば、世の小説家は絶対に『小説作法』なるものを書かないであろう。その『小説作法』を皆が読み、その奥義を会得することによって、やがて師をしのぐ作品をどしどし書かれては、今度は師の方が上がったりになるからである。それでは困る。私だってそうやすやすと上がったりになりたくはない。

しかし小説というものは、現在においてはそういう仕組みのものではなく、伝授不可能なものが大部分を占めているので、私も安心して『私の小説作法』が書ける。

現在においては、と今書いたが、将来小説はどうなって行くか。それは私も予想出来ないけれども、あるいは将来において、小説の実質がすべて技術的なもので充たされる、ということも考えられないでもない。つまり小説が、創作されるという形から、合成されるという形に変って行き、その小説製造者も個人から集団ということになって行く。現在の映画製作のような機構になって、小説が合成されるだろうということを、私はかつて考えたことがある。

そうなれば個人の作家というのはなくなって、あいつは筆がなよやかだから濡れ場のところを分担させようとか、こいつは間抜けた才能があるからギャグ効果を受け持たせようとか、それぞれの技術と才能において小説に参加する。もうそうなると小説も『作法』などというなまやさしいものでなくなってくる。そういう大小説になると、個人としての批評は細微の点までつけなくなるので、批評家たちも集団を組んで、批評文の合成をもってこれに対抗する。

そうなればそんな大小説も大評論も、読者個人個人の鑑賞の手にあまるから、誰も読まなくなってしまう。誰も読まないとなると、小説も評論も企業として成立しなくなり、そこで文学は終焉する。文学者たちはみんな失業し、六ヵ月間失業保険の支給を受けたのち、それぞれニコヨンなどに転落して行く。寒空の道路工事場でスコップの手を休め、水洟をすすり上げながら、昔日の小説家の幸福をうらやむということになるかも知れない。

しかし私が生きている間には、まだそんな事態は来ないだろう。来たらたいへんだ。来るということを考えたくない。

小説というものは大体十九世紀が頂点で、以後徐々に下降して行く傾向にある。小説家の幸福もその線に沿って下降して行く。個人の豊かな結実、その豊かさがだんだん減少し、貧弱になってゆく。他の人間、他の職業人と同じく小説家自身もだんだん細化され分化されて行く。一方社会機構はその細分化された人間を踏み台にして、ますます複雑化されふくれ上がって行く。個人としての小説家は、もうその弱々しい触手をもってしては、尨大なる社会機構をとらえることは出来ない。機械の中の一本の釘となり、硬直した姿勢で、釘としての役目を果たすことで精いっぱいになってしまうだろう。

破局的なことばかり書いたが、幸い現在はまだそこまで押しつまっていないので、小説家が自由業として成立する。現在小説家という職業は、身分的に言ってもあやふやなものであるが、仕事の内容もあやふやであって、明確にされていない部分が非常に多い。小説を書こうという衝動、発想、それらと現実との関係、現実を再編成して第二次の現実をつくり出す方法や技術、その間における作家の責任、その他もろもろのことが、ほとんど明確に規定されることなく、作家の個人個人の恣意（？）に委せられている。だから小説家は自分の方法をもってそれぞれ作品をつくっているわけであるが、自分の方法と言ってもあいまいなもので、精密な設計図として内部にあるのではなく、大ざっぱな見積りとしてしかないのである。いや、見積りという程度のものもなくても、小説作製は可能である。自分の内部のものをムリに明確化し図式化することは、往々にしてその作家の小説をだめなものにしてしまう。ムリに見積らない方が賢明であるとも言える。自分の内部の深淵、いや、本当は深淵でなく浅い水たまりに過ぎないとしても、それをしょっちゅうかき廻し、どろどろに濁らせて、底が見えない状態に保って置く必要がある。底が見えなければ、それが深淵であるか浅い水たまりであるか、誰にも判りゃしない。自分にすら判らない。自分にも判らない程度に混沌とさせておくべきである。その混沌たる水深が、言わば作家の見栄のよりどころである。作家という職業は虚栄心あるいはうぬぼれが強烈でなければ成立しない職業であって、それらを支えているものがその深淵であり、あるいは深淵だと自分が信じているところの水たまりなのである。一朝ことあってその水たまりが乾上がり、自分が小説を書く技術だけの存在になったと自覚した時、その作家は虚栄心を打ちのめされて絶望するだろう。絶望したとたんに、作家以外のものに変身するだろう。たとえ小説作製は相変らず継続して行くとしても。

小説家というものは、判らないからこそ小説を書くのである。判ってしまえば小説なんか書かない。小説家は何時もそんな逃げ口上めいた言い訳を持っている。デーモン、いやな言葉であるが、そんなもの持ち出して来る。自分の内部の水たまりに、そんな主が棲息しているかどうか、ひっかき廻しても幸いにどろどろに濁っているので、自分にも判然しない。判然しないけれども、そうだと信じさえすれば、それは棲息しているのと同様である。いてもいなくても、要は信じること。他のことは何も信じないでもいいが、これだけはこの職業では信じなくてはならない。自分は才能は貧しくとも、芸術家としては一流でなくても、ホンモノかニセモノかと言う点では、断じてホンモノであるという自覚、これが大切である。

この私の考え方はやや古風な考え方であって、私以前の文学者の心得みたいなものなのであるが、まだこれはすぐに廃る考え方ではないから、今から文学に志ざそうとする人も、これを一概にしりぞけない方がいいだろう。昭和初年の文学青年たちは、みんなそれを信じることによって生きて来た。あの頃文学に志すことは、現今と違って、ほとんど現在を捨てることと同義であった。自分の水たまりに棲むものが、竜であるか、あるいはドジョウであるかミジンコであるか、一生かかっても判らないことだ。その判らないことの上に、文学者の意識なり生活なりが成立する。その成立の状況もいろいろあやふやなものがあって、内部の水たまりが乾上がったのに、乾上がったという自覚症状がなく、そのまま継続している場合もあれば、水たまりはそのままでも、ドジョウそのものは腹を上にして死んで浮き上がっているという場合もある。複雑多岐であって、そこらのかねあいがむずかしい。

とにかくそういう個々の立場から、小説家たちはそれぞれ自分の方法で、現実の一片を切り取ってそのまま書くとか、すこし変形して書くとか、架空の材を使って書くとか、いろいろのことをやる。れいのドジョウとのかかわりの上において、あるいはかかわったつもりの上において、小説というものが作られる。『私の小説作法』という題で、私は自分の事は語らず、なんだか見当違いの事ばかり書いてしまった。書き直す時日もないのでこのまま出すが、まことにだらしなく申し訳がない。

（昭和三十年二月）

日記のこと

昭和十九年五月召集令状が来たとき、日時が切迫していたので、持ち物を整理する余裕もなく、そのほとんどをHという友人に預けて出発した。終戦後復員、その年の十月に上京して見ると、Hの行方が判らない。さんざん苦労して、やっと川崎市のはずれの稲田堤の農家の二階にいるのを探しあてた。で、私もその二階に居候になってころがりこみ、三ヵ月ばかりそこで暮した。この頃の生活のことは「飢えの季節」という小説にも書いたが、毎日毎日が空腹の連続で、ことに階下の百姓一家は鬼のキバのような白飯をたらふく食べているのだから、とてもやり切れた生活ではなかった。

しかしここでは空腹のことを書くのが目的でなく、荷物のことなのだが、Hもいろんな事情で住居を転々とした関係上、私の荷物もHの友人たちに分散されていて、布団だの衣類だのの生活必需品は一応戻ったが、書籍その他は大体焼けてしまったらしい。この方はほとんどと言っていいほど戻って来なかった。

その戻ってこない物品の中で、私は今でも痛惜にたえない品物が一つある。それは昭和七年以来書きためた日記帳のことだ。

私はもともと几帳面な性分でなく、毎日毎日はキチンと日記をつけるたちではない。気まぐれなつけ方で何も書かないのが半年もつづくと思えば今度はヤケに詳しく、一日分を十数頁にわたって書いたりする。昭和七年高等学校入学当初から昭和十九年までだから大型ノートとか自由日記とりまぜて十数冊はあったと思う。Hはその日記類だけとりまとめて、A女という女友達に保管を託した。A女は終戦時まで確実にその日記類を保管していた。戦災は蒙らなかったわけだ。

そこで私は上京後直ぐA女に連絡して、それを返還してもらえばよかったのだが、なにしろ時勢が時勢で、昔の日記どころのさわぎでない。生きるため食うためにジタバタせねばならぬ時代だから、ついそのまま放っておいた。それが悪かった。

そして私がA女（未だ会ったことがない）に連絡の手紙を出したのは、翌年の春のことだ。そのA女の返事は私をすっかりガッカリさせ、またムシャクシャさせた。A女は私の日記をとりまとめて、二ヵ月ほど前クズ屋に売ってしまったと言うのだ。

焼けたら焼けたであきらめがつくが、クズ屋とはあきらめ切れない。あんなものは、書いた当人にとっては絶大の価値があるが、他人にはいささかのねうちもないだろう。クズ屋だってそれを紙クズ並みの目方で買って行ったにちがいない。

それにその後文筆を業とするようになって、昔のことを書くような場合も出てくる。そんな場合、私はあまり記憶力がいい方ではないから、あの日記帳が残っていたら、と思うことがしばしばだ。あの日記帳や大型ノートには単に日常の記録のみならず、小説の習作みたいなのも書いてあった筈だしまことに痛恨極まりない。

そういう関係上私はガッカリして戦後はしばらく日記をつける気にもならなかったが、近頃またすこしずつ書く習慣をつけてきた。近頃のは自由日記ではなく、毎日毎日が一頁におさまる当用日記というやつで、これは主情的な記述は全然入れず、人の来往、食事のオカズのことまで、カンタンに書き入れる。

誰にも経験があることと思うが、日記というやつはそういうやり方の方が長つづきするものだ。

そしてそんなカンタンな記述でも、文字として残しておく限り、何年経ってもその日のことを想い出すメドとなる。人間の記録などというものは、堆積する雑多の日常におしつぶされて空々漠々としているが、それでも何かメドなりヒントなりがあれば、割にあざやかに過去を再現出来るものだ。やはり生きてきた過去を記憶の彼方に押し流してしまうのは、私にとってはやり切れない気がする。

と言って、私はここで別に日記の効用を説く心算は全然ない。私の場合をただ書いて見ただけである。

（昭和二十九年二月）

輸出文学について

昨年の秋だったか、塩谷栄氏から、私の『空の下』という作品を翻訳して、アメリカに送りたい、という申し入れがあった。私としては、別段異存はないし、喜ばしいことでさえあるので、その旨したためて返事を書いた。書きながら、あの作品が果してアメリカ人に理解されるかどうか、そんな危ぐがかすかに胸に動いた。

『空の下』という作品は、もちろん虚構の題材であるが、主人公の眼を通して見た近所近辺の生活描写である。いうまでもなく、日本の家庭生活、隣人同士の交際の形式は、欧米のそれと、はたはだ懸隔がある。ある程度の予備知識なしに、アメリカ人がこれを読んでも、理解できない部分が相当にあるのではないか、というような危ぐである。

私はこの『空の下』を、もちろんアメリカ人向けには書かなかった。想定した読者は、日本人である。相手が日本人であるからには、日本人同士ならわかり合うような約束や習慣に、もちろんいちいち説明はしなかった。しかしそれが、日本の生活を知らない外人に、どういう風に理解し解釈されるかと思うと、ちょっと心もとない。無論、人間の動作や心理は、大体世界共通であるけれども、そういうものを取り巻く日本的環境のことである。文学界八月号に、在アメリカの向井啓雄氏の『アメリカ人の求める日本文学』という一文がでている。それによると、アメリカ人が求めているのは、

一、特攻隊を扱った作品
二、夫や息子を失った日本女性の心理を扱った作品
三、見合結婚を扱った作品
四、天皇にたいする国民の感情を描いた作品
五、占領軍将兵と日本女性との関係を描いた作品
六、占領軍に対する日本人の感情を扱った作品
七、広島、長崎の原爆投下の作品
八、芸者を扱った作品

九、民主主義、西洋文化に対する反応を描いた作品となっている。アメリカ人が、日本人にたいしては、文学そのものより、文学を通じて日本人の生活や感情を知りたがっていることがわかる。物見高いといえば、物見高い。『空の下』は、翻訳なって、アメリカに送られ、ユタ大学の季刊誌（THE WESTERN HUMANITIES REVIEW）の春季号に掲載された。ユタ大学といえば、アメリカでも地方の大学であろうが、見たところなかなか立派な雑誌である。『空の下』がその読者に、どういう反応を示したか、それは今のところ、全然わからない。

（昭和二十九年十月）

署名本『砂時計』のこと

「砂時計」は新書判の他に版元と相談して、若干の上製本をつくることにした。布表紙、箱入りの感じのいい本が出来上がった。私がいままで出した本の中では、一番よく出来ているように思う。発売日も新書判と同じだが、どんな比率で売れているか、いまのところはわからない。

上製本には署名を入れろという版元の要望で、私はすぐに引き受けた。私の姓名は四字だから、百部で四百字となり原稿用紙一枚分、五百部で五枚分、千部なら十枚分となる。たかが五枚や十枚、二時間か三時間あれば書けると思って引き受けたのだが、それは全く私の思い違いであった。実際にかかってみると、毎晩二時間ずつ、五日か六日の日時を要した。最後の方ではもう少々自分の名前に食傷した。

「砂時計」は群像に連載中、一冊にまとめる時は大いに手を入れようと考えていたが、実際に書き上げてみると、手を入れることは気分の上で不可能であった。手を入れることより、全部を書き直す方が早いのである。やむなくつじつまの合わない個所だけをつじつまを合わせ、そのまま本にした。

連載中は、いままで書いた部分に対する自己嫌悪、いまからどう書き続けていくかという不安定な危惧で、毎月毎月が重苦しかったけれども、書き終るとほっとして、またたくさんの登場人物と別れるのがつらいような気もした。いまでも彼らは私にとってなつかしい友達のような感じがする。短編ではこういうことはありえない。

（昭和三十年十一月）

受賞ばなし

賞というものは、たいへん楽しみなものであり、また励みがつくものである。小学生のころ私は非常に出来がよくて、事あるごとに賞をもらい、私も喜び、オヤジやオフクロをも喜ばせたが、中学に入ったとたんに出来が悪くなり、以後大学卒業までほとんど賞をもらった記憶がない。

近ごろになってまたそろそろ賞をもらうことが多くなってきた。碁会での賞品、これなどはほとんど毎回もらう。将棋、これは賞品のみならず、優勝カップまで持っている。昨年の文人将棋大会にB級で出場して、なみいる諸豪をなぎたおし、もらったものである。アヒル会（素人画会）の展覧会でも、出品の度に賞をとる。もっともこれは、出品すれば総員必ず賞をもらうきめになっている。半月ばかり前のアヒル展では、松坂屋賞というのをもらった。必ず賞をくれるきめだから、最終日に私はふろ敷持参で、会場の授与式に出かけて行った。

ところが私がもらった賞品は、名刺箱大の賞品で、ふろ敷なんかに包みようがない。中をあけて見ると、金属製のアクセサリー風のものである。何に使用するのか判らなかったから、そっと人に聞いてみると、その一端を洋服のエリの穴にさし、他の一端に時計だのカギだのぶら下げてポケットにしまう、という仕掛けの道具であることが判明した。

こんな道具をもらったって、私は時計も持たなければ、カギも持たない。

無用の長物だと思ってツクエの奥にほうり込んでいたら、それから四日目に今度は直木賞をもらった。直木賞の正賞は、時計である。

今までの賞は余技の賞ばかりで本業に授賞されたことはこれが初めてである。新聞に写真までが出た。

近所の八百屋のオヤジさんがその記事を読んだとみえ、私に向って、大したもんですなあ、軍人でいえばキンシ勲章をとったようなものだ、などとさんざん賞めそやしたあげく、時に年金はいくらぐらいつくんですかい、と質問した。

文化勲章かなにかと間違えたらしい。

今年に入ってすでに賞を二つも取り、それが時計と時計つりであるとは、何と都合のいい話だろう。そう思ってホクホクしているところへ、文芸春秋社の人がきたからたずねてみると、正賞は時計は時計でも懐中時計でなく、腕時計の由であった。

やはり世の中は、そうそう都合よくゆくものではないようだ。

その授賞式があるというので、私は定刻前に会場に出かけ、そこで旧知の庄野潤三氏に会い、更に未知の小島信夫、戸川幸夫の両氏に紹介され、四人並んで賞を受けた。賞は、時計と十万円と目録とである。

受賞を電話で知らされた時よりも、現物の賞を手渡された時の方が、はるかに嬉しかった。人間の感情とは現金なものである。

その式の間、実にたくさんのカメラからパチパチとうつされた。短時間にこんなにうつされたことは初めてだ。

授賞式が済むと、急に不安となり、つまり紛失したり取り返されたりしないかという不安におそわれ、タクシーを呼びとめ、早々に家に飛んで帰った。今なおその不安がつづいているから、それをなくすために、賞金を早いとこ使い果してしまおうと思っている。

（昭和三十年二月）

真の作家ということ

何故文士になったかという理由であるが、現在では文士という言葉はあまり使用されない。新聞などでも文章の末尾に（筆者は作家）という具合に、作家という名称が使われている。

ある人に言わせると、それも当然の成行きであって、当今の小説家には文士というサムライの名を冠せられるのはほとんど居なくなり、それにかわって作家という名が普及してきた。作家というのは家ヲ作ルであり、実際に作家たちは文運隆盛にして、続々と家を建てつつある。また実際に現今の作家の仕事ぶりは、家作りのトントン大工のような手間仕事に堕しつつある。作家と呼ばれるのも当然だという説であるが、果してどんなものか。

で、作家になった理由。しかしこの場合作家というものの定義がむつかしい。作家を職業の一つと解するなら、つまり職業作家になった理由なら、至極かんたんに答えられる。原稿が売れて金になり、それで生活出来るようになったからである。その意味でなら、昭和二十二年に作家になった。

しかし作家というものは、職業という一面もあるが、別の面にずっと奥深い意味を持っていると考えられる。次の例でも判る。新聞の随筆などの末尾に、先ほど例を上げたように、カッコ付の説明があり、それに（元大臣）とか（元技師）とかそんなのはよくあるが、（元作家）と言うのはまだ見たことがない。作家というものは、一度なってしまえば、死ぬまで作家なのである。これは文学だけでなく、芸術一般に通用することだろう。元芸術家などということはあり得ない。たとえ作品活動はしていなくても、彼は生涯作家であり芸術家なのだ。それは皮膚みたいに身体に貼りついている。

そんなことをある男に話したら、その男が反問して曰く。先年法務大臣をやった某は、あれは昔小説を書いていたのだから、元作家と言えないかね？

私は答えて曰く。作家というものは、いかなる時代にあっても、権威に屈従することなく、権威に反抗するものである。民衆の敵ではなく、常に民衆と共にあるものである。貴君の今挙げた某は、権威に屈従して指揮権を発動し、社会悪を摘発しようという企図を挫いた。民衆の味方であるかわりに、民衆の敵となった。すなわち彼は作家でもなければ、元作家でもない。もともと作家ではなかったのである。たとい彼が昔日作品活動をしていたとしてもだ。

この例のように、作品活動をしていても真の意味における作家でない場合は、間々《まま》あるようである。間々以上に頻繁にあるかも知れない。ではその意味における作家とは何か。それは僅々三枚ぐらいでは尽せるものでないし、そういう作家に私がなった理由、それよりもそれに私が該当しているかどうか、三日三晩ぐらい自分自身を問い詰めて見なければ、判らないことである。（筆者は作家）

（昭和三十一年十一月）

野間宏のこと

昨年木下順二が家を建てた時、ずいぶんかざりっ気のない無趣味な家を建てたんだってね、と私が言うと、木下はちょっと考えて、うん、無趣味だけれども野間君の家よりもかざりっ気があるよ、と返事した。

そのかざりっ気のない野間邸に、私は昨日初めて訪問したのだが、なるほどあの家には全くかざりがない。実にさっぱりとして、剛直な感じがするくらいだ。そして家の機能だけは完全にフルに果たしているところが、いかにも野間式らしく、私は感服した。男の中の男という言葉があるが、これはある意味において、家の中の家である。

家はこのようにして剛直だが、現在この家の主の健康はあまり剛直ではないようだ。

私が野間君と初めて顔を合わせたのは、九年ほど前になるが、あの頃彼は筋肉質な身体で、むしろほっそりとしていた。ところが今ではずいぶん肥って、むくんでいるようにさえ見える。同じくあの頃ほっそりしていた椎名麟三、中村真一郎の両君もいつの間にか現今はすっかり肥り、肥らないのは私だけのような感じがして淋しい。肥った人と対座すると、私は何だか圧倒されるような気がするのだ。

野間君は本や紙筆を出して、自分の病気を説明してくれた。現今彼をなやましているのは、タン石であり、タンノウ炎であり、肝臓肥大である。私も時々肝臓を悪くするから知っているが、この病気は身体がだるく、何もしたくない、何をする意欲も出ない、という特徴を持っている。それにタン石、タンノウ炎が加わっては、これはたいへんなことだろうと私は同情し、そしてそういう状態で『地の翼』のような大きな作品を、着々と書き続けて行くことに、すっかり感服した。並たいていな精神力ではやれることでなかろう。『地の翼』は目下連載中だから論評出来ないけれども、この大作の筆致には、ゆるぎないものを摑んだという強い自信のようなものが感じられる。全部で七百枚ぐらいの予定で、一週間の間の事件を取り扱うつもりだとのことで、これが完結すると今度は『時計の眼』を書きつづけたいと彼は言う。ここしばらく沈黙していたのは、上述の病気のせいであるが、近頃は摂生によって徐々になおりつつある方向にむかい、目方もひところより一貫目減少した（と言ってもまだまだ肥っているが）というから、ようやく仕事のメドがついて来たのだろう。

ビールを御馳走になり（彼も一緒に飲んだが、ビールは肝臓によくないのではないか）ゆるやかな坂道を表通りまで送ってくれる時、今度は量的に仕事をして行きたい、と彼は私に語った。これは皆が待ち望むことであるし、期待することでもある。早く健康を回復していい仕事をして貰いたいと、その時口には出さなかったけれども私はそう思い、今でも思っている。

（昭和三十年十二月）

蟻と蟻地獄

暗号術臨時講習員

兵隊の写真は、昭和十九年十一月五日撮影。場所は佐世保市の某写真屋である。私は昭和十九年六月一日の応召兵で、同年八月二十日に『機密佐世保鎮守府日令第一二七号ニ依ル暗号術臨時講習員』を命ぜられ、三ヵ月の講習を受け、講習終了の日の記念撮影がこれだ。

この講習の資格があるのは、一応専門学校卒以上ということになっていたので、講習員には眼鏡をかけている者が多い。他の場所でも書いたが、眼鏡というやつは絶対に水兵服に調和しないものである。だから私はこの水兵服（第一種軍装と呼ぶ）を着用するのは嫌いで、略服着用の方を好んだ。

この写真は記念撮影であるからして、第一種軍装をまとわないわけには行かなかった。しかしこの三ヵ月の講習は、私の海軍生活でも一番ラクだった時期で、どうしてラクだったかというと、教員と我々講習員だけの生活だったからだ。講習場所は佐世保通信隊の中にあったが、環境としては実施部隊から一応切り離された形になっていた。だから小うるさい兵長や下士官たちとは直接関係がなく、なぐられたり、精神棒でひっぱたかれるという災厄はなかった。

この記念撮影の翌日から、佐世保海軍通信隊付を命ぜられ、応召以来初めての実施部隊入りということに相成り、教育部隊と違って実施部隊のつらさを身にしみて感ずることになった。甲板掃除一つを取っても、教育部隊と実施部隊のそれとは大差がある。ことに寒さに向う時期だったから、そのつらさは身体にこたえた。

この佐世保における暗号術臨時講習は、私たちのが第一回で、割に成績が上がったらしく、つづいて第二期、第三期と編成されたようである。評論家の佐古純一郎氏もたしかその第三期講習員の筈で、いろいろ苦労した方の組である。

私が海軍応召間の写真は、これ一枚しかない。

水兵服についてちょっと書いて置くが、ネクタイみたいなのがあり、あの結び方、あれを恰好よく結ぶのがなかなかむつかしくて、手先の不器用な私にはそれが一苦労であった。背広のネクタイとその結び方のむつかしさとは、雲泥の差がある。

それから十二年後の写真が本書巻頭の写真で、ある人が、大学教授みたいだ、と批評した。大学教授みたいだと言われると、大学教授なんか大したものでないと判っていても、心の底のどこかがにやにやと笑みくずれる感じがするというのも、私がガクというものに対して一抹のコンプレックスを保有しているせいであろう。

しかし、なかなかよく撮れていて、被写体としても満足である。

（昭和三十一年十二月）

蟻と蟻地獄

昨年だか私の住んでいる町に、防火防犯協会というのが出来て、私の知らない間に私の家もそれに加入していた。なんでも近所の顔見知りの奥さんがやって来て、町が暗いから街燈をあちこちに立てたい、そのために各戸月額二十円の電燈代を集めるという意味のことを、かんたんに説明して行った。その説明を聞いただけで、我が家は自動的に防火防犯協会なるものに加入したことになったらしい。その中に趣旨書が郵便受に投げこまれていたりして、それを読むと、街燈を点けてその代金を電気会社に支払っているものは、協会の方に申し出れば、協会負担に切りかえるなどとも書いてある。私の家の前も夜は暗いので、三年ほど前から街燈を申請し、月々百四、五十円の電気代を払っている。協会に切りかえれば月額二十円に負担は減じるわけだが、協会なるものの正体がどうも怪しいので、怪しいと言うよりむしろ正体はハッキリ知れているので、切り替えは留保することにした。言うまでもなくこの協会は、街のボスたちが策動する旧隣組復活の第一歩なのである。

我が家の加入がはっきりし始めた頃から、私はいろいろ考えた。協会を脱退すべきや否や。もちろんこんな協会から脱会するのが一番であるが、私一人が脱会しても協会が打撃を受けるわけでもなし、抵抗の表現としても微弱過ぎる。それなら近所近隣を説き廻って集団脱会という手もあるが、私は生れつきそんな行動派に出来ていない。また脱会の手続きも面倒だ。むしろ加入したならしたままで、月額二十円はキチンと払い、片隅から会のあり方や動き方を眺め、いずれ小説のタネにでもした方が効果的だ。それも功をいそぐと損をする。競輪不正事件の坂口安吾の失敗が先例にある。などと考えているうちに、変な爺さんが玄関の扉をがたがたとあけて入って来た。白髪頭の頑固一徹そうな爺さんである。そして自己紹介をした。私は某という者であって、N将軍とはシベリヤ出兵で一緒であった。云々。

N将軍というのは、私の家の持主で、私の遠い親類にあたる人だが、終戦時満洲にいたためにソ連に抑留され、モスクワかどこかの将官収容所で病死をした。親類のよしみをもって、私はこの家の母屋の一部を借り、この五年来生活をしているわけだが、その爺さんの言葉によれば、N将軍の持家に住んでいるよしみをもって、防火防犯協会のこの一郭の会員から、会費を取り立てる役目を引き受けてほしい、と言うのである。そこで私はおどろいて、貴下は協会の如何なる役員なりやと反問したところ、爺さん肩をそびやかして答えて曰く、私は終戦後なすところなく遊んでいたが、この度衆望もだしがたく、かつは最後の御奉公と思い、当町防火防犯協会の会長を引き受けました。すなわち会長自らが私の家に乗りこんで来たわけである。

そこで私が冷静に応対すればよかったのであるが、どうしたはずみかつい日頃に似合わず亢奮して、そんな役目はまっぴらだと言葉荒く言いかえしたのをキッカケに、はからずも爺さんと私は大論争をする羽目になってしまった。私は生れつき論争とか講演とかは大へん下手である。論争だの講演だのというものは、頭の廻転と口の廻転がほぼ一致した場合、あるいは頭の廻転の方が少しばかり早いような場合には、うまく行くものであるが、私のように頭の廻転の遅いものは、考え考えして文章を書くには適しているが、論争講演には全然向かない。途中の論理を省いて、いきなり結論を言ったりするから、とにかく話にならないのだ。五年前名古屋のある団体から講演を頼まれ、二時間ほどかかってノートをつくり、いざ壇上に立ってしゃべり始めたら、五分間で全部が終ってしまい、私も大いに難渋し聴衆も大難渋したことがある。それ以来私は一度も講演というものをやらない。論争も同じである。

ところがこの協会長の爺さんも、私と同じ型で頭の廻転は遅いらしく、やはり亢奮して結論みたいなことばかりを怒鳴り立てる。爺さんは、私がN将軍の家に住んでいるからには、すぐにも引き受けてくれるものと思って来たらしい。私がどんな職業に従事しているかも知らない風である。しきりにシベリヤ出兵のことを持ち出したがるが、シベリヤ出兵の頃は私は幼児であるし、それが協会の班長を引き受けるか引き受けないかということとは、関連がある筈もない。防火防犯協会とは名前こそちがえ昔の隣組ではないかと私が言うと、昔の隣組ではなく民主的隣保組織だと爺さんが怒鳴りかえす。こういう組織にいったん入ったからには、いくら民主的と言っても、規約には服従しなければならないし、また自らなる義務も生じる。輪番制の金集めもその義務のひとつだというのが、爺さんの主張だが、私の方の言い分は、月に二十円位なら電燈代として払ってやる、しかし金集めなどの片棒かつぎは御免だということだ。ついに爺さんはたいへん怒ってしまって、顔をまっかにして、老骨の自分ですら無報酬で協会長という忙しい役目を引き受けたのに、若い貴君が金集めすらイヤだとは、人倫道徳に反するではないか、東洋には古来東洋道徳というものがあって、それに反するのは犬畜生だということまで言い出して来た。あまり大声で激論したものだから、ついに家人が飛び出して来て、それをしおに私は奥に引っ込んでしまったが、奥に引っ込んでも私はしばらくは手足がふるえ、両方の掌が自然と拳固の形になるのを如何ともしがたい風であった。やがて爺さんは、家人にうまいこと言いくるめられたらしく、やがてすたすたと帰って行った。

その翌月から会費の徴収が始まったが、私の方の一郭の集金係は三軒隣りのXさんの家である。X夫人が月々やって来て、二十円ずつ取り立て、小さな受取りを置いて行く。町のあちこちに白木の柱が立ち、それに街燈がともるようになった。まあ街燈がともって町が明るくなること自体は悪いことではない。私も二十円出しているから、その街燈に照らされる権利がある。そうして今年になった。集金係は私の隣家のY氏となり、そのY氏が輪番制の期間が切れたと見え、私の家に集金係のバトンを渡しにやって来た。

もちろん私は先年の協会長とのイキサツを話し、お断りすると言ったけれども、Y夫人は困りました困りましたと繰返すばかりで、一向にらちがあかない。私の家を飛びこして隣のZ氏へ持って行きなさいと言っても、そういうわけにも行かないらしい。そして、実はあたしもこんな役目はイヤでイヤでたまらなかったんですよ、というような愚痴をこぼし始めた。戦時中の隣組でこりごりしたから、今度もイヤだと思ったけれども、つき合いや義理で入ったのだと言う。私はY夫人を憎んでいるわけでもないし、困らせる気持もないので、集金係を辞退するには脱会以外にはないと、その時初めて決心した。その旨を申し述べて、Y夫人には引き取って貰った。そして脱会届を原稿用紙に書いた。私儀M町防火防犯協会を脱退します。署名して、それをどこに届けていいか判らなかったので、家人にX氏宅に持たせてやった。

するとX宅では、ここに届けて貰っても、自分には受理する権限もない、たしか協会のここらの組長はPという土着の百姓家であるから、そこへ届けて欲しいという答え。そこで家人はそちらに廻ったところ、なるほど竹やぶに囲まれた古めかしい百姓家で、主は鍬でタケノコを掘っていた。頭を丸刈りにした金壺眼の四十四五の男で、まことに隣組長的タイプの男だったという。私の脱会届を一瞥して、いずれ常会にかけて決定するからそれまで預って置きます、と受け取った。常会などと言うものもやっていると見える。私もその後、この男を遠くから見かけたことがあるが、なるほど風貌態度が組長々した中年男であった。どこのどういう具合がそうだとはハッキリ言えないけれども、その感じは協会長の爺さんにもある。一言でつくせば、自信と言うか自恃というか、いや自分を信じているというより、何かあるものを恃んでいる、確乎として恃んでいるという感じなのである。こういう感じはX氏にもなければ、Y夫人にもない。歴然とした差異がある。組長種族の何ものかを恃むこんな表情から、私は先だって見たニュース映画の、外遊の皇太子の顔を連想した。ハムの一片から生きている食豚の全体を連想するようで、ちょっと飛躍に過ぎるかも知れないが、私の内ではその連想は自然にムリなく動いた。私はあの皇太子の顔を、あの顎の張ったような笑い顔を好きでない。理窟立てて嫌いなのではなく、感覚的に嫌いなのである。組長族の表情も、それにどこか相通じるところがある。

P組長が私の脱会届を受け取った頃のことだ。やはりここら一帯に毎月集金にやって来すスガワラ神社というのがいて、これは小柄な四十女だ。毎月訪れてイジ費金十円也を取って行く。スガワラ神社とはどんな神社なのか、どこにあるのかもよく知らないが、察するところこの一帯の氏神か何かなのだろう。私がここに居着いた頃から毎月やって来ているので、もう断るわけにも行かない。金額も少いし、相手がおとなしそうな小型女だし、請求されるまま払っていたところ、ある日玄関ががたがたと鳴って、屈強な男が三人どやどやと入って来た。三人ともチャンと羽織ハカマをつけている。その一番年かさの男が私に言った。一般的物価の高騰につれ、スガワラ神社の経営がはなはだ苦しくなった。お宅様は金十円ということになっているが、これは四年前に決めたことで、今としては不合理である。そこで今月から三十円ということにお願いしたい。

この前のことがあるから、私も用心して冷静を保ちつつ、自分は神を信じないから従って氏神は不必要であること、スガワラ神社が苦しかろうが潰れようが私とは関係ないこと、だから値上げはおろか金十円也もこの機会に止してしまいたいことなどを、直接的な語法ではなく説明した。来訪の三人ともそろって組長タイプである。その中の一人が、貴君が氏神を必要としないでも、氏神の方で貴君を必要としていると言った意味のことを発言したが、とうとう私は押し切ってテコでも動かぬという態度に出た。こういうことは強制に出てはいけないというオフレが終戦後出ている。そんなことも私が言ったので、三人は忌々しげに顔を見合わせ、不興気にガチャンと扉をしめて表に出て行った。その後スガワラ神社は私の家に足踏みしない。氏子名簿から除名されたらしいのである。

一方協会の方からも、その後何とも言って来ない。私の脱会届は常会にかけて、認知されたのであろう。私はひょっとすると、あの白髪爺いの会長が私の家に再び乗り込んで説得に来るのではないかと、実は心待ちに待っていたのである。とにかくあの白髪爺さんが再訪しないことにはお話にならない。こちらは小説のタネにする関係もあるのに、今もってやって来ない。集金係が私の家を飛び越して隣のZ氏に行ったかどうか、それもまだ訊ねてないから判らない。

防火防犯協会ならびにスガワラ神社のことについて、結局私一人がじたばたして、私個人が私個人の分だけを潰したにとどまる結果となった。碁の方の言葉で言うと、すこし打ち過ぎてそこらの味や含みをすっかり消してしまったという恰好である。つまり面白味が全然なくなってしまったわけだ。近所のX氏Y氏Z氏、皆が皆、そんな組織に対して多少の反撥を持っているのだから、同憂の士を糾合し、あるいは少しアジテートしたりした方が、いくらか面白い局面になったかも知れない。

碁の話になったので思い出したが、先日第八期本因坊戦第一局を鎌倉で観戦した。木谷八段の黒番で、高川本因坊が中央に大きく囲おうとした地所を、ようしゃなくジリジリと攻め立て、ついに黒一目半の勝ちとなった。やはり勝負ごとでも何でも、どうしても囲おうとする方が弱いし、攻める方が強くなる傾向がある。終戦後平和的思想なり勢力が大きく地位を占め、右翼封建のたぐいは隅におしこめられていたが、近来は急に力を得て来て、攻めようという立場になって来た。平和の方はどうにかして囲おうという恰好だが、このままで行けば、ついに一目半の負けということにならないかと心配である。現在の局面では一目半どころか、もっと開きが出来ているかも知れない。だから私は近所の人と話し合う機会ある毎に、脱会届さえ出せば難なく協会を脱会出来ること、タダで街燈に照らされても構わないこと、スガワラ神社だって容易に辞退出来ることなどを話すことにしている。難なく片づいたハライセもあるのだ。末端の部位でそんな抵抗を試みたって、感傷に過ぎないではないかとも思うけれども、私の実際の生活は結局そんなところにあるので、そうすることが私の精神の体操であり健康法である。壇上に立って平和を絶叫するようなことは、私の生身《なまみ》にとっては健康なことではない。私は性格的にもっと陰湿である。社会時評などということも、本当を言えば私の体操には適しない。読者の方だって迷惑だろう。しかし、出不精で怠け者で昼寝の大好きな私にとっては、協会長やスガワラ神社や、押売りや税務吏員やそんな来訪者が、すなわち社会なのである。私の生身に触れる社会の大部分がそれである。も少し生活の幅を拡げるといいのだが、言うは易く行うは難し、なかなかうまく運ばない。しかし動物だって、蟻のようにせっせと歩き廻ってエサを集めるやつもいるし、その蟻をねらって蟻地獄のように一定の場所に凹みをつくってぼんやり待ってるやつもあるし、まあいろいろだから、天性に従ってあまり無理はしないがいいかとも思う。

（昭和二十八年七月）

天皇制について

北海道の旅に出ることになったので、船の中でこれを書こうと予定していたが、海が少々荒れて、原稿どころの騒ぎではなかった。芝浦発釧路行きの定期航路で、二千噸ばかりの客船である。足掛け四日、五十時間余りかかる。船中では書けなかったので、今釧路の宿屋でこれを書いている。なんだかまだ部屋が揺れているような気分で落着かない。頭の働きも鈍くなっているらしい。

船の中ではずっと寝てばかりいた。もちろん食事もとらないし、食べてもすぐ戻してしまうし、いわんや酒なんか一滴もとらない。うつらうつらと寝ているばかり。しかしこの丸二日間の絶食が、日頃弱っていた私の胃腸には大いに幸いした。だから今は、船酔いの後感を除けば、胃腸の具合は数年来初めてのような快適さである。今まで飲んだり食ったりしていたことが、単なる習慣に過ぎなかったことを、あらためてはっきりと了解した。食べたいから食べる、飲みたいから飲む、そういうものでなく、時間が来たから飲食する、あるいは義務感のようなもので飲食する、そんな具合になっていたらしい。空腹があったのではなく、空腹感というもの、空腹の錯覚とでも言ったようなもので、晏如として飲食していたらしいのだ。とにかく習慣というものは、ぬるま湯みたいなもので、一遍打破したり飛び出したりして見ないと、そのぬるさ加減が判らないものだ。私の胃腸に賭けてそれを断言してもいい。しかしまあ、生きているということも一種の習慣であると言えば、それまでであるが。

船酔いを除けば、船旅というのはなかなか面白く、また奇妙なものであった。一応海によって完全に陸界から絶縁されている、その意識だけでも愉しい。サバサバしたようなところがある。第一朝になっても朝刊が来ないし、夕べになっても夕刊が来ない。新聞屋さんには悪いけれども、新聞が来ないことがこんな楽しいことだとは、今まで考えもしなかった。新聞などと言うものは、まるっきり習慣を絵に画いたようなものだ。あれは思考力を麻痺させる。人間は時々新聞においても絶食した方がいい。

ところが、新聞が来ないのはよろしかったが、この隔絶した船室にも、無遠慮に侵入して来る奴がいた。それはラジオだ。新聞雑誌や映画演劇など全然入って来ないのに、ラジオのがちゃがちゃした器械音だけは、人の嗜好や感情を踏みにじって、容赦なく入って来る。これはもう習慣以上のものだ。習慣とはおおむね自分で習い慣れるものだが、これはそうでない。強制と言ったものに近い。

二年前の夏やはり北海道を周遊したことがあって、たとえば美唄とか網走とかさいはての町を歩いていても、ちょっと耳を澄ますとラジオが聞えて来る。『二十の扉』だとか『のど自慢』だとか、つまり東京で聴くのと同じやつが、どんな屋根の下でも鳴っているのだ。ラジオという奴は何とイヤなものだろう。旅行者の私に、先ずそんな感じが来た。聴くのはもちろん田舎の屋根の下で、ラジオを聴いている人をイヤだと言うのではない。各人の自由であり権利であるが、すべての人々の思考や感覚を統御して劃一化そうとする電波そのものに対して、そのあり方に対して、私はやはり嫌悪の情を感じた。船室で聴くラジオにも、同じ感じがある。

　それならばカイコ棚の寝床から起き上がって、スイッチをひねればいいではないか。素人はそう思うだろう。しかしこの船室のスイッチをひねっても、隣の船室のがある。廊下にもある。どこからでも聞えて来る。それに、今ラジオと私は書いたけれども、厳密な意味でこれはラジオではなく、スピーカーなのである。船長側から船客に対する注意や報知は、これによって行われる。もともとその為に設備されているのだ。だから船客のおおむねは、これを開き放しにして置く。船側では注意や報知のない時には、サービスのつもりでラジオを流す。どうしても耳に入って来ざるを得ない。それに単にスピーカーであるからして、船側で流す番組だけしか聞えない仕組みになっている。スピーカーにはダイヤルはついていないのである。ニュースは厭だから洋楽を聴きたいと言っても通らない。まあ一種の放送の統制みたいなものだ。

押しつけがましい点において、ちょっとこれは天皇制に似ている。

いきなりこんなところで天皇制なんかを持ち出して、我ながら唐突に過ぎると思うけれども、実はその船室のラジオによって、皇太子のことなどをあれこれ聴かされ、うんざりし又反撥もし、かくてこういう連想が私の胸の中で結実した。そしてその連想の結論を手っとり早く言うと、早く天皇制のスイッチをひねって止めてしまった方がいい。天皇制などと言うものは、習慣に過ぎず、それもグウタラな習慣に過ぎない。それも古くからの習慣ではなく、明治以降のものだから、さして古きを誇れるようなものではないのである。古さや伝統という点では、駒形のドジョウ屋あたりにもはるか及ばない。昔の聖人も、過ちを改むるにはばかること勿れと教えた。現代にあって天皇制は過ちである。

敗戦後、米軍が日本を占領して、いろいろな改革を日本にほどこした。良いこともあったし、見当外れのこともあったが、あの当時は米国にもいくらか善き意志があって、強引は強引だったけれども、現在みたいな無茶なことはなかった。自国の利害よりは、日本の近代化ということを第一とする、そんなおもむきがあった。そのおもむきを私は支持したし、今も支持している。しかし私が残念でたまらないのは、なぜあの時米国が勇気を出して、あるいは自国の将来の利害を考えないで、天皇制を廃止してしまわなかったかということだ。あの頃なら、天皇制はまだ穴に這い込まないベンケイ蟹みたいなものだった。すこしの鋏の抵抗はあったとしても、捕えようとすれば捕えることは出来た。今はそうでもない。全部が全部ではないが、もう石垣の穴の中に半分ぐらいもぐり込んでいる。石垣の穴の中で半分神様になりかかっているのだ。私は人間であると宣言したのは、ついこの間だったような気がするのに。

天皇は一度自らの宣言によって人間となった。それは天皇個人にとっても、幸福なことだったに違いない。それを『象徴』と言う言葉でかぶせたのは、明治生れの老人たち或いは若年寄たちの悪智慧である。『象徴』とは何と狡智に長けた言い廻しであろう。

今手許に辞書もないので、象徴の本来の意味をしらべることも出来ないが、旅先での漠然とした感じから言えば、象徴の座に生身《なまみ》の人間が坐るのはまことに不似合であり、不適当であるように思う。また都合の悪いことも出て来る。つまり明治老人の狡智は、『神様』を『象徴』に言い替えただけであって、私たちの感覚で言えば、その座に特定の個人が坐ることは奇怪である。近代感覚に反する。人間はあくまで人間であるから、人間の感情や生理以上を持ち得ない。運動をすれば汗が出るし、異性を見れば欲情するし、食べ過ぎれば下痢をする。いくら象徴といえどもその例には洩れない。象徴と人間との食い違いが、結局国民感情には違和としてあらわれて来る。たしか石坂洋次郎の『若い人』だったかな、修学旅行の女学生が宮城前で、天皇の日常についてそんな会話をするところがあった。戦時中この小説は当局の忌諱に触れて発禁になったのではなかったかしら。どうも旅先で記憶が不確かだが、つまりそんなことになってあらわれて来る。そういうことはよろしくない。女学生がよろしくないのではなく、生身の人間が象徴になるのがよろしくないのである。これは理窟ではなく、穏健なる市民としての私の感覚である。

では、どうすればいいか。どうしても象徴をつくりたかったら、個体のかわりに抽象のものを持って来ればいい。そして生身の人間は早々に退場することだ。抽象ではフワフワしてたよりないというなら、無機物を持って来ればいい。動物植物ではやはり具合が悪い。鉱物ではどうであろう。すこしこちらも譲歩して、三種の神器（今も残っているとして）などだったらいいかも知れない。あれは生物でないから、欲情したり下痢したりすることもないし、置いておけば済むものだから、いくらか適当だろう。しかしその場合、特定の個人や家系とはスッカリ切り離すこと。本当は石ころでもシャケの頭でもいいのだが、やはり体面だの字面にこだわる人が多いから、そういうことになる。

そして天皇は家族ともども象徴の座より離れ、人間として生きるがよかろう。人間としての幸福を追求するがよかろう。生物学なんか、ある人の言によれば天皇の生物学はエキベン大学の助教授程度だとのことであったが、それならばそれでいいし、それにいそしめばいい。伊勢の神主になるのも一法である。しかし、離職後一市民になった人に対して、私があれこれ言うのはオセッカイというものである。近代市民生活の理念に反する。だから今のは取り消す。それは当人の意志と決意によってきめるべきものだ。私が言い得る唯一のことは、もう絶対に象徴だの神様の座に戻って来てはいけないということだ。

皇室が解消すれば、自然と宮内庁も解散ということになる。これは当然だが、ここに勤務していた役人どもは、当人が自分は人間だと言っているのに、その人間を人間として取扱わなかった点において、つまり人間を歪め侮辱した点において、公職から永久に追放されるべきだろう。まあこれは宮内庁の役人だけに止まらないが、ことに宮内庁のはそうである。もちろん退職金などもやらない。自らの汗によって生きるのが人間というものであることを、少しは思い知らせてやる必要がある。

以上天皇についてごく常識的な見解を書きつけて見たが、まあ率直に言うと、私は天皇に対する信愛の念を失ってすでに久しい。私はもちろん天皇を人間と思っているし、彼が天皇でなければすなわち路傍の人に過ぎない。天皇の職についておればこそいろいろ書いても見るのだ。天皇にとって見れば、この私などは路傍の小石に過ぎまいが、私にとっては、天皇一家からずいぶん損害を受けている。戦争に引っぱり出され、青春を犠牲にし、物心両面の損害をうけている。私などはしかし軽い方かも知れない。生命を失ったり、言語道断の損害を受けた人が沢山ある。人間としての天皇に言うけれども、敗戦の時天皇は、自分の体はどうなってもいいから国民を救いたい、そういう意味のことを言った筈だ。国民が救われないのは、つまり天皇制に象徴されるような現実社会の機構である。もちろん私は天皇個人の意志や発言でこの機構がこわれるなどと、そんなあさはかなことは考えていないが、しかし周囲の悪者どもたちから利用されることへの人間的な抵抗が、その抵抗の表現が少しはあってもよかろう。ことにこの頃は、天皇制を支持し強化したがる連中の手によって、国民は塗炭の苦しみにおちている。塗炭の苦しみを味わいつつある人々の例は、ここに挙げるまでもなかろう。新聞を読めば毎日のように出ている。そういう国民の苦しみをほったらかして、莫大な金を費して皇太子がロンドンに出かけたりしている。国民を救いたいという言葉は一体どうなったのか。

船室のスピーカーを聞きながら、私はそんなことをうつらうつらと考えた。とにかく近頃の有様は少しひどい。逆コース逆コースなどと口先で言っているうちに、もう逆コースは国民やジャーナリズムの皮膚を通して、骨がらみになって来た気配さえある。皇太子渡欧のことだって、新聞や映画のあつかいぶりはどうだろう。乗船前私は新宿のニュース劇場でニュースを見た。皇太子渡欧のニュース映画なるものがあって、それを見ると、皇太子は全然出て来ない。いや、一場面だけ出て来るが、解説者が声を張り上げて、只今右上に映っているのが皇太子だとわめき、大急ぎで視線をそちらにうつしたら、もう消えてしまっていた。これが皇太子渡欧ニュースだと銘打ってあるのだから恐れ入る。あまり国民をバカにしないでくれ。

また別の某大新聞で、論説欄だったかな、皇太子の参観序列がヴェトナムとエチオピア（だったかな）の間であることを、怒っていたのがいた。我等の象徴がエチオピアの隣にいることが我慢出来なかったのであろう。これはこの記者の大へんな蒙昧さをバクロしている。人間の上に人間を置き、あるいは人間の下に人間を置くという点で、この記者は人間というものを極度に侮辱している。人間を侮辱することによって、自分をも卑しめている。しかも自分を卑しめていることの自覚がないらしい。大新聞の記者にこういうのがいればこそ、ますます象徴は大手を振ってはびこるということになるだろう。こういう状態は打破しなければならない。国民がほんとに必要としているのは、こんな役にも立たないショウチョウではなく、仕事あとの一杯のショウチュウである。そのことをジャーナリズムは銘記せよ。

旅先のこととて、資料もなければ辞書もないし、船酔いで頭は鈍くなっているし、こんな平明にして常識的な、誰もが感じ誰もが考えているようなことしか書けなかった。しかしこのことについては、いずれよく考え、新しい角度から、私なりに書いて見たいと思う。

（昭和二十八年八月）

道路のことなど

この一ヵ月、私はよく動いた。もともと動くことはそう好きではないので、こんなことは私にとって異例である。二日の旅行には後二日の休養、一週間の旅行には一週間の休養、それが必要なのに、ほとんどその暇もなく、蟻のようにせっせと動き廻った。北海道旅行、帰ってから直ぐ鬼怒川五十里《いかり》ダムの見学、本因坊対局観戦、その他私用であちこち。そのために使用した乗物は、鉄道、バス、乗用車、電車、船舶、トラック、飛行機其他である。

動き廻っていろいろなものに触れたので、すこしは勉強にもなったが、やはり疲労の堆積のため注意散漫になり、大部分は雲烟過眼の状態だったようである。とにかく旅慣れない者にとって、旅は疲れる。しかも暑い。今述べた乗物の中で、一番疲れを強いたのは、バスのたぐいである。バスそれ自身はいいのだけれども、道路が悪いので、大へんに揺れた。比較的よかったのは飛行機と鉄道。飛行機は距離の割に乗っている時間が少ないので、一番ラクであった。ラクというのは肉体的に言うのであって、経済的な意味からすればこれが一番ラクでない。こいつに乗るために借りた金がまだ戻せずにいるほどだ。

釧路から阿寒に入る。ここは鉄道がないので、自動車で入る他はない。私たちは釧路市の弘報車で入った。釧路市観光課の招待だから、そこの車を出してくれたのだ。弘報車というのはスピーカーなどを取り付けて、市民の啓蒙宣伝をして廻る車だから、ドライブ用には造られていない。頑丈ではあるが、相当に揺れる。それに釧路から阿寒への道路が、あまり良好ではなかった。今年は北海道は冬が長く、私たちが行った時はタンポポの花盛りであった。ここのタンポポは全く大柄である。多摩川あたりのそれに比べて、約三倍の背丈と太さを持っている。今度の北海道旅行で、この大タンポポが一番印象的であった。タンポポは良かったが、そのタンポポにはさまれたバス道路が相当の難路であった。雪解けと同時に地盤がゆるみ、あちこち出来た凸凹を、まだほとんど修理してない。それに加うるに、この弘報車の運転手が、運転はなかなかうまいのだが、とかくスピードを出したがる癖のある人だそうで、私は最前席に腰掛けていた関係上、計器などを眺めることが出来たが、時にはその時速が八十キロを越した。口では八十キロというけれど、実際に乗って見るとこわいようなものである。

誰も知っているようにバス類は、後ろの席になるほど揺れがひどい。最前席の私でさえ、しっかと真鍮棒を握っていても、身体がおのずからピョンピョンと跳躍する。後方席の人々は大変なものだっただろう。阿寒までこの調子で、大体四時間ぐらいかかるのだが、そういう緊張の連続で、身体は疲労するし神経はささくれ立つし、阿寒に着いてもあまり風光も眼に入らないふうであった。あたら阿寒の名勝も、道路のために五割がた損をしている。その夜は阿寒の宿に泊って酒などを飲んだが、一行の気持が少しこじれていたせいか座が荒れて、同行のれいの新宿の田辺茂一さんあたりは、ついに取っ組合いの喧嘩までした。喧嘩それ自身は社会時評にならないが、気持のこじれの原因の一部分がこの悪道路にあるとすれば、少しはかかわりがあるだろう。極言すればこの喧嘩も、幾分かは政府の罪なのである。

阿寒は観光地として割に設備はととのっているが、その設備の費用の幾分でもさいて、道路造りに廻せばいいのにと思う。近頃の日本人は道路については割に無関心らしい。阿寒道路は、観光路兼木材搬出路だから、それで一般を律するわけにも行かないが、大東京の道路だって相当にひどい。道路があってその両側に家があるのではなく、まず太初に家があって、その家々の間隙が道路ということになる。道の出来方がふつうと逆なのである。敗戦後、あちこちの焼跡にバラックやマーケットがぞくぞくと出来たが、その成立の過程を眺めて、私は日本人の道に対する考え方をはっきりと納得した。そんな具合にして出来た道路であるから、道路本来の性格を欠除して、排水も不完全だし、デコボコはあたりまえ、雨が降ればぐしゃぐしゃになってしまう。こういう悪道路に対して、私たちの祖先は、アスファルトや木煉瓦を発明するかわりに、足駄とか高下駄を発明し、下駄にかぶせる爪皮の類を発明した。その後自動車というものが輸入されると、自動車の車輪の横にぶら下げる泥よけの類を発明した。すべて日本人の考えることは、その根本治療ではなくて、常に姑息な対症療法なのである。便所がくさい。では水洗便所、とは考えない。臭気止めの玉などを考案してごまかそうとする。蚊が出ると、蚊帳を発明して、その蚊帳を本麻にして見たり、ぼかしを入れたりしてたのしんでいる。あるいは蚊取線香を発明して、蚊を部屋から追い出すことしか考えない。ＤＤＴの如き着想は日本人の頭には宿らないのである。この傾向は今の為政者のやり方にも歴然とあらわれている。

国土建設週間というのがあって、建設省から招かれて、鬼怒川の五十里ダムの見学に行った。東京駅からバスで出発。このバスはなかなか上等のバスで、前記弘報車とくらべものにならなかったが、そこはそれ泥道の足駄で、いくら足駄が上等でたとえ金蒔絵でも、道が泥んこでは致し方ない。阿寒路にくらべれば、さすがに関東の道路は良好であったが、それでも坦坦砥の如しという状態からははるか遠かった。幹線道路がこんな風であるから、その他は思いやられる。その行程は東京都、千葉県を経て、ちょっと茨城県の端をかすめ、それから栃木県に入る。東京都、千葉、栃木の道路整備は一応行き届いていたが、可笑しなことには茨城県の道路が全然未整備である。何故かと言うと、この道路は茨城県の辺境をかすめるだけで、つまりその道を整備することによって茨城県は何も得をしないのである。得もないところに何で金を使う必要があるかという気持なのだろう。だからこの県をかすめる十五分間は、さすがの上等バスが大揺れに揺れた。栃木県の土木課長（?）が同じバスに同乗していたが、これは私の方の管轄ではないんで、と言いながら、涼しい顔で揺れていた。そんなセクト的な考えを止めて、どうにかならないものかねえ。

途中利根川の大堤防で昼食をとったが、まあこの利根川も時々ハンランする。そして堤防が決潰する。たとえばその決潰場所が千葉県側だったとする。水が引いて、そこをがっしりと補強する。すると対岸の茨城県側が、今度の出水を予想してセンセンキョウキョウとする話。すなわち出水があれば、どこか決潰するように運命づけられているから、千葉県が補強すれば、今度の決潰は俺たちの番だというのである。この話は、家に行商にやって来る千葉の女からも聞いたから、本当なのだろう。しかしどうもこの話はおかしなところがある。すなわち両岸を盛大に補強すればいいではないか。そうすれば水は素直に海へ流れて行く筈だ。こう言えばお前のは素人考えだと、誰かが言うだろう。素人考えであることはよく承知しているが、こんな素人考えが今の日本に必要であることも私は承知している。初心を忘れてはいけない。

鬼怒川温泉から川治までの道は、山腹の崖を切り開いてつくった山道。これは日本各地で見られるが、非常に狭い道で、自動車がすれ違う時は、膚に粟が生ずる趣きになっている。一度二度使うのではなく、永久に使うものだから、もうちょっと道幅をひろげるといいのにと思う。ギリギリのすれ違いと来ているから、ここらはもっぱら運転手の技倆の見せどころとなっている。物量の不足を、技倆と精神力でおぎなおうとした旧日本軍隊の伝統は、形を変えてこんなところに生きている。それは精神の豊かさよりも、むしろ貧しさを意味するのだ。どんな下手な運転手でも危険なくして行けてこそ道路と言えるのだ。危険の余地を残しているのは、日本人特有の人命軽視の考えのあらわれだろう。また運転手の運転方法も、外人のそれにくらべて、我流の乱暴さがあるように思われた。

釧路から札幌に来て、疲労はなはだしく、もう旅行もイヤになったから、飛行機で帰ろうと衆議一決した。私は生憎嚢中壱千円ぐらいしかなく、止むを得ず新聞社に借金を申し込み、やっと飛行機代を調達した。札幌から東京まで、飛行機代は一万二百円である。正確に言うと、札幌から千歳までのバス代、千歳から羽田までの飛行機代、羽田から銀座までのバス代である。飛行機上の時間は約三時間であるが、両方のバス車上の時間が二時間余りかかる。結局札幌から五時間余りかかることになるが、その半分近くがバス時間であることは、何だかバカバカしいような気がする。バカバカしいけれども仕方がない。

札幌から出たバスは、黄塵万丈をついて疾駆した。この道路は割に良いけれども、もうもうたる砂塵のため、窓はしめ切りである。二台のバスのうち、生憎と後車に乗ったのが運の尽きであった。たびたびの経験で、何はともあれバスには前方に掛けることにしているから、揺れの方はこたえないが、暑さと空気の溷濁には参った。一時間半ほどで千歳の町に着く。

基地の風景に私は未だ接したことはなく、この千歳が初めてであるが、なるほど大へん異様にして荒涼たるものである。板を打ちつけたような粗末な家が両側に並び、町を歩いているのは、米兵、日本保安隊員、れいの女性たちで、何だか人と人とのつながりが全然ないような、荒涼としか言えないような隔絶した雰囲気である。その中をバスは通り抜けて、飛行場に入る。

この飛行場の正門を入ったとたんに、運転手の運転の仕方が俄然変化した。今まで乱暴に運転していたのに、とたんに用心深くなって、たとえば十字路に来ると、両側は見通しであるにもかかわらず、キチンと停車して左右をうかがい、それからそろそろと動き出す。まったく正確に規則通りなのである。よっぽど米軍からいためつけられたらしい。運転手のみならず、バスの車体それ自身がオドオドした表情で動く。私はすこし腹が立って来た。今まで乱暴な運転をしたのにここではオドオドしている、そのことに腹が立ったのか、あるいはここではオドオドしてるのに先刻まで乱暴に車を動かした、そのことに腹が立ったのか、自分でもよく判らないが、とにかく不愉快でむしゃくしゃした。それからいよいよ待合室に着くと、私たちが乗るべき飛行機がまだ東京から着いていない。一時間余り待たされた。遅延するならするで、あらかじめ判る筈だから、札幌の方に連絡すればいいのに、日航事務員はそんなことはしない。待たしたって結局乗せりゃいいんだろう、そんな表情で済ましている。小役人みたいなやり方だ。

飛行機に乗ったのはこれが生れて初めてであるけれども、どうも飛行機に乗るような人種はイヤなところがある。つき合いかねるようなのばかりだ。汽車で一番感じの悪いのは、特別二等車の客であるが、飛行機のはもっと感じが悪い。私もそこに乗ったんだから、この私も含めてもいいが、とにかく説明出来ないような厭らしさがある。この厭らしさはどこから来るのか、いずれよく考えるとして、この三時間の飛行は少しは揺れたけれども、快適であった。バスよりははるか良好である。空路にはドロンコ道もなければ、凸凹もないからだろう。もっともそれに代るいろんなものが、悪気流やエアポケットのようなものがあるらしいが、私の場合には幸いそんなものはなかった。かりにそんなものがあって揺れたとしても、ケチな私は酔わないであろう。一時間当り三千余円も支払って酔っては引き合わないからである。釧路行きの船で船酔いしたのは、あの船賃は釧路市持ちで、タダだったからだ。

飛行機の方は、バスやタクシーなどと違って、操縦には細心の注意が払われているように感じられた。でもそれは感じただけで、実際に操縦の現場を見たわけではない。しかしそうでも感じなければ、飛行機には乗れないだろう。なにしろ止ったら落っこちるんだから、バス、タクシーの類とはちがう。タクシーの運転手並みに操縦されてはかなわない。

それにしても、東京のタクシーの運転ぶりは、少しひどすぎる。十日ほど前私の乗っている小型タクシーが、とうとう他の小型タクシーに側面衝突して、幸い怪我はなかったけれども、冷汗が出た。私の車が相手のを追い抜こうとしたからである。両方とも車体がすこしずつ損傷したらしい。それから運転手同士の言い合いになって、歩道でつかみ合わないばかりの議論になった。乗客の私などはそっちのけである。仕方がないから車を降りて歩き出そうとしたら、私の運転手が眉を吊り上げて、乗り逃げする気かと追っかけて来た。見ると強そうな男だったので、私は黙って代金を支払った。まあ強そうでなくとも払うつもりだったが、議論の方で忙しそうだったので、遠慮しただけの話だ。しかし運転手が車をぶっつけ、客の心胆を寒からしめ、しかも代金を請求するのは、すこし虫が良過ぎるように思う。昨日の新聞の投書欄だったか、近頃のタクシー運転手への非難に対して、運転手からの答えが出ていたが、それによると乱暴な運転や追い越しをやる社会的経済的な条件があるのだと言う。それならそれとして、その条件は早急に根本的に改善されなくてはならぬ。ほんとに近頃の東京の街は、危くてうっかりと歩けない。東京の道路に於て、人間の価値は極度に下落している。その下落の程度は、史上にその比を見ないだろう。

（昭和二十八年九月）

近頃の若い者

この一両日、まったく暑い。こんなに暑くては、仕事するのも厭になる。昨日は東京は摂氏三十八度四分あったそうであるが、今日も昨日に劣らず暑い。頭の中が軟かくなっているらしく、考えの筋道さえ立たない。私は昔はそうでもなかったが、近頃は頓に暑さに弱くなってきたようだ。伊藤整がある雑誌に、北海道人は寒さには平気だろうと言うが反対である、と書いていた。ある年の冬、九州生れの福田清人がモモヒキをはかずにいたのを見て仰天した話。つまり暖国の九州人の方が寒さには強いという説なのだが、寒さはそれとして、暑さはどうであろう。暑さには逆に寒国人が強いという説が成立するかも知れない。私も九州生れであるので、そこで暑さがこんなに身にこたえるのだろう。

暑さが私の職業に及ぼす影響ということになれば、まず以上のことが第一であるが、それとは別に、如上の個人的肉体的現象でなく、社会的文壇的なひろがりを持った現象が私の身辺に毎年あらわれて来る。すなわち夏場になると、ふしぎなことに私は毎年流行作家的な症状を呈してくるのである。原稿や座談会やその他いろいろの注文が、春頃にくらべるとぐっと増してくるのだ。それから秋場になると、次第にそれらは減少してくる。この現象に私は二三年前から気がついていて、どうもヘンだヘンだと思っていたのだが、この頃になってやっとその原因をつきとめることが出来た。問題はその夏の暑さにあり、かつ私の家に電話があるという事実によるものであるらしい。

今電話が私の家にあると書いたけれども、正確な意味では、電話がある家の一部に私が寄寓していると言った方が正しい。その電話は私の所有物ではないが、家にくっついている関係上、私は私の職業のために利用している。その電話が流行作家と何の関係があるかと言うと、からくりはカンタンである。夏は暑い。人間なら誰でも暑い。私も暑いが、新聞雑誌の記者編集者も暑い。暑いとあまり日向《ひなた》をてくてく歩きたくない。そこで原稿などの注文も、出来るだけ動かないで、すなわち電話などでやろうとする傾向が出て来る。ところが電話などを自前で持っているような作家評論家は、たいていふところがあたたかいので、暑い東京を離れて涼しい海山へ、あるいは温泉場に出かけて、そこで仕事をするということになる。電話持ちで東京に止っているのは、まことに寥々たるものである。そこで勢い注文は、その寥々の人々に集中する。そして私は自前の電話持ちではないが、形式の上ではその寥々たる一人であるので、私にも注文殺到ということになる。一日に五つの雑誌新聞社から注文を受けたことさえある。こうなると私もちょっと自分がひとかどの流行作家であるような錯覚を起し、起居の態度もいくらか重々しくなり（暑さで体がだるいせいでもあるが）、軽口や冗談もあまり言わず（これも同前）、傲然と座敷で昼寝などをしている。

そんなに注文があるのなら、昼寝ばかりしていないで、どんどん書き捲って流行したらいいではないかと、家人も言い私も考えるのであるが、そこはそれ天は二物を与えず、先刻も書いたように私は暑さに弱い。今年はことにその傾きがあって、この七月八月を通じて私がした仕事は、この社会時評とあと二三の雑文だけ。小説などはついに一篇も書けなかった。毎年の例で言うと、秋口になって涼しい風が立ち始める頃から、私の体力頭脳力は回復にむかい、存分に（と言うほどでもないが）仕事が出来る状態になるのだが、時すでに遅し、その頃になれば海から山から温泉場から、さっきの腕達者の連中が続々と帰京してきて、私などが無理をしないでも、結構新聞雑誌は発行されるという仕組みになる。毎年この同じ繰返しである。暑さが私に流行作家になる条件を与えてくれるのだが、同じくその暑さが私を流行させることをさまたげる。そういう因果関係になっている。生きて行くということも、なかなか思うようにはならないものだ。ついでながらつけ加えると、秋を過ぎて冬に入ると、またいくらか私の身辺も流行の兆しを見せる。これによって、我が国の流行作家評論家の若干が、避寒に出かけるという事実を推定することが出来る。私の夏と冬の流行具合から推定すると、連中の避暑と避寒の対比は、大体十対一ぐらいではないかしら。すなわち連中は避暑は大いにやるが、避寒はあまりやらないらしい。わざわざ出かけずとも、防寒設備のととのった邸宅に住んでいるからだろう。火野葦平談によると、イギリスで小説でメシを食っているのは五指に満たないと言う。我が国にあっては百指をあまるだろう。文運隆盛というべきか。

こんなに文運隆盛になったというのも、雑誌類がよく売れるからであり、つまり小説類の読者が戦前よりぐんと殖えたせいなのだろう。そこで文筆業が職業として、有利な職業として成立する。一応の筆力と相当な体力(どちらかと言えば後者の方が大切)があれば、あとはチャンスさえあれば人々は流行作家になれる。と言う風に私も考え、近頃の若い者も考える。近頃の若い者、とウッカリ筆を辷らせたけれども、よく考えて見ると私がこの言葉を筆にしたのは、これが生れて初めてである。そう書いたからには、もうこの私は若くはないのか。その思いが私の気分を大層憂鬱にさせる。

私は生れつき身体が弱く、幼年時代には満足に育つまいと言われ、小学校時代は体操の時間が一番イヤ、長ずるに及んで戦争にかり出されて身体はがたがたとなり、そして今日に及んでいる。戦後は毎年一回、必ずと言ってもいい程、病気をする。病気と言っても、風邪や腹下しは病気の中に入らない。まさかガンとかカイヨウとかそんな大病はまだやらないが、中級の病気が毎年一度ずつ私を訪れる。一昨年は原因不明の熱病(新型のチフスらしいという医師の推定)、昨年は左右の第一大臼歯の抜歯、と言う具合で、今年は上半期を過ぎた頃から、何か憂鬱な兆候が私の身体にあらわれ始めた。この憂鬱な兆候については、あまり筆にしたくないのだが、また社会時評のワクを離れることにもなるが、まあ筆のついでに書いて見ると、先ず一日の夕方になる。夕方になると夕刊が来る。その夕刊を縁側に拡げて読もうとすると、どうも眼がちらちらして、焦点が定まらない。新聞を遠くに離すと、いくらか輪郭がハッキリするようだが、しかしそうなると細かい活字は読めない。そしてある夕方、何気なく眼鏡を外して見て、私は少なからずおどろいた。眼鏡を外すと、細かいすみずみの活字まで、実にあざやかに浮び上がって来るのである。その瞬間私は、活字を読むたびに眼鏡を額にずり上げる中老の人々のことを考え、私の症状がそれに酷似していることを確認した。いささかの狼狽も同時に感じた。戦後派の俊秀が、もう老眼症状になったとあっては、可笑しいやら気の毒であるやら、また世間に対して申し訳のないような気もするのであるが、事実であるから仕方がない。とは言うものの、マサカという気持も一部にはあって、私はすぐ立ち上がって眼科医にかけつけ、眼鏡ならびに眼玉を診察して貰った。眼科医は女医であったが、眼鏡は異常なし、眼玉は症状としては老眼であるけれども、疲労のためにそういうことになることもあると言う。気の毒そうな、なぐさめるような口調であった。そこで私はその足でとってかえし、別の内科医の門を訪れ、れいの新薬をお尻に注射して貰った。牛の脳下垂体か何かを粉末にして、それを蒸溜水に溶かしたやつである。この薬だけは五十歳になるまでは注射しまいと、かねて私は心に決めていたのだけれども、事情がこうであればもう止むを得ない。そしてこの新薬はかなり私に効果があった。すなわち翌日から老眼症状はサッパリと消失した。

その日以来今日まで、その症状が再発しないかと言うと、憂鬱なことにはそうではないのである。疲労のためかどうかは判らないが、時にその症状がぼんやりとあらわれてくるのだ。その度に私は、これは何でもないと強いて楽天的に考えて見たり、あるいは自分の肉体も盛りを越したのだから、あとはいたわりいたわりして使って行く他はない、と考えて見たりする。かなり侘しい心境である。こういう心境が背景にあるからこそ、ついウッカリと、近頃の若い者という言葉が辷り出たのだろう。すでに自分が若者でないという意識が、胸のどこかにわだかまっている。脳下垂体の移植を必要とするような若者はあり得ないのだから。しかしまあ逆に言うと、この牛脳のおかげで老眼にもならず、まだ形状的には若者の仲間入りをしていると、言えなくもなかろう。爾来路傍で牛と出会うたびに、私は感謝の眼でもって眺めるのである。

脳下垂体のみならず、近頃の医薬は飛躍的に進歩して、新聞紙上の薬の広告を見ると、どんな病気でもなおらないものはないような気配であることは、大変めでたいことである。そしてこれが、単に誇大広告ではないという証拠には、日本人の平均年齢が以前よりグンと大幅に引き上がっていることでも判る。たしか私の小学校の頃は、日本人の平均年齢は四十五歳ぐらいであった。ところが今は、五十五歳ぐらいだったかな。二十数年の間に十二歳ばかり伸びている。すなわち医業医薬の発達のため、二年間に一歳ずつぐらい引き上がっている勘定になる。これが一年に一歳ずつ引き上がってくれると、どんなに有難いことだろう。そうすれば私は永久に死ななくて済む。私がいくら歳をとっても、平均年齢も同じ速度で上がるから、いつまで経っても死亡年齢に到達しないからである。是非そういうことに願いたい。その点について一般医業医薬にたずさわる人々に、なお一層の努力と奮起を要望する。永久に生きるとなれば、もう老人も若者もない。近頃の若い者という言葉も自然と消滅する。しかし悲しいかな現今では、まだ生命は有限であるので、どうしても近頃の若い者がということになる。

で、近頃の若い者という言葉であるが、これはそのあとに必ず否定とか悪口がつながる決めになっていて、過去のどの時代にもこの言葉は存在した。さるエジプト学者に聞いた話だが、先年ピラミッドかどこかに発見された象形文字をその道の専門家が苦心して解読して見たら、やはりそこにも近頃の若い者が云々という文章があったそうである。日本でも江戸時代の文章の中に、私は同じ趣旨のものを読んだ記憶がある。どの時代においても、近頃の若い者は、バカで無思慮で浮薄で、あらゆる悪徳に満ちている。『近頃の若い者はなどと申すまじく候』太平洋戦争中そんな言葉もあったが、その言葉と共に幾多の若い者は特攻隊となり、空しく死んで行った。つまり利用価値のある場合にのみ、老人ならびに中老は青年の悪口を控えるもののようである。それにしても、近頃の若い者に告げるが、近頃の若い者云々という中老以上の発言は、おおむね青春に対する嫉妬の裏返しの表現である。一時的老眼症状におち入ったこの私の言であるから、これは信用してもいい。それは嫉妬であり、また一種の自己嫌悪の逆の表現である。いろいろヴァリエイションはあるだろうが、大体基底においては同様のものである。

私も若い時は若かったし（当然のことであるが）、中老も老人も同じく若い時は若かった。そしてすべて若かった頃には、その時々の老人連から、近頃の若い者は云々と言われて来た。その口調をちゃんと覚えていて、さて自分が年寄りになった時、使用しているのである。私は今次大戦に海軍に引っぱられ、兵隊としていろいろ苦労したが、まあ初め二等水兵として入隊する。すると兵長というすごい階級がいて、これが若い兵隊を殴ったり棒で尻をひっぱたいたり、そしてきまり文句で説教をする。そこで、あわれなる上水、一水、二水の面々は、耳にタコが出来るほど同じ文句を聞かされ、それをチャンと覚えこんでしまう。そして順々に兵長に進級して行くと、同じ文句と同じやり方で、若い兵隊を説教する。ハンコでも押したみたいにピッタリ同じなのである。『近頃の若い者云々』も型としてはこれと同じだ。その時代その時代で、文句の枝葉末節に変化があるだけに過ぎない。

しかし現代においては、近頃の若い者を問題にするよりも、近頃の年寄りを問題にする方が、本筋であると私は考える。若い者と年寄りと、どちらが悪徳的であるか、どちらが人間的に低いかという問題は、それぞれの解釈で異なるだろうが、その人間的マイナスが社会に与える影響は、だんちがいに年寄りのそれの方が大きい。これは言うまでもないことだ。若い者にロクデナシが一人いたとしても、それは大したことではないが、社会的地位にある年寄りにロクデナシが一人いれば、その地位が高ければ高いほど、大影響を与えるものだ。そして現今にあっては、枢要の地位にある年寄り達の中に、ロクデナシが一人もいないとは言えない。いや、言えないという程度ではなく、ウヨウヨという程度にいると言ってもいい状態である。それを放置して、何が今どきの若い者であるか。

こう書いて来ると、何か私がひどく若者の肩を持っているようであるが、実はこの小文で、近頃の文学志望の若い者に対して、老眼的視角からやっつけてやろうと予定していたのだけれども、どこかでペンがスリップして、妙な方向に来てしまった。そしてついに時間も紙数も尽き果てた。やっつけは別の機会を待つ他はない。やはり酷暑に仕事するものではないようだ。

（昭和二十八年十月）

文学青年について

前号において『近頃の若い者』を論評するつもりで、書いているうちに筆が横すべりして、ついに論旨不徹底なあいまいな文章になってしまった。これはその続きと言うのではないが、大体そんなところから書き出して見ようと思う。れいによってまた中途半端な、あやふやな文章にならなければよいが。

しかし、実を言うと、私は今時の青年のことをあまり知らないのである。もちろん新聞や雑誌、あるいは映画などを通じてのそれは私も知っているが、実物についての接触を私はあまり持っていない。若者とのつき合いがないのだ。若い者が慕って集まってくる、そんな親方的性格で私はないし、また私は私のことで手いっぱいで、近頃の若者とジックリ話し合いたい余裕や欲求もほとんどない。しかし私は私の職業の関係上、文学を愛好あるいは志望する青年たちに、時折接する機会がある。この青年たちから、一般の青年を律することが出来るかどうかということになれば、おそらくそれは不可能だろう。だから一般的な青年論は私には書けない。こんな例もあった、あんな例もあったという風な、個人的記述にとどまるだろう。

今書いたように、私は親分的性格を全然持たない。むしろその反対の性格である。と言うことは、子分的性格だということではない。私は子分的でもなければ、群れたがるメダカ的性格も持たぬ。体力ならびに気力の弱さから、自然に気持が内側に折れ曲り、現実に対してはひたすら防禦の一手、刺戟に対してはかたくカラを閉じ、追い立てられれば止むなくおろおろ歩く。私は私自身の本来の性根を、先ずそういう具合に了解している。先日意を決して医者に全身の細密な健康診断をしてもらったが、その医師の言によれば、私の身体は先天的無力体質というのだそうで、まあ動かず働かず、心身を休めておくのが第一番の健康法だとの説明であった。そうすれば案外こんな体質でも、人並以上に長生きするものだそうである。無力体質とはおそれ入ったね。しかし安静が第一番かも知れないが、現今のような悪時代には、それはどうにもならない。自分で自分の尻を追い立てても、とにかく働かねばならぬ。ところが底の底には、他人をジャマせず、そのかわり他人からもジャマされたくない無力の性根がわだかまっているので、たとえば私のところに小説原稿を持ってくる青年たちは、たいてい一目で私の非親分的性格を見抜くらしく、再訪してくるのはほとんどまれである。私もその方が好都合であるが、向うの方でも私如きにかかり合っては、ラチがあかないと思うのであろう。と言うのは、彼等の全部が全部ではないが少なくとも七〇パーセント以上は、文学愛好または志望者ではなく、文壇愛好ならびに志望者なのである。しかしこのことは、いちがいに非難し慨嘆すべきことではないかも知れない。文学が、職業として、しかも有利な職業として成立している以上、それは当然のこととも言える。文士という職業は、うまくゆけば、巨万の収入をもって酬いられる。ことに今年は各種全集が濫立したから、年所得総額一千万円を超える作家が続出するだろう。一応の筆力、それに旺盛な体力があればいいのであるから、青年たちがこの職業をねらわない筈がない。その点において、近頃の文学青年は、昔日のそれにくらべて極めて実利的であり、筋道がハッキリしているように思う。

近頃の文学青年について、諸家が書いた文章やしゃべった座談会などを、私は時折雑誌あたりで見かける。それによると、現代文学青年はおおむねナットランという説が多く、原稿を送って来ると同時に、たとえば新潮なら新潮という具合に紹介発表の雑誌を指定して来たり、原稿料はいくらでその中二割は謝礼に差し上げると書いて来たり、そんなのが多いそうだ。まさかそんなのばかりではなかろうが、極端な例として出ているのだろうと思うが、いくらかその傾向はあるらしい。

で、それでは昔日の文学青年が、今時のにくらべて実利的でなく、きわめて純粋であったかどうかと言うことになれば、これはちょっと疑わしい。二昔ほど前、あれは杉山平助だったかな、『文学青年屑説』というのを発表し、物議をかもしたことがある。杉山平助はその後、戦争中に松岡洋右などをかつぎ、侵略戦争を支持することによって、ついに夫子自身がクズ的存在になり下がってしまったが、その『屑説』によると、近頃の（つまり二昔前なのだ）文学青年は人間のクズであって、働きはないくせに大言壮語し、肉親や他人に恬然として迷惑をかけ、名誉欲物欲が人一倍強いくせに孤高を気取る、どうにもしようのない人間のクズだと言うのである。そういう風に私は記憶している。これを正論だと仮定すれば、昔日の文学青年の方が、今時のよりもっとナットランではないか。今時のその方が、目的意識がハッキリしているだけでも、はるかに立派だと言える。ところが現実には、二昔前のそのクズの中から、たまたま選ばれて作家となり、現代活躍しているところの諸家から、今の文学青年はクズあつかいにされている。すなわち前号において書いた如く、『近頃の若い者』はいつの時代においてもクズなのである。だから今時の若い者は、そんな老人の繰り言に耳をかしたり反撥したりする必要はなかろう、とも思う。

それで、すなわち文壇に出るためには、前記の如く既成作家のところに原稿を送りつける手以外には、懸賞に応募する手とか、まだ他にもいろいろあるが、一番の正道としては同人雑誌を発行するという方法である。同人雑誌を発行して、堂々と文学賞をねらう。

同人雑誌というものは、これは売るためのものでなく、一応の修業の場であり、目的としては既成の作家評論家あるいは編集者に読ませよう（そして実力のほどを認めさせよう）というところにある。昔からそうである。現今全国に何百冊の同人雑誌が発行されているか知らないが、かくてそれらが流行評論家作家先生がたにどしどし贈呈される。ところが先生がたは、原稿生産に日も夜もない有様であるから、なかなか読んで貰えるというわけには行かない、二三日前見た某同人雑誌の編集後記に、どうせ俺たちの雑誌は風呂のタキツケだと、自嘲しているのかあてつけているのか、そんな風に書いてあるのがあったが、まずそのような運命も時には免れないであろう、しかし大金を出し合って雑誌をつくり、それをてんで読まれないとあっては、その非生産性において現代文学青年の耐うるところでなかろう。

先日私を訪問して来た某同人雑誌所属の某青年に、雑誌を発行するのも大変だろうねと言ったところ、滔々として発行の苦心を話してくれた。その苦心談の一節に、発行日云々のことがあって、それが私を大へんおどろかせた。同人雑誌を何日に発行するか。発行する以上は、それは是が非でも贈呈先の先生がたに読まれなければ意味ない。先生がたに読ませるには、まず先生がたが比較的ヒマな日がよろしい。文芸雑誌綜合雑誌の〆切が大体月末、だからその月末は避ける。〆切に迫られていては、同人雑誌もクソもないからである。それから中間雑誌の〆切が大体月の十日、この頃も避ける。

次に避けるべきは、月の十三、四日前後と、二十三日前後。これは前記営業雑誌の発行日であるから、先生がたのところにはそれら雑誌がどさりと送られて来る。先生連は読むなら先ず営業雑誌を手にするにきまっているし、読むほどに読み疲れて、ついに同人誌の方は封も切られず、そのまま風呂のタキツケということになりかねない。そこでこれは不得策。その他の日をえらぶにしくはなし。

某青年のその苦心談を聞き、私はかつは驚きかつはほとほと感服して、工夫はそれだけなりやと反問したところ、青年莞爾として答えて曰く、以上の鬼門日を避けた日々の中から、こんどは日曜日をえらびます。すなわち日曜日は、雑誌社は言うに及ばず、全体が一般的に休みだから、先生到達の郵便物は、日曜日にゴッソリ減る。ところが先生連中は職業上、ある程度の活字中毒にかかっていて、一日中何の活字にも接しないという状態に耐えられない。その機微に乗じて、月曜日に到着するように、日曜日に投函する。すると月曜日、何か活字に接したくてウズウズしていた先生のもとに、その同人誌がぽつんと舞い込んでくる。そして先生はいそいそと封を切り、ふつうなら風呂のタキツケにするところを、すみからすみまで読了するということになる。

この日曜日発送の月曜日到着という着想には、さすがの私も感心のあまり声も出なかった。もうこうなると、同人雑誌発行も魚釣りじみて来る。熱心な釣師が糸や針をえらび、エサに苦心するのと全く異ならない。如何にして先生がたをひっかけようか、涙ぐましきまでの工夫である。昔日の文学青年にはこんなのはいなかった。もっと抜け目があった。しかしこの青年のように、細心緻密にして抜け目ないのは、これも一概に邪道であるとも言い切れないだろう。もともと同人誌は第一に先生がたに読ませるものであるから、読ませるために綿密な手段と計画を立てるのは当然の話であり、またサービスと言えるだろう。ことがら自体は決して悪いことではない。

ところがいよいよの問題はその先にあるのであって、こんなに細心に諸事に気がつき、人間心理にも通暁しているらしきところのこの青年が、その雑誌に掲載している小説を読むと、一読唖然、甘くてだらしなくてバカバカしくて、とてもこれが同一人の作品だとは全然思えないのである。文学以前においてかくも俊敏なる青年が、いざ文学となるとたんにだらしなくなるのは何故であろう。

以下、その青年の口裏と私の推察をないまぜにしながら、その理由を探って見ると、それはつまり結論として彼等が文壇的であり過ぎるからである。すなわち彼等の目指すところは、片々たる心境小説のたぐいではなくて、百万人の文学千万人の文学なのである。出来るだけ多くの人に愛読されようというたくらみであり、またそうでなければ文学に志した意味がない。現在において百万人の文学とはなにか。形状的には中間小説がそれにあてはまる。で、彼等は中間雑誌の小説類にその範をとる。これは全国の文学青年の大多数に共通した傾向であるように思う。私はそれを実証するかなりのデータを持っている。

ところが現実に中間小説とは何か。最初の構想としては、これは片々たる文壇小説にあき足らず、視野のひろがりを持ったすべての社会人に読まれる小説、すなわち百万人の文学という発足であったが、現実のあり方としては、文壇小説家が自分の力量に水をうすめ、いい加減な思い附きといい加減な行文でもって頁を埋める。そんな状態におち入っているようである。何故こんなことになるかというと、まあ作家の才能というものは、如何なる大才といえども限度があって、これを温泉にたとえて言えば、湧出量に限界があるというようなものだ。だから如何に湧出量が大であっても、旅館ホテルが続々建ち千客万来ということになれば、自然と旅館一軒あたりの原湯配給が僅かになる。僅かであれば、万来の客をすべて入湯させるというわけには行かないので、量を増すために水を混ぜる。

現代中間雑誌が軸としてねらっているのは、もっぱらそういう流行温泉の如き作家なのであって、作家側は止むを得ず（全部が全部ではなかろうが）水でうすめた自分の作品をわたすということになる。そんな水をうすめない原湯だけの作家はないかというと、それはあるにはある。そういう作家は地味な山奥の温泉みたいなもので、旅籠を二三軒建て、細々と、その代りホンモノ混じり気なしの原湯でもって商売をしている。中間雑誌がどうしてこんな作家を使わないか。それも温泉で言えば、交通の便が悪く、行き着くのに努力を要するとか、名前が売れていないとか、原湯は原湯だけど硫黄の匂いが強過ぎて一般的でないとか、いろんな理由があげられる。すなわち水でうすめられていても、前記の流行温泉に殺到するというわけだ。百万人の読者なんて、つまり口当たりさえよければ、ホンモノもニセモノもない、そういうところからも来ている。すなわちここにおいて、小説は文学でなく、娯楽品である。極言すればパチンコ並みと言ってもよろしい。

そのパチンコ並みの小説を、百万人の文学と錯覚し、それを範にするところから、前記の青年のようなあやまちも出て来るのではないかと私は推察するのであるが、またこのパチンコ並みを読み、ナニこの程度なら俺にだって書けると、そこで奮発して文学を志すような青年もあるかも知れない。こんな水うすめで一枚数千円もかせぐ、じゃ俺も、というわけだ。かくて小説の質が年々歳々低下するに比例して、文学志望の青年の数も増してくるのだろう。文運隆盛と言っても、裏に廻ればあやふやなものだ。

現在の中間小説について少々悪口を言ったが、お前も時々中間小説を書いているではないかと、誰かに言われそうな気がする。その時は、私は私を含めて悪口を言ったんだと答える他はない。まあ悪口というものは、常にかならず、全部自分のところへかえってくる。世の中は大体そんな仕組みになっているようだ。

（昭和二十八年十一月）

食生活について

せんだってお米が一升、とうとう三百円にはね上がった。

なにしろあの上がり方はすさまじく、一日に十円ずつキチンキチンと上がり、二百二、三十円程度のものが三百円になるのに、大体十日もかからなかったと思う。いくら凶作とは言え、新米がもう出廻っているのだから、水鳥の音におどろかされた平家勢のような感がなくもなかった。私の近所一帯に毎日千葉県から行商にやってくる女がいて、皆から『千葉屋さん』と呼ばれているが、その千葉屋さんに毎日米の相場を聞くのが、スリルでもあり、またたのしみのようなものであった。しかしいくらなんでも三百円の声を聞いた時には、私も慨歎に堪えず、またそんな闇米を買うために余計の働きをしなけりゃならない、そんなバカバカしいことはないから、これをいい機会として、当分米を一切食べないことに決心した。米なんか食べなくても、他のものでも結構間に合う。ことにこの頃は、米不足のせいもあって、新聞雑誌で各種の粉食談義があるから、戸惑うことはない。それに私は近頃、いくらか食の嗜好が変ってきて、以前のように是が非でもお米でなくてはならない、ということがなくなって来ている。更年期に近づいたせいであろう。

私は若い頃極端なライスイーターで（ふつうの日本人は大体そうであるが）、パンやメン類を主食とする生活には到底堪えられなかった。これはいろいろ理由はあることであろうが、私の感じとしてはその理由のひとつに、歯ごたえの問題ということがあげられるように思う。粒食を好む人間の大部分は、その歯ごたえを好んでいるのではないかしら。少なくとも私はそうだ。パンやメンと違って、粒食はその一粒一粒の触感が、はっきりと味そのものに参加している。それが味覚の上からの粒食の最大の特徴である。で、私の米好きもそこにかかっているようだ。

その証拠、というほどでもないが、たとえば私はあの敗戦直後、アメリカさんよりいただいた（いただいたと言ってもどうもタダではないらしい）トーモロコシの粉。あれは大嫌いである。コーンスープか何かにすれば旨いのだろうが、当時はそんな余裕はなかった。すなわち誰もが食べたようにモロコシダンゴ。あんなに旨くないものはない。あれは不味さの点において、私の食べたものの中のベストスリーに入る。ところが私はトーモロコシのもぎ立てをゆでたり焼いたりして食べるのは大好きなのである。トーモロコシの季節は、新米の出廻る前で、だからふやけたような古米を食べるより、トーモロコシを食べる方がずっと旨いのであろう。これもやはり歯ごたえの関係であるらしい。

また戦争中によく配給された玄米。あれはあまり評判が良くないようであったが、私には好適であった。今でも手に入れば食べたいと思うほどだ。あのブツリと歯で嚙みしめる感触が、パンにもメンにもないのである。それからオコゲ。

御飯のオコゲの旨さについて、ある時さる食通の人に語ったところ、それは味覚の邪道であると叱られた。しかしその人の説によると、オコゲが出来るような焚き方をすると、オコゲ以外の飯粒、つまり釜底のではなくて内側の方の飯の味は、ぐんと好くなるそうである。その話を聞いて以来、私はますますオコゲに対する愛着と尊敬の念を深めた。一身を犠牲にして他の飯粒の味を良くしてやる。人間にも仲々出来ないことだ。しかし邪道とは言え、あの狐色に焦げたオコゲの味はすばらしい。私は今でも、自宅で酒を飲む時適当なサカナがなければ、家人にオコゲをつくって貰い（もちろん家中の御飯をつくるついでにだ）、それにバターを塗り、ガーリックソルトをふりかけて、もってサカナとする。手軽にして絶好の歯ごたえである。食物のみに限らず、すべてのことにおいて、この歯ごたえということは大切である。

そういう御飯好きの私が、御飯を遠ざけようと決心したのも、前述の如く米のバカ闇値によるのであるが、同じような決心をした人が他にもいると見えて、今朝の某新聞の投書欄に『食い改めの実行』という文章が出ていた。それには『私は排米宣言をした。排米といってもアメリカを排撃するのではない。米粒を排撃するのである。私も六十年近く米の飯を食べてきたので、米の飯のうまさは十分承知している』というような書き出しで、十月一日から米飯を一切食べぬことにしてすでに二十数日、何の異状もなくしごく快適な日を過しているというのである。更につづけて『凶作は神様が日本人に悔い改め（食い改め）を迫っておられるものと私は信じている』とつけ加えてある。趣旨は大体私と同じようなものであるが、いざ文章として読んで見ると、何か禁欲的なものがまつわりついているようで、そこらがちょっとばかり引っかかる。食生活というものは、原則的に楽しみの上にたてられるべきで、禁欲的要素は持ちこんではいけないものと私は日頃考えている。と言って三百円に立ち向かう資力は私にもないから、つまり私も食い改めて、まるまる一週間私は米を側近から追放した。すなわち朝はパン、昼はウドン、ソバ、あるいは押麦ばかりをたいてそれを主食とする。押麦ばかりのやつは、想像していたよりもずっと旨い。別種の歯ごたえと香気があり、少しはバサバサしているが、おぎなうにスープあるいは味噌汁、または唾液をいつもより少し余計出せばいい。その気になれば唾液なんかいくらでも出るものである。夜は原則として私は主食を摂らない。酒をもってこれにかえる。酒は米ではないか。しかしここに合成酒というものがあって、私はこの飲料をあまり好まないのであるが、いきがかり上清酒を飲むわけにはいかないので、止むなく合成酒。近頃は合成酒にも、味を良くするために少々米の気が入っているという話も聞いたが、そこまで気を廻すとはてしがない。芋か何かからまるまる合成されたものだと諒承して、一週間これをたしなんだ。結構これでも酔いが廻る。ぜいたくなことを言うなと言われそうな気もするが、実のところ、合成酒でも結構酔うということにおいて、私はいささかのこだわりと不快を感じる。合成酒は清酒ににせて造った飲料であり、いわば代用品またはニセモノである。清酒というものが世に存在しないとするなら、私はこの合成酒をイモ酒として認めてもいい。しかし清酒が存在する以上、そういうわけにいかない。このことは、近頃流行(?)の人造米にも通用する。人造米。何というバカバカしい発明をしたものであろう。

人造米というものを苦心して発明した人間の頭脳の奇怪さ、あるいはバカバカしさ、それについて私はもう言う言葉もない。人間の頭脳がそういうことに使われることに、私はある惨めさを感じる。私は人間の頭というものは、たとえば米については、稲の品種改良なり増産方法なり又は保存方法改良の方向に使われるべきものであって、他の原料からニセ米を造る、そんなことに使われるべきでないと考える。これは自明の理である。そういうことは詐術に類することであり、まっとうな頭脳の使用法ではない。そう私は思う。井ノ頭公園あたりに行くと、木の枝の形に似せたセメント製の柵がある。あれを見るたびに私は不快を感じるのであるが、人造米の厭らしさもそれに相通じるものがある。しかし人造米人造米と、論議のみを繰り返えしていても始まらない。そこでせんだってうちでもこれを一袋買って来て、試食して見た。ふつうのお米に二割混入してたいて見たのであるが、食べて見て、ほとんどそれと判らなかった。そのことが私を二重に不快にさせた。混入を判別出来なかったということは、一応発明の勝利ということになるかも知れない。しかし食べている側からすれば、お米と思って食っていて、実は別のものを食わせられていることになる。そんな不都合な話はなかろう。自分で混入を承知して食べる分にはいいかも知れないが、たとえばよそで晩飯などを御馳走になったとする。そしてたっぷり米の飯を食べたつもりでいるところを、それが人造米が三割混入であったりしては、都合がよくないだろう。米だと思って食べたのならそれでいいじゃないか、という向きもあるだろうが、それは口舌の感触だけで、中身が違えば栄養も違う。本質的に違うものを、だまされて食うということはよろしくない。女だと思って共寝したら、それが男娼と判って、怒ってそれを刺し殺した少年の例がある。刺し殺したのは良いことではないが、あの少年の怒りは当然であり正しいものであったと私は思う。人造米も実質的にはこのオカマの類である。お米と識別出来ないとか、栄養価もお米に劣らないとかいうことは、言わば枝葉末節のことである。根本的なところで歪んでいるのだ。これは人造米のみに限らず、世上一般のこと、政治にも芸術の分野にも、近頃この人造米的傾向が多過ぎる。例はあげるまでもなかろう。

以上、闇米が三百円となり、人造米が出現し、あちこちで粉食談義の花が咲き、いろんな人がいろんな食生活の発言をしたが、中にひとつこういうのがあった。今は米不足で皆ワイワイ言っているが、それはゼイタクというものである。終戦時のことを思え。芋の葉や雑草まで食べたではないか。現在は米はともかく、パンやメン類は自由販売だし、サツマ芋にいたってはろくに食い手もない有様である云々。この議論は一応もっとものように見えて、これほど愚劣な議論はない。言うまでもなく人間には、正常な食生活をする権利と自由があるし、あるべきである。終戦時のそれは異常な状態であり、すなわち人間の食生活ではなかった。それを引き合いに出すのは正しくないし、それを引き合いに出すことによって現在をゼイタクだと立論することは、その立論者が支配階級側だとすれば厚顔なる言いくるめであるし、庶民階級からの発言だとすればそれは卑劣なドレイ根性ということになる。ところが案外こんな論議があちこちで賛成されていて、この間もバスの中でどこかの奥さん同士が同じ趣旨の会話をしていて、私をいらいらさせた。私はなにも栄耀栄華、盛んにゼイタクをせよなどとは言わないが、耐乏生活ということ、その言葉がよって来たるところのごまかしに対しては、全身をもって反撥する。我々に耐乏を押しつけることによって、他にろくでもないことが行われつつある。そんな状態には私は我慢が出来ない。前述の立論はこのろくでもない状態の進行に力をかすようなものだと私は思う。

またこんなのもあった。必要があってお米の配給所から空俵を二つ買って来た。すると俵のあみ目の間にポツンポツンと米粒がはさまっているので、勿体なくて一日がかりでそれをつまんでは取りつまんでは取り、そしてついに二つの空俵からお米が一合ばかり取れた。こんなに米粒をムダにしては勿体ない次第である。一俵から五勺とすれば、全国の量として云々という論議なのであるが、この論も少々おかしい。そういう目減りみたいなものは、始めから予定されているべきものであって、それをとやかく論議するのは愚かである。一日がかりでつまみ取ったその時間と労力は一体どうなったのか。その方こそよほど勿体ないと考えるべきである。前記の終戦時を思えという論議よりはタチはよろしいが、やはり人力並びに時間を計算に入れない東洋的（と言うより日本的）蒙昧さにおちている。東洋的ゼイタクという言葉があるそうだが、つまり人力や時間のべらぼうな蔑視の上になり立つゼイタクのことだが、この人のやり方も一脈それに通じるものがあるようだ。それほど苦労して米一合を採取し、それを焚いて食べて、さぞかし旨かったでございましょう。昔、駅弁の折りのすみに食べ残しが残る。これは勿体ない。全国の駅で一年間を通じると、それが何千石か何万石に当たるというような計算をした人があったが、それと大体同巧異曲である。そういう考え方がずっと動いたり進んだり、そこらでちょいと曲がったり歪んだりすると、すなわち人造米の発明ということになるのである。何という貧困にして惨めな思考法であろう。

以上、食生活について甚だとりとめもないことを書き連ねて来たが、私はすこし古風なのかも知れないが、人間は青年の食欲をもって、自分の口にあった旨いものを食う、それが本義であるように感じられる。もちろんカロリーとか栄養とか、ビタミンとかミネラルとか、そんなことも考えた方がいいのであろうが、それにあまりとらわれることの弊害の方が大きいように思われる。そういうのが嵩じると、自分の中に常に何かが不足しているような強迫観念にとらえられ、すなわち現代人の一部がかかっているようなクスリばかり常用する、そういう状態におちて行く。ビタミンとか、ミネラルとかは、自然物にあるものだから、そう偏食しない限りは自ら食べていることになるだろう。栄養食、という言葉もイヤだ。食べ物というからには食べるものだが、栄養食というと、これは食べるという感じではなく、摂取、経口摂取、経口投与というような感じを伴なう。この感じは食生活の本義ではないと私は思う。現代人は食生活においても、末梢に走ることなく、やはり野性を原則とすべきである。

其他ハウザー食についても書こうと思い、昨日新宿のハウザー食堂におもむき、いろんな話も聞き、いろんな感想も持ったが、もう紙数が尽きて書けなくなってしまった。これもまた別の機会にゆずる他はない。

（昭和二十八年十二月）

電話という奴

女房が身仕度をして、子供をつれ、いそいそと新宿かどこかに買物に出かけてゆく。あと家の中は私ひとりになる。ひとりになると私は昔から、すぐ眠くなる習癖があって、今日こそはゆっくり昼寝が出来るぞといそいそと蒲団をしき、寝巻に着換えてながながと横たわる。そしてうとうとしかかると、必ずと言っていいくらい、電話のベルがジリジリと鳴りわたって、私の眠りを一挙に破ってしまうのだ。すなわち私ははね起きて、電話口へかけつける。

電話の用件をすますと、再び私は寝床にかけ戻り、やっとの思いでうとうとしかけると、また電話のやつが私のその努力をあざわらうかのように、けたたましく鳴りわたる。

結局そういう具合にして、うとうとしかかる度に電話が鳴りわたり、私は非常に不完全な眠りしかとれないのだ。夕方になると女房が戻ってくる。私は仏頂面をして、俺をひとりで留守番させたばかりにろくに昼寝も出来ないではないか、とぶつぶつ不平をこぼすのが毎度の例になっている。

電話というやつは、ふだんはあまりかかって来ないくせに、何故こんな迷惑な時に頻繁にかかってくるのだろう。はね起きて電話口にはせつけ、それが間違いの電話であったりすると、怒り心頭に発して「違うよっ」と私は怒鳴りつける。間違いの電話よりもっと腹が立つのは、選挙の電話だ。この間の昼寝のうとうと時に、二度もこいつに呼び出された。（こちらは世田谷から立候補しました何野何吉でありますが）二度目の某山某助の時は、ほんとに全身の血が逆流して、受話器を破壊しようかということまで本気で考えた。受話器に罪があるわけではないから、やっとのことで思いとどまったけれども。

そんなに腹が立つなら、ベルの音を聞かないふりして寝ておればいいではないか。という人もあろうが、どうも私は貧乏に生れついたせいか、電話などという文明の利器に対して、ある畏怖の念を持っている。あのジリジリジリ……は至上の権威を持っているようで、とても黙殺なんか出来ないのだ。たかが器械じゃないかと思うけれども、ベルが鳴り出すと私ははね起き、取るものも取りあえずかけつける。

電話というのはそんな風に妙に圧力をもったやつで、食事中にかかれば箸を置いて出るし、風呂に入っておればタオルを腰に巻きつけて受話器を握る。これがほんものの来客であればどうするか。今は食事中ですからとか入浴中ですからとか、玄関に待たせて置いて平気である。ほんものの来客すら待たせるのに、何すれぞ電話如きに呼び出されんや。とは思うものの、電話における私の実情は上述の如くである。よほど貧乏性に生れついたのであろう。

まったく電話というやつは、殿様に可愛がられている小姓のように、常住坐臥時をえらばずして膝下に伺候してくる。小姓の場合は、近う近うとまねいた場合に伺候するのだが、電話は先方から遠慮会釈もなく、こちらの都合も考えずにいきなり膝下に推参する。小姓というより、つまり森蘭丸というより、抜き身をひっさげた安田作兵衛に近いような趣きがある。電話は一種の暴力を持っている。

同じような暴力を持っているのに、即日速達というのがある。昼間くるのはそうでもないけれども夜の十時過ぎ、すなわち家中が眠りに入りかけた時、突然玄関の扉がガタガタと鳴って速達ですよっと声が飛び込んでくる。実際あの速達配達手という人種は、即日速達であるからには、扉をどんなに乱暴に叩いて（殴って）もいい、と考えているらしい。寝巻姿で寒さに慄えながら、やっとその即日速達を受取って開き、それが一週間先の映画の試写会の招待状であったりすると、私はもう腹が立って、腹が立って、夜遅くまで眠れないということになるのである。

（昭和二十八年四月）

抜きっくら

私は外出することがすくないので、自然タクシーに乗ることもすくないが、それでも時折急ぎの用事になるとこれを利用する。しかし実を言うと、近頃私はタクシーに乗るのがこわい。ことに若い運転手のそれが一番こわいのだ。

先年の五月一日、メーデーを見るために私は新宿からタクシーに乗った。メーデーを見るんだから中央線の千駄ケ谷までやって呉れ、乗る前にそう言ったのに、この若い運転手はどうも千駄ケ谷という駅を知らないらしい。だからいろいろ説明しているうちに、とにかく車は動き出した。実は私も国電以外の道を知らないので、運転手まかせにして窓外を眺めていると、どうも様子がおかしい。おかしいと思ったけれども気の弱い私は黙っていた。運転手はビュンビュンと車を飛ばす。広い道だから、ヤッと気合いをかけるようにして他の車を抜く。そのうちに、こちらからヤッと抜かれた車が、面白くなかったと見え、ヤッとこちらを抜き返した。それからが大変であった。

組んずほぐれつという言葉があるが、まさしくそんな感じで、二つの車は相手を抜きっこを始めた。むこうの車は空車で、客を求めて流しているのだから、そんなスピードを出したら損なのに、損得を度外視してビュンビュン飛ばす。よほど意地になっているらしい。こちらの運転手も決死の表情になっている。とうとう二つの車はすれ違いざまにガチャンと触れ合って、私は座席から三寸ばかり飛び上がった。両方の車のぶつかった部分が、少しずつ破損したようだ。

二人の運転手はごそごそ運転席から這い出して、歩道にむかい合ってにらみ合った。そして何かののしり合っている。はてしがないので、私も座席から這い出して歩き出そうとしたら、私の運転手が飛んで来て、目をつり上げて、金をはらえと私に迫った。すこし身勝手な言い分だと思ったが、私は黙って支払った。

歩き出したが、ここがどこらか全然見当がつかない。二町ほど向うに大きな建物が見える。そこまで歩くと、なんとこれが渋谷のT百貨店で、ほんとに私は腹が立って腹が立ってむしゃくしゃした。一体あの運転手は私をどこに連れてゆくつもりだったのだろう。抜きっこだけに熱中して、こんな見当外れのところに走ったに違いない。言語道断というより他にない。

先日も音羽三丁目から新宿西口まで乗ったが、これまた若い運転手で、猛烈なスピードで飛ばす。他の車の背中を見ると、反射的にそれを抜かずにはいられないらしいのだ。運転手の何%か何十%かがヒロポン中毒にかかっているという記事を読んだことがあるが、きっとこの運転手もそうだろう。たまりかねて私は頼んだ。

「あまり他の車を抜かないでくれ」

運転手はむっとした表情で返事をしなかった。あるいは聞えないふりをした。そして電車の踏切りに停車し踏切りが上がり、右側、すなわち向うから来る車の影が途絶えたと見るや、敢然と右側に車を乗り入れ、大スピードを出して、一挙に五台のバスと自動車を抜き去ってトップに立った。私は頭髪が全部逆立った。トップに立つ寸前に、向うから一台の車が走り迫って来て、あやうく正面衝突をするところだった。

こんな具合だから、若い運転手は出来るだけ忌避して、年配のを選ぼうと思うのだが、駐車場ならそれが出来るが、流しのやつは出来にくい。止めてからそれが若い運転手だったりすると、私はガッカリ、おそるおそるそれに乗りこむのである。

（昭和二十九年四月）

押売り

家が静かなところにあるせいか押売りがしきりにやってくる。近頃とくに悪質なのが多いようだ。

昨日やってきたのは、中肉中背のがっしりした男。いきなり身分証明書みたいなものを出したそうだ。

私は出て行かない。家人に応対させて、私は襖のかげから、そっと様子をうかがっている。

押しつけるような低い声で、そいつがしゃべっている。柔道で身体をいためて、余儀なくこんなことをしている。決して乞食ではない。だからこのゴム紐を買って呉れ。

「ゴム紐は今間に合っておりますから」

と家人が言うと、急にその男の声がすご味を帯びた。

「その前に何とか言うことがあるだろう！」

あっさり断らずに、何か同情の言葉でもかけろ、というつもりらしい。

居直るかな、と思って私が聞いていると、その気配を感じたのか、なにか捨台辞みたいな言葉を残して、そいつは直ぐに出て行った。

十日ほど前に来たのも、やはりゴム紐売りで、玄関に入ってくるなり、丁度侍が刀の柄に手をかけたような恰好をしたそうだ。そして家人が出て行くと、いきなり大刀を引っこ抜くと言った型で、脇の下から、ゴム紐をさっと引っぱり出した。

「さあ、これを買わねえか!」

芝居がかってはいたけれども、仲々すご味があったそうだ。

こういう手合いは、皆ゴム紐売りで、しかもゴム紐だけしか持っていない。ゴム紐はそんなに家庭に必要なものではないから、つまるところ、脅して金をせびるのと異ならない。

ゴム紐をほうり投げるようにして、玄関の板の間にずり上がって来た奴もある。地下足袋をはいたままだ。私が出て行くと、そいつは少し鼻白んで土間にずり降り、あわてたように逃げて行った。

クズ屋にも、暴力的なのがいる。いきなり庭に入ってきて、黙ってそこらを物色する。縁の下から空瓶を勝手に持って行ったりするのだ。

「クズ物はありませんよ」

と言うと

「あるじゃねえか！」

とすごんで、台所口や裏庭まで廻って、探して持って行くのだ。

十五六歳の女たちが六、七人組になって、そんな具合にやってくるのもいた。てんでに庭に乱入して、縁の下などを探し廻っているところへ、私が縁側に姿をあらわした。

すると、この少女たちは、ぎょっとしたように立ち上がり、パッと表の方に逃げ出した。逃げ出せば、動物的本能から、私も追っかけずにはいられない。すなわち足袋はだしのまま庭へ飛び降りて、門のところまで追っかけて走った。

しかし向うの方が逃げ足が早くて、私が門を出て見ると、もう彼女たちの影も形もなかった。

やはり、しばしば追っかけられて慣れているせいか、逃げ方も水際立っている。そう思って感心した。

（昭和二十七年二月）

生けるしるしあり

ひげをそるために金だらいに水を入れ、それにヤカンの熱湯を注ぎながら指で湯加減を見ていると、しばらく水の状態がつづき、徐々にぬるま湯となり、それから熱くなりかけたと思うと、急速に熱湯になってしまう。煮ものも同じような過程で煮上がってゆくものらしい。人間の歴史も大体そのようなもので、私は現代を歴史の煮つまりかけた時代だという風に考えている。変化や進展のはげしいところからそう考えるのである。私の四十年の半生をふり返って見ても、たとえば平安朝あたりのぬるま湯時代の五百年分以上を生きたような気がする。この人間の歴史がどういう形に煮あがるか、あるいは吹きこぼれてしまうか、どうもイヤな武器兵器が出現してきたから世界中がモロに吹きこぼれる可能性もあるが、とにかくそれを自分のこの眼でありありとながめ得るということは、昔の人が「みたみわれ生けるしるしあり……」とうたったように、ある意味では私に強い生きがいというものを感じさせる。

近ごろの小説は面白くないという声も聞くが、それは現実の煮つまりの速度があまりにも大きいために、文学がそれに追付けないということに一因があるのであろう。

（昭和二十九年六月）

パチンコ台

自由美術の秋野卓美君が、いつか私の家に遊びに来て、パチンコ台を買わないかという。聞いて見るとそれが中古のパチンコ台で、値段も三百円ぐらいだとのこと。あまり安いので少しおどろいたがなにもパチンコ台を買い込むほどのパチンコマニヤでは私はないので、返事を保留しているうちに、ある日秋野君はパチンコ台を自転車に乗せてやって来た。私にくれるのだという。くれる分には異存はないから有難く頂戴した。

さて、それを縁側にすえつけて、パチンパチンとはじいて見たが、これがパチンコ店と違って、全然面白くない。玉が出たって賞品もらえるわけでもなしハリアイが全然ないのである。四、五度はじいて、あとはもっぱら子供専用のオモチャになってしまった。

それから一月ぐらい経って、T新聞の記者がやってきて、インタービューと共に写真をとって行った。それが記者の注文でパチンコ台に向っている写真だ。新聞にその写真が出、記事にもパチンコが大好きのように書いてある。店でやるだけでは物足らず、一台買い込んで家ではじめているという文章だ。

だから、知らぬ人があれを読むと、いかにも私がパチンコ好きに思うだろうが、実際はそうでもない。嫌いだというのではないが、好きでは絶対にない。ほとんど関心がないといえば近い。街に出ても、シラフでパチンコ屋に入ったことは一度もない。すこし酔って気まぐれをおこし、やって見ることはあるがそれも月に一度か二度ぐらいのものだ。やっても別にたのしいとは思わないし、打込みたいとも思わない。

しかし私はパチンコに関しては、相当の知識を持っている。何故かというと、昨年にある新聞に連載小説を書き、その女主人公をパチンコの調律師に仕立てたからだ。だからそのためにパチンコ台製造所にも行き、機械の名称や構造もしらべその他いろいろのことをノートした。パチンコに勝つ秘訣もその時教わった。この新聞小説の読者もあるいは作者の私がパチンコマニヤだと推定したかも知れない。重ねていうが、実際はそうでもないのである。

酔ってパチンコ屋に入ると、たいていの場合私は賞品を獲得して帰る。それは秘訣を教わったせいでもあるが、もう一つには私の指の神経は割に柔軟にできていて、すなわちパチンコ向きなのである。パチンコは指の固い人には不向きのようだ。

こういうパチンコ向きの私ですら、パチンコを愛好しないのであるから、世の人々もそろそろパチンコ熱から離れるといいのにと思う。あのチンジャラジャラという響きは、決して建設的な音ではなく、亡国調のひびきである。皆さんそうお思いになりませんか。

言葉について

言葉というものは、使っているうちに手アカがつき、妙に固定したにおいをたて始める。そこでその言葉は捨てられ、あたらしい言葉がとってかわる。牢屋という言葉だけでも、明治以後ずいぶん転々と名前をかえた。

戦争を境として、言葉は大幅に変った。

その変り方の特徴をいうと、たいへん即物的となり、含みとか陰影とかがなくなった。たとえば有名人という言葉。これは昔なら名士とか何とかいうのだろうが、それが今では有名人。有名と人とをかんたんに接続させたもので、犯罪と人とを結んで犯罪人とするのと同じ趣向である。そのものずばり（これも戦後の言葉で、全然含みがない）という点で、私はこの言葉を好きでない。だれがこんな言葉をつくったのか知らないが、言葉を愛する人の造語ではなかろう。

文化人、という言葉もイヤだ。この間大勢で砂川町に行った時「文化人の皆様」云々と声が拡声器から流れ出て、私はたいへん具合が悪く、ジンマシンになるような気分がした。どうもあの、文化人、という言葉には、やりきれないいやらしさがあると思うのだが、それは私だけか。

「われわれ文化人」云々と演説したり書いたり、平気でできる人もいるようだが、私にはとてもできない。私が文化人でないからだろう。しかし世の中に、文化人という特別の人《じん》が、一体あり得るものかどうか。

林芙美子の放浪記を読んでいたら、次のような一節があった。

『駅のそばで団子を買った。

「この団子の名前は何というんですか？」

「へエ継続だんごです」

「継続だんご……団子が続いているからですか？」

海辺の人が、何て厭な名前をつけるんでしょう、継続だんごだなんて……』

当今の用語法には、あまりにもこの継続だんご流が多過ぎる。

（昭和三十一年一月）

学生アルバイト

一日中家にいると、いろんな物売りがやって来る。物売りや行商や押売り。この間の大雪の日、まだ盛んに雪が降っているのに、ゴムヒモをたずさえた押売り氏が来訪したのには、私もたいへん驚いた。全身雪だらけになって、商売熱心といおうか何といおうか、天晴れなものである。

それから学生アルバイトと称する物売り。これもよくあらわれるが、この学生アルバイトにしても、適当な品物に適当な値段をつけているのを、私はまだ見たことがない。市価よりはるか高いのである。この間も、十円、二十円でいいですからというので、荷をあけさせて見ると、百円以上の品物ばかり。それをなじると、いえ十円、二十円でいいからもうけさせてくれといったんだと強弁した。荷をひろげれば勝ち、という気持があるらしい。

毎日新聞の先年十一月の投書欄に「ニセのアルバイト学生」という投稿があり、それによると相当インチキなのがあるらしいが、それに反論が出て、真面目なのもいるという投稿がのっかった。そのいずれにしても、彼らは玄関において必ず「私は学生アルバイトですが」ウンヌンという言葉を口にする。学生アルバイトだからどうしろというのか。私たち市民の商取引は、必要なものを適正な価格で買うということであって、それ以外の要素は入りえないのである。おれは学生アルバイトだから同情しろ、同情した分だけ高く買え、という意味が「私は学生アルバイト」ウンヌンの言葉にふくめられている。この同情強要は、おれは学生であるという特権意識の裏返しである。「ニセのアルバイト学生」はその学生特権意識にうまくおんぶして、利用しているのだ。この特権意識、またその裏返しは、行商学生だけでなく、現在学生の一部に強くあるようだ。

学生であるということ、苦労しながら学問をしているということ、それが他人の同情や喜捨を要求する根拠には全然ならない。それがなりうるのはコジキの場合だけである。

（昭和三十一年一月）

月給について

某雑誌の十一月号を読んでいたら、主要会社初任給番付というのがあり、今春大学卒業者（法・文・経）の初任給（税込み）の表が出ている。それで見ると一番多いのは三井金属鉱業の一九八七五円で、低いのは白木屋の一〇二四〇円になっている。番付だから、これに入らない低いやつも、まだまだ沢山あることだろう。

東大や早稲田の学生新聞の就職申込み表を見ても、大体一万円から一万二千円止りになっているようだ。

戦後と戦前の物価の違いは、私の生活の経験からして、大体四百倍と見ているが、それを正しいとすると、一万二千円の給料は戦前の三十円ということになる。大学を出て月収三十円とは、割が合わないような気がする。

戦前（と言っても昭和初年の極度の不況時代は別として）卒業者は初任給は、八十円ぐらいは取っていたかと思う。ひと頃は子供を大学までやることは、一種の投資みたいな形になっていた。だから田畑を売ってでも子供を大学まで通わせた。これは戦前と言っても、ずっと前の時代になるが。

私は昭和十五年に大学を卒業し、あちこちの就職試験には皆不合格で、さいわい一年前に卒業した霜多正次が都の教育研究所というところに勤めていて、彼に頼んでそこに入れて貰うことになった。初任給は七十円である。今の金に直せば、二万八千円ということになる。それでラクに生活していたかと言うと、そうでもなかった。ピイピイしていたような覚えがある。二万八千円でピイピイしていたとすると、今の卒業者はどういう生活をしているのだろう。

四百倍という私のカンが間違っているのか？

一番安い月給を貰ったのは、終戦の年の十月頃で、新聞広告で妙な会社にもぐり込み、九十円という月給を貰った。その頃のサツマイモの闇値が一貫目十五円であった。月給全部を投じても、六貫目のイモしか買えない。

それから転々と職をかえ、昭和二十一年の二月頃には二百五十円、四月頃には四百円という給料を貰っていた。物価がどしどし上るので、とてもそんな月給では追いつけない。その頃書いた『桜島』という小説が九月に雑誌に乗ることになり、稿料は一枚十五円貰った。もちろんその頃はイモの値段もずっと上っていた。

全く、あの頃はどうやって食っていたのか、自分でも判らない。

現在（昭和三十年）のイモの値段は、一貫目約八十円である。終戦の年から見ると、数倍にしか上っていない。たった数倍とは、いくらなんでも、サツマイモが可哀そうな気がする。

（昭和三十年十一月）

チャップリン・コクトオ・ディズニイ

活動大写真と呼ばれた昔から、名も映画とかわり、字幕が消えて音が加わり、色彩がつき、近頃では三次元映画だの立体映画だの、たいへんな騒ぎである。しかし映画が、活動大写真時代の見世物式あるいは実写的傾向から、数多の映画関係者の努力によって、芸術の名を克ち取ったことは疑うべくもなく、あるいは今世紀の代表的芸術形式として映画の名を挙げることも、さほど不自然ではなかろう。総合芸術としての映画の強みは、様式や器械の進歩にともない、今後ますます発揮せられて行くだろう。

そういう映画芸術の過去や現在を眺めて、存分に腕をふるって芸術の進歩につくした人は数多いるが、それぞれの特徴に際立った三人として、チャップリン、ディズニイ、それにジャン・コクトオの名を挙げたいと思う。この三人の特徴はそれぞれ異っているが、映画というものの本質を見極め、そこにおいて完全に自己を表現し得たという点では、三人は同一である。

ことにその点においては、チャップリンの存在は際立っている。映画芸術家としての生命の長さにおいても、この人は異例である。私は小学校入学以前にチャップリンの映画を見たことがある位だから驚く。その時代に活躍していた喜劇俳優たちで、今も活躍中のは一人もいない。これはチャップリンの芸術家としての性根の強さを物語るものであり、自己を語ることの根強さからも来る。映画というものの機能や効果を、チャップリンははっきりと見届け、存分にそれを駆使している。技法的にはむしろ保守的で、あとに触れるジャン・コクトオとは対照的であるが、新奇な手法を弄さないでも、チャップリンは自己を完璧に語る自信があるからであろう。

「キッド」や「黄金狂時代」から近作「ライムライト」に到るまで、自己や社会を語る点において、だんだん深化はされて来るが、手法においてはそう変化はない。大衆の判り易さということが第一にされているようだ。事実、彼の作品は、上はうるさい知識層から、下はミーハー族にいたるまで、容易に理解され、しかも感動させる。世界中の何億という ファンが、彼を支持する。これは芸術としては、稀有のことだ。今までのどんな芸術が、そんな広さを持ち得ただろうか。

それと同じことが、ウォルト・ディズニイにも言えるだろう。ディズニイの描くものはもっぱら漫画であるが、これは対象が子供の世界に止まらず、大人の観衆をもその世界に引きずりこみ感動させる。漫画映画初期の、あのギクシャクした線画の動きから、たとえばこの頃の「ピノキオ」「シンデレラ姫」などの線や色彩や音響を思うと、その発達ぶりは瞠目に価いする。その発達の大部分は、このディズニイの力によるものだ。

しかも劇映画と違って、ディズニイが動物や植物や人間に与えた形象や性格は、全くの創造なのである。俳優というものがいないのであるから、彼はそれを創造しなければならない。彼はその創造を巧妙になし遂げたし、今後もなし遂げて行くだろう。芸術の世界において、古今独歩という感じのする少数の一人が、このディズニイである。自分の夢を語るにおいて、漫画映画に眼を着けたということが、彼の第一の勝利であり、そして卓抜した才能の駆使が、彼の勝利を完全なものにした。

夢を語り、あるいは思想や感覚を新しい形で映画に持ちこんだ芸術家として、ジャン・コクトオが挙げられる。型にはまった在来の形式をぶちこわし、そのぶちこわしたところにおいて、コクトオは自己を語ろうとしている。最も期待のおける前衛芸術家と言えるだろう。まだ制作本数は少ないが、将来の展望の中でこの人が大きな位置を占めるだろうことは、その少数の制作の中から、十分に予見出来るのである。

（昭和二十八年十月）

映画「ここに泉あり」

戦後の高崎市にひとつの小さな音楽団が組織される。この映画は、その小音楽団が日本唯一の地方職業交響楽団まで成長するいきさつを、苦闘の歴史を描いたものであって、三時間にわたる長編であるが、ゆるみや退屈を感じさせることがない。演出今井正の力量であろう。

物語の動きに沿って、各俳優の持ち味も良く生かされている。楽団が苦難を切り抜けてついに成功するのは、その企画者でありマネージャーであるところの主人公の情熱であるが、その役の小林桂樹はうまい。この主人公は必ずしも理想的人間ではなく、むしろ間の抜けたはなはだ身勝手なところのある人物であるが、それを小林桂樹はうまく表現している。

この主人公のみならず、総じてこの映画の諸人物は、概念的にとらえられた類型としてでなく、人間臭に満ちた個性として描かれている。これは日本映画において特記すべきことである。だからハデな場面よりもマネージャー夫婦のケンカの場や仲間同士が酒を飲んでケンカする場面などが、なまなましく人の心を打ち、笑いや涙をさそう。そういう基底のところがしっかりしているので、三時間という長さを観客に退屈をあたえないのである。

ただひとつ私の疑問を述べるならば、この音楽団の苦闘の成功が、地方の一般大衆との結びつきという形でなく（もちろんその結びつきの形は描かれてはいるが）なぜ山田耕筰という中央の楽人に認められるという形で描かれねばならなかったのかと、いう点である。これは文化の中央集権主義を認めることであり、地方楽団は中央楽団に従属することにおいて成立するという印象を与えないでもない。

目下の現実ではそうであろうとも、映画としては理想の形として描いてほしかったと思う。

（昭和三十年二月）

忘年会是非

すべてことの是非は、我が家では合議制をとることにしているので、この件についてもとりあえず我が家の女主人にうかがいを立てて見た。

「なに、忘年会?」

と彼女はキッと私に向き直った。

「悪いにきまっていますよ。第一に無意味だわ、年を忘れようなんて。忘れようたって、年はちゃんとあって、動いてるものなんですからね。それをお酒の勢いで忘れてごまかそうなんて、卑怯未練なやり口だわ。それに、亭主どもが外で年を忘れているのに、女房どもは内で年を覚えていろというわけでしょ。そんなバカな話がありますか。それは男のエゴイズムというものよ。え、なに、年に一回のことだからって? バカも休み休み言いなさい。そりゃ忘年会は年に一回ですよ。でもね、新年になれば新年会、花が咲けば花見の会、年がら年中なにかと口実をつけて大酒を飲んでるじゃないの。その中でも忘年会が一番悪質だわ。年の暮れはカネが要るんですよ。そのヤリクリの苦労を全部こちらに押しつけて、いい気分で飲んでまわるなんて、身勝手もはなはだし過ぎるわ。

そして飲んだくれた揚句、寒いから道が凍ってるでしょ、スッテンコロリンと転んだり、あ、そうそう、あなたは去年の新宿ペンクラブの忘年会では、洋服を泥んこにして帰って来たわね。

アヒル会の忘年会じゃドブに落っこちて、足首をネンザして、松の内までビッコをひいてたじゃないの。大金を使って酒を飲み、そして服を汚したりケガをしたり、ひき合った話ですか。もう今年は絶対に忘年会はダメですよ。出しませんよ。判ったわね。以後忘年会には出ないと堅く約束してちょうだい」

東京新聞がこんな課題を押しつけたばかりに、私は大迷惑、大損害をこうむった。一体どうしてくれる。

（昭和三十年十二月）

正月

正月というものは、小さい時も大きくなってからも嬉しいもので小さい時は小さいなりの面白さ、雑煮を食べたりコマを廻したり、タコを揚げたり大きくなってからは大きくなってからなりの面白さ大晦日をうまく逃れたというたのしさ、三日間だけは何も仕事をしないで、酒を心おきなく飲んでいられるという嬉しさがある。

この忙しい世の中で、何もしないですむ三日間があることはたのしい。四十年の半生をかえりみて、一番いやだったのは、昭和二十年の正月。

その時私は応召の一等水兵で、指宿《いぶすき》の海軍航空基地にいた。正月だから御馳走やお酒の配給はあったが、それらはみんな下士官や兵長らに取り上げられ、私はコマネズミのように御馳走を運び、食器を洗い、酔っぱらった下士官たちの介抱などをさせられ、あるいは面白半分になぐられ、ろくに自分の食事をする暇もなかったのだ。いくら南国とは言え、うすい作業服一枚だから、寒気が身にしみわたるし。

もうそのような正月は、万人にあらせてはならぬと心から思う。

（昭和三十一年一月）

ふるさと記

柳川旅愁

柳川は美しい町だとかねて聞いていたが、今度小説新潮の『作家故郷に帰る』で初めて訪れることが出来た。なるほど水美しい静かな町で、戦災にあってないので、町並もしっとりと古風である。

この写真は『幾年故郷来てみれば』の中にあるように、旅館『於花』から追い出されて途方にくれているところ。

この日はやむなく舟小屋温泉に泊った。

なお表紙カバーの玩具は、舟小屋名物『雀車』という郷土玩具である。家内が絵筆を甜め甜め、これを描いた。

（昭和三十一年十一月）

平和と自然の街

今ごろの季節になると、故郷のことを思い出す。故郷と言っても、戦後は一変しただろうから、もうそれは私の胸の中に残っているだけだが。

福岡県福岡市。街は、福岡と博多にわかれる。河ひとつをへだてて、言葉まで変る。江戸時代、博多は町人の街であり、福岡は武家の街であった。博多の情緒や雰囲気は、あまねく世上に知られているが、静かな城下町である福岡のことは、ほとんど紹介されていない。

海と山。海は、海の中道にかこまれた博多湾。残《のこ》の島、志賀島、鵜来島、福岡は、海岸に沿った細長い街だから、ものの十分も歩けば、すぐ海に出る。関東のように黒い砂ではなく、文字通りの白砂。そして、えんえんと連なる緑の松原。千代松原。地蔵松原。百道松原など。どこでもそのまま、海水浴が出来る。東京みたいに、汽車に乗って海水浴に行くなんて、可笑しくって！

もちろん、魚族も豊富で、竿一本あれば、さまざまの魚が釣れる。海岸の石垣からでも、一尺ぐらいのボラやメバルが、楽に引っかかる。

福岡の人々は、遊びが好きで、お祭りが好きだ。ドンタク、山笠。その他いろいろな祭。

ハカタ仁輪加。かんたんな舞台の両袖から、二人が登場し、中央で行き交い、ハッと振り返って、それから問答が始まる。その気合いの好さ。問答の内容は、強烈な諷刺と諧謔、そして福岡的ダンディズム。どの郷土劇とくらべても、その洗練度において、その庶民性において、ひときわ立ち勝っている。

豊かな自然に囲まれて、物産の豊かな、人情の厚い、そして平和な福岡の街。それが私の故郷だ。

もうその静かな故郷の空を、ジェット機が、物すごい爆音を立てて、飛び回っている由。そんな荒くれた故郷の姿を、ほんとに私は見たくなかったのに！

（昭和二十七年七月）

博多美人

博多美人と言えば、下町風の美しさであり、理智的というよりは、はなはだしく情緒的である。博多小女郎の昔から、その美はレンメンとうけつがれているのだろう。大体博多の文化は、上方系統であって、それに長崎方面から来た異国文化がこれに加わる。両方の微妙な混交が博多文化の特徴である。その市民の嗜好や好尚が、かくて万国無比（大袈裟な！）の博多美人をつくり出し、幾多の男たちの魂を震蕩せしめた。しかしまあこんな美というものは、時代と共に当然亡ぶべき美なのだから、それ故にこそ切々たる哀艶を加えているとも言えるだろう。

（昭和二十七年八月）

悪いふるさとの道

戦後、各都市に目立った現象といえば、先ず大きな建物が続々建ったということだろう。東京や大阪はいうに及ばず、地方の小都市においても、例外はほとんど見受けられないように思う。戦前の軍艦つくりが戦後の建物つくりに変化したのだ、と評する人もある。そういえば官公の建物に豪壮なものが多いようだ。豪壮な建物が続々と建つことそれ自体は、祝賀すべきことであろうが、それが他の面とのバランスにおいて建てられていないという点において、私はいやなエゴイズム臭を感じる。

たとえば一般の庶民住宅との対比においてだ。一般庶民の住宅不足は、いうまでもなく焦眉の急を告げていて、今度の総選挙でも各党がれいれいしく住宅政策をかかげざるを得なかったほどだが、それを今まで放っておいて、片方では豪華な官公庁舎がたくさんつくられたことは、あきらかに役人たちのエゴイズムである。ぎしぎし取立てた税金を、よくもまあ図々しく使用できるものだと思う。民間資本で建てられた豪華建築も、ある意味では資本のエゴイズムといえるだろう。主権在民であり、役人は公僕ということになっているが、そのしもべが豪華版にふんぞりかえり、主《あるじ》たちは六畳間に七人もひしめき合いながら住んでいる。どう考えても話がおかしいような気がする。

庶民住宅の対比においてもそうだが、公共の道路の対比においても、彼等のエゴイズムはいかんなく発揮されている。いつぞやの週刊誌で、地方都市訪問の頁で福岡市のことが出ていて、福岡市は日本有数の悪道路の都市だと書いてあり、その悪道路の写真まで出ていた。福岡は私の故郷であるので、その記事を読んで私は大層かなしかった。もっとも福岡という街は、私の小さいころから悪道路の街で、街幅も狭かった。私の小学校時代、福岡の目貫きの電車通りは無舗装で、しかも歩道がなかった。福岡ほどの地方都市で、メインストリートに歩道がないなんて驚嘆にあたいする。中学校へ通学の折も、風が吹いたりすると、今川橋から西新町にかけて、黄塵万丈という趣きを呈した。どうしても福岡の役人たちは、道路というものを理解していないらしい。ということは、福岡人が道路にたいして無関心だということにもなる。

一昨年、旅行の途次福岡に立寄った時、西公園から天神町まで、旧知の町をひとりぶら歩いてみた。戦後の変化を見たかったからだ。たいへん変化していたのは、港町界隈、簀子町、大工町の町筋であった。ことに後者の町幅はべらぼうに広くなって、私を驚嘆させた。戦前は自動車が一台やっと通れるほどの狭さだったが、それを戦災のどさくさに紛れて、十数倍に拡げたものらしい。道幅を拡げたこと自体は結構なことであって、私も祝意を表したいが、拡げっぱなしで道路の管理の悪いことは、どうにも祝意を表しかねる。私が見た時は、広い町幅の中央部に、背丈二尺余りの夏草がぼうぼうと生い茂って自然のグリーン・ベルトをなしていた。夏草などというものは、山や野原に生い茂るべきものであって、繁華街のまんなかに茂るものではなかろう。生やし放しにして、刈り取る人もいないのだから、まったくおそれ入る。都市つくりというものは、先ず道路つくりが先決であって、それから建物を配置するというのが本筋だと思うが、その点においてわが福岡市は逆立ちをしている。どうにかならぬものか。

（昭和二十八年三月）

福岡の八月

私は子供の頃から、夏という季節が大好きで、冬は大嫌いだ。冬の寒さは辛抱出来ないが、夏の暑さはむしろたのしい。今でも私は冬よりも夏の方が仕事がはかどる。

子供の時夏が好きだったというのは、長い夏休みがあったせいもあるらしい。冬休みは短くて、アレヨアレヨという間に済んでしまうが、夏休みはまるまる一箇月（あるいはそれ以上）あって、大いに休みでがある。

私は小学校中学校ともに福岡市だが、福岡市というところは、南国の都市だから、夏休みがたのしいように出来ている。雪もあまり降らないし、氷もあまり張らないから、スキーやスケートは全然出来ない。そのかわりに海があって、海水浴や魚釣りが自由に出来る。あるいはボートとかヨットとか。

福岡市は博多湾を持っている。博多湾というのは、海の中道という細長い岬にかこまれて、その外側は玄海で波が荒いが、内側は静かである。魚族の種類も多い。今ではそうでもないが、私の子供の頃は、福岡市のどの海岸でも魚が釣れた。港町とか伊崎とか漁師町があちこちにあって、地引網をひくと魚がたくさんかかる。私たちはそれをひっぱる手伝いをして、バケツ一杯雑魚を貰ったことが何度もある。つまり、あまり役にも立たない手伝いに対しても、バケツ一杯の雑魚をよこすほど、たくさんの収穫があるというわけだ。

水泳も大いにやった。

小学校も七月に入ると、水泳が正課として取り入れられる。朝のうち二時間ばかりふつうの課業をうけて、それから引率されて海に出かける。私の小学校は海辺に立っていたから、何もまとう必要はない。裸のまま列をつくって出かけるのである。そして一時間か一時間半ばかり泳ぐ。

夏休みになればなったで、朝のうち一回、昼過ぎて一回、二回は泳ぎに行く。夕飯を食ってまた出かけることもある。私がよく泳いだのは、伊崎の浜、地《ぢ》行《ぎょう》の浜、百道《ももち》海水浴場などでだ。午前中は波は静かで、午後からいくらか荒くなり、夕方になるとまた静かになる。夕方は午前中よりももっと静かだ。小波ひとつない、鏡の如しと言っても言い過ぎでないほど静かになる。夕凪ぎというやつが来るのだ。その時刻になると、そよと風も吹かぬ。そのかわりにむし暑い。

こんなに泳ぐのだから、いくら不器用な者でも、自然と泳ぎは上達する。小学生の時ですら、私は一里ぐらいならラクに泳げた。今でも一週間ぐらいかけて海水に慣れれば、そのくらいは泳げるだろう。

一昨年の夏、富士五湖の西湖に一週間ばかり行って、毎日泳ぎ暮らしたが、どうも私には淡水よりは塩水の方がいいようだ。淡水で泳ぐのは、何か手ごたえのない感じがする。

夏は雷。雷雨。

蘆花の『思出の記』の中に雷雨の描写があるが、どうも雷というやつは、昔の方が烈しくすさまじかったような気がする。夕立ちでも、昔の方が豪快であったようだ。

いきなり大粒の雨がたたきつけるように降って来たかと思うと、空が真黒になって、雷が縦横無尽に鳴りとどろく。はげしい雷光とともに、ガシャガシャ落ちる。雷も近くにおちる時は、ゴロゴロゴロという音は立てない。カラカラカラと乾いた音だ。もっと近くだと、一声だそうだ。そんな近くでは私も聞いたことはない。

夕立ちというやつは、サッと来て、猛烈に荒れ廻り、サッと切り上げるところにねうちがあって、そのようなねうちのある夕立ちを、私は東京に来て以来一度も経験したことがない。人口が多くて住宅が立てこんでいると、夕立ちの方が敬遠してしまうものらしい。福岡市に住んでいる友達に聞いたら、近頃は福岡でもそんな夕立ちは来ないとの話であった。やはり人口が殖えたせいだろう。

子供の頃私は西公園の下に住んでいたが、夕立ちの翌朝などに西公園にのぼると、大きな松の木が電光型に肌が裂けていたり、また大きな枝が無惨に白い肌を出して折れていたりする。雷公の仕業なのである。

八月十五日を過ぎると、海もそろそろ荒くなって、クラゲが出てくる。ツクツクホーシが啼く。

少年の日のもの哀しさを、私はいつもその頃に強く感じた。もの哀しさというものは、もう夏休みもいくらも残っていないという哀しさも含まれている。

今まで怠けていた夏休み帳も書かねばならないし、日記もまとめてつけねばならない。前の方の日記なんか、忘れていてつけられないから、つまり創作するということになる。この日記の創作は実につらく、むつかしかった。

九月に入ると、颱風がやってくる。

なにしろ九州は颱風の本場で、毎年必ずやって来る。そのかわり九州には、地震というやつはあまりない。福岡で私は地震というやつを経験したことがない。颱風の方はいやというほどあるけれども。

地震もこわいが、颱風もこわい。地震は前ぶれなくやってくるが、颱風の方はあらかじめ予知されていて、それがじわじわとやってくる。石垣島あたりに発生したやつが、北九州から玄海に抜けると、福岡市はただちに被害をこうむる。

私が九州で体験した颱風のベスト2をあげると、昭和六年九月のやつと、昭和二十年八月二十六日、復員の途中で宮崎県高鍋町で出合った颱風だ。高鍋の方では、私はほとんど死にそうになった。私は死を覚悟した。折角無事に復員出来たのに、こんなところで死ぬのかとかなしかった。

昭和六年のは最大風速四十五米。小学校の校舎など多数が吹きたおされた。その最大風速時に私は中学（修猷館）の校舎の中にいた。風が強過ぎて家に戻れないのだ。しかし、級友の中に元気な奴がいて、裸になって裏の百道海岸に泳ぎに出かけたやつがいる。そいつが戻ってきての話では、あんなに強烈な風が吹きまくっているのに、海は波一つ立たず、鏡のようだったと言う。そいつは乱暴者だったが、ウソをつくような人間ではなかった。だから私たちはその言葉を信じた。しかし何故、あんな風の中で、海が静かだったのか、今考えても判らない。


（昭和三十一年八月）

幾年《いくとせ》故郷《ふるさと》来てみれば
——福岡風土記——

今度の『故郷に帰る』の係の本誌（小説新潮）の丸山泰治さんが、事前の相談にあたってこぼした。

「他の県なら、まだ行ったことがない県でも、すらすらとスケジュールが立つのに、福岡県だけはどうにも手がつかない」

福岡というのは雄大にして複雑な県で、力点があちこちにあり、どこかをギュッと押さえれば判るというようなカンタンな県ではないのである。

私も福岡の出身だが、福岡市とその周辺を知っているぐらいなもので、福岡県全体となると、旅人と、あまり大差がない。

何はともあれ福岡市に直行。そこに待機中のカメラの小石清さんと落合い、行程を相談し、大まかなところを決定した。

第一日目は八月二十二日。福岡市のあちこちを見物というスケジュール。

朝七時、宿舎にて起床。

この旅行のために、ここ一箇月早寝早起の訓練をしたから、七時と言っても別に苦にならない。

朝食に私の注文でオキウトが出る。海藻からつくった博多独特の食物で、私など口になつかしき限りだが、他国人にはこの味は判らないらしい。丸山さんなど一片一片箸でつまんで止めにした。九時、自動車が来る。

福岡市はまん中に那珂川が流れ、それから東を博多と呼び、西地区を福岡と呼ぶ。博多は町人街、福岡はサムライの街。その西地区の中央に福岡城がある。戦前までは連隊が占拠していたが、敗戦と共にたちまち平和台と名をかえ、野球場や競技場がつくられた。競技場は四百米トラックが整備中で、なかなか立派なものである。

そこから隣接した大濠公園に向かう。案内して呉れるのは西日本新聞の草場毅君。小学校からの友人で、心易い。

大濠公園は城の濠を中心に整備した公園で、私が中学に入った年につくられた。その頃を思い出しながら、ぶらぶらと歩く。

西公園もすぐ近く。平和台と大濠公園と西公園、この三つをもっと有機的につなげば、おそらく日本一の立体的な公園になるだろうと思うが、今はまだばらばらで統一がない。

西公園に向かう途中、私が生れて中学二年まで過ごした家がある。荒戸町四番丁。今は東さん御一家が住んでいて、頼んで中を見せてもらう。間取りは昔と同じ。庭にも私の見覚えのある樹がいくつか立っている。玄関前の柿の木。私の幼ない時も、秋になるとこの柿は実をたわわにつけて、私たちを喜ばせた。今でもたくさん実るという。大へんサービスのいい樹だ。あまり大きな樹ではないが、樹齢は五十年以上であろう。『故郷の廃家』という小学唱歌を思い出した。もちろんこの家は廃家でなく、東さん御一族がちゃんと住んでおられるのだけれども。

生れた家というものには、どうも小学唱歌のにおいがあちこちにしみついている。

車にて修猷館高校に向かう。私が学んだ頃は修猷館中学と言ったが、今では高校となり、男女共学となった。しかし男子学生は私の頃と同じ帽子をかぶっている。帽子だけが元のままというのが、ちょっと異様な感じであった。

この中学は、政治家や軍人には大物をたくさん出したが、文士というと、豊島与志雄氏亡きあと、私ぐらいなもので、一向にふるわないのである。

安住正夫先生に会う。先生から私は英語を教わった。先生は私を見て、年を取ると梅崎君みたいな高級文学はメンドウくさくて読めなくなった、と言われる。いえいえ、何が高級なもんですか。

辞して今度は、博多の街を横断、東公園に向かう。

東公園には、亀山上皇と日蓮上人の銅像が立っているが、この日蓮銅像が異色である。銅像だけの高さは三十五尺。台座まで入れると七十尺で、奈良の大仏を抜く。私は幼ない時、初めてここに連れられて、もう帰ろうよとオヤジにせがんだ記憶がある。あまりにも大きいので、怖かったのである。像の前にひざまずき、線香を立て、経を誦している信者が何人もいた。それから筥崎宮に廻る。

形のいい巨松を撮ろうと、カメラの小石さんと一緒にずいぶん探したが、上記のコースのどこにも見当らなかった。戦前はずいぶんいい松があったのに、どういうわけか、戦後はすっかりあとを絶ってしまった。残念なことである。

博多の街に戻ってぶらぶら歩き。

戦後街筋も変化し、また大きな建物があちこちにニョキニョキと建って、私の記憶の博多から大変貌をとげている。それから空を飛び交うジェット機。博多名物は、もう博多人形やニワカせんべいではなく、このジェット機だと言った人があるが、迷惑な名物もあればあったものだ。九州大学を始め各学校も、この狂騒音には手を焼いている由。

午後の汽車で門司に向かう。夕方、門司港着。小石さん、指をあげて、

「あ。興安丸だ」

と叫ぶ。

興安丸が夕焼けの海を、今しずしずと出港して行く。

八月二十三日

朝九時半、関門国道事務所門司出張所におもむく。

西村技官から約三十分、国道トンネル工事の説明を聞いた後、門司竪坑からエレベーターでトンネルに降りる。海底六十米の深さである。

自動車道、人道とあって、前者の幅は七米五〇、後者は三米八〇ある。下関の近くまで徒歩で往復したが、なかなか大規模の工事である。これが出来上がると、ずいぶん便利になるだろう。三十三年三月完成の予定だそうである。

辞して和布刈岬に登る。公園になっていて、早鞆の瀬戸、門司港が一望に見おろせて、眺望が佳い。巌流島も見える。早鞆の瀬戸というのは、本州と九州の最短距離のところ

で、潮が早い。

国道トンネルはつまり丁度この下を通るのである。

自動車にて八幡。腹がへってきたので、八幡の町をぶらぶら歩き、行き当りばったりに小さなうどん屋に飛び込む。瓢六うどんという屋号で、その味推奨するに足る。値段もたいへん安い。東京ではとてもこんな手打うどんは食べられない。

腹ごしらえをすませて、八幡製鉄所に向う。

なにしろ東洋第一の大工場であって、敷地も広大だし、従業員も三万五千人、並び立つ巨大な煙突が七色の煙をはいている。

自動車であちこち案内されたが、やはり花形は熔鉱炉。これも見学したが、こわいみたいなものである。熔鉱炉の中心部は千八百度あるという。そこから熔かされた銑鉄が、ぎらぎら光りながら、どろどろの小川になって流れてくる。ちょっと近寄ってタバコの火を拝借、というわけには行かない。その流れですら千四百度ある。線香花火の火花を百倍ぐらいにしたような大きな火花が、バサッバサッと飛んでいる。

写真を撮られるために辛抱したが、ほんとに地獄のように熱かった。

製鉄所の車で戸畑の埠頭まで送っていただく。

連絡船にて洞海湾を若松に渡る。所要時間三分。切符代十円也。

若松港の貯炭場より、石炭を船に積み込む作業。

軽子がモッコにて運ぶという原始的作業だ。それを見、小石さんがカメラに撮っていると、軽子の群のあちこちから、写真に撮ってはダメだ、というような声があがる。彼等は働いているのに、私たちがのんびり眺めたり撮したりしているのが、シャクにさわったらしい。

だから早々にして退散。若松の街に行き、紅卯《べにう》という喫茶店でミルクセーキを飲む。若松に来たからには火野葦平親分にあいさつしなくては、と丸山氏、紅卯より電話をかける。ところが親分は、夏期大学講師として佐賀に行き、留守であった。紅卯の美しき女主人も、火野親分の親戚にあたる由。

小雨を冒して、高塔山に登る。ここも山頂は公園になっていて、眺望絶佳の由であるが、小雨のため眼界は煙っている。八幡の製鉄所が真下に見える。

カッパ堂というのがあり、カッパ封じの地蔵尊が本尊で、この地蔵尊の中にあまたのカッパが封じてある。地蔵尊の背中に釘が打ち込んであり、そのためにカッパが出られないのである。よっぽどその釘を引抜いて見ようかと思ったが、生憎釘抜きを持って来なかったし、またぞろぞろとカッパが出て来たら私の責任にもなるので、残念ながら止めることにした。

下山し、連絡船にて戸畑に戻り、国鉄のディーゼルカーにて福岡に戻る。

今日はあちこちとずいぶん歩き廻ったので、福岡まで一時間半、満員で立ちん坊はすこしつらかった。国鉄職員あるいは組合員とおぼしき一群（駅に着くたびに駅員に通信筒みたいなものを渡していた）が、満員の中に悠々と席をしめ、騒いだりしていたのは、言語道断であった。

八月二十四日

細雨の中を宿舎発、都府楼に向かう。つまりこれは、昔の鎮西の役所太宰府の跡であって、建物は全然残っていない。大きな礎石があちこちに残っているだけであるが、その礎石の大きさから、昔日の盛観を偲ぶことが出来る。草が茫々と生い茂っている。小学生の頃ここに遠足に来たら、附近の田んぼから、当時の瓦の破片が拾えたが、今ではもうそれも拾いつくしたらしい。

　菜の花ばたけに入日うすれ
　見渡す山の端かすみ深し

小学唱歌のこの歌を聞くと、私は必ずこの都府楼附近の春色も思い浮べる。そのような地勢であり、風景なのである。

それより観世音寺に向かう。鎮西一の名刹であり、歴史も古い。閑寂な境内に入り、右手に国宝の鐘がある。菅原道真の詩に、

　都府楼纔看瓦色

観音寺只聴鐘声

というのがあるが、これがその鐘であって、国宝になっている。石田住職の許しを得て、私はそれを突いて見た。小雨の筑紫野に、鐘声はしずかに拡って行った。いい音である。

この寺には実に仏像が多い。薄暗い講堂の中に、屋根裏につかえるばかりの巨大な観音像五体を始め、大小さまざまの像があちこちの建物に充満している。石田住職の案内で、私たちは次々に見て廻った。

雨はやんだり、また降り出したり。晴れ間には熊ゼミやツクツクホーシが啼く。丸山氏は熊ゼミの啼き声は初めてらしく、めずらしそうに耳を傾ける。

私たちはこのセミのことを、ワシワシと呼ぶ。東京では聞けない。

ところでここに困ったことがおきた。丸山氏が貴重な金ぶちの、眼鏡を落したと言う。都府楼徘徊中にちがいないと言うので、車を戻し、草の根を分けて探したが見当らず、千載の恨みを都府楼に残して、太宰府神社へと向かう。(後日この眼鏡は、近所の子供に拾われ、石田住職の手を通して、丸山氏の手に戻った由。めでたし)

太宰府天満宮は道真公をまつった神社。丹青の本殿、楼門、廻廊、池、反り橋など、観世音寺の閑寂にくらべて、すべてきらびやか豪華に出来ていて、したがって、俗臭芬々と言った傾向がないでもない。

裏は梅林になっていて、私たちは茶店で小憩、茶をすすり、梅ケ枝餅を食べた。

ここで私が最も感心したのは、社務所近くにある巨大な樟《くすのき》で、大きいのなんのって、ちょっと見には丸ビルぐらいある。樹齢千年也と言う。

千年と一口に言うけれども、千年もひとつところに動かず、そしてこんなに大きくなったということは、大したことである。真似の出来ることではない。

二日市を経て、急行電車にて久留米。昼飯を食べようと適当な店を探したがなし。駅近くの大衆食堂に入る。ここはサービスも悪いし、ひどいものを食わせた。もっとも駅近くの食堂というやつは、どこでもひどいものを食わせるものだから、あながち久留米ばかりを責めるわけには行かないが。

石橋文化センターに向かう。ここはブリヂストンの石橋正二郎氏がつくって、久留米市に寄贈したもの。中央に庭園があり、体育館、美術館、プールがその三方にある。敷地約一万坪で、たいへん立派なものである。美術館では丁度郷土出身の青木繁、坂本繁二郎両画伯の作品展が開かれていて、たいへんたのしかった。作品もよく集められていた。

二時半、水天宮に向かい、筑後川を眺め、また急行電車にて柳川に向かう。

柳川では、殿様経営にかかるところの料亭『於花《おはな》』に泊る予定であったが、いかなる手違いにや、ぬる茶一杯飲みたるだけで、部屋なしと無情にも追い出さるる。一行三人、無念やるかたなく、近所の若松屋なるウナギ屋に押し上り、ウナギを食べ、酒を飲む。風貌姿勢プロレスの東富士にそっくりの仲居ありて、名を問えば西の富士と答う。大いに東と張り合っているつもりらしい。柳川はウナギの名産地だと言うが、私の舌にはタレが少し甘過ぎた。ミリンのかわりに飴を用いるという。値段は安く、東京の半分以下である。

柳川は堀割が縦横に通り、古くてうつくしい町である。

白秋の碑を見る。この碑はたしか長谷健等が、ねばりにねばってこさえ上げたものである。詩碑には詩が彫ってあるだけで、横に廻ってもうしろに廻っても、他には字は一つも彫ってない。さっぱりしたもので、さすがは長谷親分の仕事だけある。

車にて船小屋温泉に向かう。ここは矢部川に沿った含鉄炭酸泉で、風光も明るく、予定外の掘出しものであった。樋口軒に泊る。矢部川を隔てた対岸の堤は、樟の大木が二里もつづいていて、壮観である。

これは植林で、すべて樹齢三百年に及ぶと言う。

若松屋でウナギを詰め込んだので、腹いっぱいでお酒では酔わない。ウイスキーを持って来させ、ここの含鉄炭酸泉水に混ぜ、ハイボールにして飲んだ。いささか鉄のにおいが気になるが、そのうち結構酔っぱらってきた。『於花』で追い出されたばかりに、鉄くさいハイボールを飲むことになろうとは、思いがけぬめぐり合わせで、旅情ここにおいていよいよ深まった感がある。

明くれば八月二十五日。行程最後の日である。

いささか二日酔の気味で、つい寝過ごした。

丸山、小石の両氏は、朝早々と起き出で、そこら一帯を散歩してきたと言う。

朝食がわりにビールを一本飲み、身仕度して対岸に渡る。

ここの樟並木はうっそうとして、ほとんど日も通さない。

国鉄船小屋駅に行き、汽車で大牟田に行く。ここは有明湾の東岸に位する本県最南端の工業都市であり、三池炭山の所在地である。ここで炭鉱を見ようとのスケジュールだ。

三井鉱山の人に案内されて、第二人工島に行く。

ここではすでに地下の石炭は掘り尽くして、今は海底を掘っている。そのための換気坑が必要で、人工島をつくった。第一のはすでに完成、三池港の沖合二キロの地点にあり、初島と名附けられている。第二のが今つくられつつあるところで、防波堤の先を埋立てたへんてつもない島の相である。

戻って会社のクラブで、五高で一緒だった石田朴君（三池鉱業所勤務）より昼飯の御馳走となる。

午後、いよいよ入坑。

入坑するには、やはりふつうの服装では入れない。巻頭のグラビヤ（昭和三十一年十一月号「小説新潮」）にあるような恰好となる。丸山さんも小石さんもそういう恰好になったら、もう鉱夫と見分けがつかなくなった。

人車に乗り、三川鉱の斜坑を、一気に千七百米まで降る。人車というのは、トロッコに天井をつけたもので、遊園地などにある子供電車みたいなものと思えばいい。それが数十台つながって、轟々と斜めにくだって行くのである。

慣れると何でもないだろうが、初めてだとちょっと悲壮な感じがある。

人車を降りて、坑内のあちこちを歩く。巨大な地下変電所などがある。温度も、とても暑い坑と涼しい坑がある。

涼しい坑では、つめたい風が吹き抜けていて、気分がいい。

一時間ばかりあちこち歩き、待合所に戻って、上り定期便を待つ。待合所には、八時間の仕事を終えた鉱夫たちが、たくさん群をなして待っている。その人々の動作や表情には、地下で働く人とは思えぬほどの明るさとにぎやかさがある。もっとも明るい気分を保持してないと、とても陽のささぬ場所では働けないだろう。

やがて人車が来た。皆乗り込み、轟々と音を立てて登って行く。人車がとまり、真昼の外に出る。

わずか一時間ばかりの入坑であったが、その日の光がありがたかった。地上にうつる自分の影が、実に新鮮であった。冷たい水を貰って、むさぼり飲む。

かけ足の四日間ながら、これで福岡県の大略か上っ面かを、ほぼ見て廻った。

私をわすれた熊本

（昭和三十一年十一月）

九月久しぶりに熊本に行く。特別の用件があったわけではない。福岡、熊本、鹿児島と、トランク一つ提げた、気楽なひとり旅である。福岡では少年時代の生活、熊本では高等学校時代のそれ、鹿児島では軍隊生活、そういうものを、も一度記憶の中に確かめたい。それがこの旅の目的であった。一種の帰巣本能的な気持の動きか、春頃から思い立って、やっと九月にその思いが果たせた。

五高卒業が昭和十一年だから、もうかれこれ十六、七年になる。記憶も茫とうすれかかっているが、再び熊本の街に接して見ると、湧然とさまざまのことがよみがえってくる。熊本にはやはり熊本の匂いがある。他のどの街にもない、独特の雰囲気がある。私が泊った宿屋は、着いてから気が付くと、学生時代によく通ったそば屋の東京庵であった。そば屋変じて旅館となる。女中に訊ねて見たが、そば屋時代のことは知らないと言う。もう私は五高生ではなく一個の旅人に過ぎない。十六年の歳月が過ぎ去った、その感慨はしみじみ《ヽ》と胸に沁みた。

藤崎神宮から子飼橋に抜ける道、昔この道を毎夜踏んで、通町や新市街に出かけたものだが、淋しく人通りもまれだったその道が、今はにぎやかになっているのには驚いた。昔日の面影は全然ない。子飼橋に出、旧五高までの道筋は、感じだけは残っているが、もう私が知っている店はないようである。朝の陽光に照らされながら、私は時々立止ったり、きょろきょろ見回したりして、ゆっくり歩く。

旧五高の正門から、サインカーヴの道、赤煉瓦の本館を眺めた時ふしぎな悲哀と悔恨の情が、私の身内を強くはしった。私の眼前にあるのは、むしろ荒涼として貧寒な風景である。戦争というものが眼に見えぬ鞭をその風景の上に加えたのであろう。長年私の脳裡にあったのは、もっと多彩な、豊饒な、青春の気に満ちた五高風景であったのだが――。

五高裏に森さんという家があって、そこに私は下宿していた。その頃二つか三つ位のお嬢さんが、今はすっかり大きくなって、匂やかな乙女になっている。小説を書いて見たいなどと言う。年月経てば成長するのは当然のことながらおどろくばかりである。

旧五高本館は、今は教室ではなく、研究室ばかり、私が二年生の時の教室が、独文学の研究室となっていて、扉を排して入ると、藤井外興教授がひとり黙然と腰かけておられた。私は名を名乗った。名乗らなければ、藤井教授も、私だとは判らなかったに違いない。私はもはや昔日の紅顔ではなく蓬髪蒼顔の中年の旅人なのである。

藤井先生、上田英夫先生に伴われ、電車で新市街に行き、オリンピックでビールの御馳走になった。オリンピックは、上通町にあった時にくらべて、はるか豪壮となり、一流的風格を具えて来ている。ビールも料理も旨かった。
「君は少し勉強しなくてはいけない」と少し酔った藤井教授は、私をつかまえて、何度も、コンコンと教えさとされた。何だか十七年前、独逸語の点が足りなくて叱られた時と、全く同じような具合であった。「この間の幻燈の街だって、こういう点が面白くない」私は素直に叱られるだけである。他人から叱られるのも、もう何年ぶりのことだろう。

帰りがけにオリンピックのマダムに、僕を覚えていないかと訊ねたら、覚えてないとの答え。そりゃそうだろう。こちらは覚えていても、向うにすれば数百数千の学生の中から、特に一人だけ覚えるなんて、ムリな話だろう。

上通町フロイントに行く。この店は確か、私が五高入学の前後に開店した店だ。場所は今のところではなく、もっと小さな店であった。オリンピックにしてもフロイントにしても、雨にも風にも戦争にも負けず、着々大をなしているのはお目出度いことだ。そのフロイントのマダムも、私をもう覚えていない。私はややがっかりする。熊本を覚えているのは、私の方だけで熊本はもうすっかり私を忘れ果てているのだ。

でも、当時の話や友達の話をしているうちに、マダムは私をしげしげと見ながら、少しずつ憶い出して来たという。まあこれもお世辞だったかも知れない。この店でも両先生と、ビールの杯を重ねた。

故郷は遠きにありて思うものと室生犀星はうたったが、熊本は私にとっては第二の故郷と言っていい。遠きにありて思わずに、時には行って見て、昔のあとをたどって見たい。この度の旅行も、いろんな意味で勉強になったし、また楽しかった。三年に一度ぐらいは、九州めぐりをしようと思う。

（昭和二十八年一月）

馬のあくび

馬のあくび

今年の夏はずっと蓼科で暮した。

二、三年前までは、私は暑さに平気で、むしろぎらぎらと太陽に照りつけられる方が仕事が進んだが、近頃ではそうでなくなった。暑いと水ばかり飲み、ぐったりと寝ているばかりで、さっぱりと能率が上がらない。

そこで今年は、蓼科ということになった。独立の中尾彰画伯の勧めによる。中尾画伯は蓼科では、主と呼ばれるほど古いのである。

そして、蓼科を根拠地として、家族ともども今夏はずいぶんあちこちを歩き廻った。山あり、川あり、湖ありで、この写真は白樺湖に行った時のスナップ。乗っているのは家内と長男だが、私があまり慎重を期して、露出だの絞りに時間をかけたため、ついに馬が退屈してアクビをした。

つまり私の腕前は、馬にアクビをされる程度だということになるか。

（昭和三十一年十一月）

チョウチンアンコウについて

チョウチンアンコウと言う魚がいる。アンコウの一種である。深い海の底の真暗なところに住んでいる。真暗なところに泳いでゆく関係上、この魚はチョウチンを持っている。すなわち頭のさきから長い鞭のようなものが生えていて、それが光をはなつのである。暗夜に提灯を突出しているような具合に。

この魚の雄と雌との関係について、寺尾新博士が書いた文章をよみ、私は大層面白かった。その文章の要旨をここに書いておこうと思う。

このチョウチンを持っているのは、この魚の雌なのである。チョウチンはもちろん自分の泳ぐ道を照らすためもあるだろうが、同時に餌となる小動物をおびきよせる手段にもなっている。雄はチョウチンを持たない。大きさも雌の十分の一である。なんの変ったところもない、極く平凡な、あたり前の魚である。あのチョウチンをぶら下げた壮大な雌魚の、亭主にあたる魚とはとても思えない。

この雌に対して、この小さな平凡な雄が、どういう具合で亭主たる位置につくかというと、彼はただじっとその機会を待っているだけなのである。そして偶然に雌が自分に近づいてくると、彼は雌の背中であろうが、頭であろうが、腹であろうが、ところかまわずにいきなり唇で吸いつくのである。吸い着いたら、それきりである。どんなことがあっても離れない。雌が泳ぐままに、ぶら下って動く。そしてここに変ったことがおこる。吸い着かれた雌の体の皮が、だんだん延びてきて、彼の唇と切っても切れないようにつながってしまう。こうなれば彼は独立した一匹の魚ではなくなって、雌の体の一部となってしまう。それから彼の体のなかに、さまざまの変化が起り始めるのである。

先ず、唇をふさがれて食物をとるすべを失った彼の体の中で、役に立たなくなった消化器官が、だんだんと消えてなくなる。

次に、独立生活のとき必要であったが、今こんな状態では必要でなくなった諸器官が追々に姿を消してゆく。

雌にくっついて移動してゆくからには、眼などは不必要である。で、眼はすっかりなくなってしまう。

眼がなければ、もはや脳も不必要だということになる。すなわち、脳も退化して、姿を消してしまう。

すっかり雌の体の一部となった彼は、その血管が雌の血管とつながり、それを通じて全部雌から養われ、揚句の果て、彼は雌の体に不規則に突起したイボのような形にまで成り下ってしまう。

イボにまで成り下っては、彼は自身の存在の意義を失ったようにも見えるが、ただひとつだけ器官を体の中に残しているのである。それは精巣である。精子をつくるために残留しているのだ。雌がその卵を海中に産み放すとき、ほとんど精巣だけとなった彼は、全機能を発揮して、二階から目薬をさすように、その精子を海中に放出する。深海であるから流れの動きがほとんどないので、その精子は洗い流されることもなく、雌の卵にうまくくっつくのである。

この瞬間のことを考えると、私はなにか感動を禁じ得ない。どういう感動かということは、うまく言えないけれども。

（昭和二十四年十月）

服

夜汽車だった。汽車は夜風を切って、海沿いの線路をぐんぐん走っていた。海には月が照っていた。やがて、阿比留だったか江比留だったかな、名前はちょっと忘れたが、その小さな駅に汽車がガタンと停ると、僕が乗っている客車に、そいつがトランク一つぶら下げて、乗り込んできたのだ。そいつは僕の前に腰をおろした。

僕はそいつの顔を見た。それからそいつの着ている服を見た。そいつは僕の顔を見た。それから僕の着ている服を見た。そしてイヤな顔をした。おそらく僕もイヤな顔をしていたのだろうと思う。

そいつの着ている洋服の柄が、僕のとそっくり、いや、全然同じだったのだ。

洋服地のことはよく知らないが、鼠色の地に、こまかい縞がちりちりと走っている。見かけはちょっと厚味があり、どっしりしているが、どういうものか、すぐ皺になる傾向がある。純毛らしく見せかけながら、インチキな繊維が相当に混入されているらしい。僕はこの服地を、家にやってきた行商人から、七千円というのを、五千円に負けさせて買ったのだ。あとで仕立屋に見せたら、五千円なんかとんでもない、三千円止りのしろものだと聞かされて、大へんしゃくに障ったんだが。——でも捨てるわけにも行かず、とにかく仕立てさせ、こうして着て歩いている。それと同じ地の服を、そいつが着ていたのだ。

そいつは厭な顔をして、僕の方をちらちらと横目で見ていた。それから、急に立上ると、網棚のトランクから週刊雑誌を取出して、眼の前にひろげて読み始めた。そいつは三十五六の、顎の角ばった男で、どこか会社員らしい風態の男だった。顔はかくれて見えないが、週刊雑誌のむこうで、そいつの癖ででもあるのか、しきりにチュッチュッと歯をすする音が聞える。僕は何となくじりじりしてきた。汽車の速度が、急にのろくなってきたような気がする。オシッコが出たくなってきた。（マヌケめ！）と僕は胸の中でつぶやいた。（お前も行商人か何かから、インチキな服地を摑まされたんだろう！）

汽車がトンネルに入ったらしい。音が突然車内にこもった。僕はふと窓ガラスを見た。窓ガラスにうつったそいつの顔が、じっと僕を横目使いに見ている。僕はあわてて視線を外らした。と同時に、そいつも視線を外らしたらしい。そしてかざしていた週刊雑誌を、乱暴な動作で網棚の上にほうり上げた。僕の方を見ないようにしながら、ぐいと立上った。

そいつは座席の背をつかみ、よろよろしながら、通路を向うに歩いてゆく。便所に行くのらしい。と思ったら、僕の尿意も急に激しくなった。（畜生！）と僕の心の中で呪いの声をあげた。先手を打たれたみたいで、しごく業腹だった。（あいつが便所に行っている間に、席を変えちまおうかな？）もうそれは僕の自尊心が許さなかった。ボウコウが破裂しそうになって来た。

「よし！」

僕もはずみをつけて立上った。とたんに車体がごとりと揺れて、網棚からさっきの週刊雑誌がすべり落ち、僕の頰を叩いたのだ。僕はそれを拾い上げ、そいつの座席にたたきつけてやった。そして憤然と座席を離れ、通路に出た。

大急ぎで通路をあるき、二車輛向うのトイレットにころがり込んでやっと用を果たした。手を洗って出てくると、その隣の車輛が、食堂車になっているではないか。そうだ、あいつと面つき合わしてるより、食堂車でビールでも飲んだ方が、よっぽどましだ。そう思って、バターやカレーやラードの匂いのするその明るい車輛に、僕は胸をそらして足を踏み入れたのだ。

とっつきの卓に腰をおろすと、給仕女が来た。僕はビールとオムレツを注文しながら、ふと見ると、僕の直ぐ前に、そいつがちゃんと腰掛けているのだ。僕はギョッとした。そいつの眼が、ぎりぎりと吊り上って、僕をにらんでいる。とっさに僕は悟った。こいつも僕から逃げるつもりで、食堂車にやってきたに違いないのだ。

そいつの顔がコチコチに硬ばって、肩をいからしている。僕だって対面《トイメン》の客と同じ服を着てるのが、もう居ても立ってもいられない。時間の動きののろさ加減と言ったら、生涯にこんなウンザリしたことはないよ。新聞か雑誌でもあれば、それを読むふりも出来るんだが、それも手もとにない。向うだって同じだから、コチコチになっているんだ。

給仕女が、そいつの注文を運んできた。再び僕は飛び上りたくなった。だって、そいつの注文品も、ビールとオムレツではないか。

給仕女はとってかえすと、つづいて僕の注文品を運んで来た。真白い卓布の上に、ビールが二本、オムレツが二皿、シンメトリカルな構図をつくって並んだのだ。給仕女がそれぞれのビールの栓をシュッとあけ、それぞれのコップにビールを満たした。その液体の色や泡の形までが、双生児のようにそっくりだったよ。そいつは、嫌悪に満ちた表情で、コップに手を出した。僕も同じ表情で、同じことをした。そいつはヒマシ油でも飲むような恰好で、コップを唇にもって行った。同じく僕も。

生れて今まで、僕は数知れぬほどビールを飲み、数知れぬオムレツを食べた。しかし、この時ほど不味いビールとオムレツは、初めてだったね。思い出してもうんざりする。死にたくなるぐらいだ。——この旅行以来、僕はその服を着ないのだ。あれを着るぐらいなら、ハダカで歩いた方がいい。欲しけりゃ君に上げようか。

（昭和二十七年十二月）

魚の餌

今でもその子供等のことを、僕は時に思い出す。その子供たちは、たしかに僕の餌箱から、餌を盗んだのだ。

それはもう十年も前のことになる。

十年前というと、まだ戦争中のことだ。戦争中だというのに、大の男がせっせと防波堤に通って、魚を釣る。それも僕だけじゃなく、防波堤の常連とでも言ったようなのが、十人近くいた。それに半常連。フリの客など。それに本職の漁師も時にこれに加わる。その本職の漁師たちは、お互いに大阪弁で会話した。その海は九州のある湾だから、すなわち彼等は他国者だというわけだ。

つまり何かの事情で移住してきたこれらの漁師たちは、その湾の漁場は土地の漁師に占められ、また舟を持つ余裕もないらしく、余儀なくこの防波堤にも仕事にやってくる。大体そういうことらしい。移住してきた事情は聞かなかった。彼等は総じて身なりも貧しく、態度も粗野だった。大阪弁がかえってその粗野な感じを助長した。それに彼等は僕等を、防波堤の常連たちを、敵視しているような気配もあった。その連中の多くは、防波堤の礎石についた赤貝を採る。ヒラメのように体を平たくして沈んで行き、二分も三分ももぐっている。四月や五月、そんな水の冷たい季節でも、平気で水にもぐる。それらが時に釣竿をたずさえて、僕らの仲間入りをする。

これら本職のやり方を見ていて、僕は素人と玄人の釣り方の差をはっきりと知った。

つまり本職の釣り方は、あらゆる合理的な考えの上に立っている。だいいち釣れそうな天候や潮具合の時しか来ないのだ。ところが素人常連のは、魚の引きを楽しむためにわざと弱い竿を用いたり、必要でもないのにリール竿を使用したりする。まあこれは一種の頽廃だ。その中にあって『是が非でも』釣り上げようとする漁師たちのやり方は、はっきりと目立った。それによって生活を支えるか支えないかの差異だろう。それに体格もちがっていた。彼等の肌は赤銅色で、手足も逞しかった。僕らは、老人もいたし若いのもいたが、概して虚弱な感じの者ばかりだった。戦争中のことだから、生きのいいのは大てい兵隊とか工場に引っぱられている。呑気に魚釣りなんか出来るのは、病気上りの虚弱者なのだろう。この僕がそうだった。胸の病気のあとで、しばらくのんびりと魚釣りでもして暮せと、医者から言われたのだ。

その子供たちが、この漁師の誰かの息子かどうか、僕は知らない。しかしかれらは子供のくせに、矢鱈に魚釣りがうまかった。僕などにくらべて、いつも二倍か三倍も釣り上げてゆく。玄人級だ。身なりもよくないし、釣道具もお粗末なものだ。それでたくさん釣る。二人とも軀にくらべて頭が大きい。貧相な感じの子供だった。頭が似ているから、兄弟なのに違いない。上は数え年で十二か十三、小さい方は十歳ぐらいか。

それは七月頃だったかしら。その頃はメバルはすでに遠のいて、セイゴ、キスゴ、平あじ、ハゼなどの雑魚が来ていた。日によってはボラが群をなしてやってくる。よく釣れて餌が足りなくなることもある。僕の使う餌は大ていデコかゴカイ。デコやゴカイよりも岩虫の方が適当だが、これはなかなか手に入らない。更に防波堤のへりに附着する黒貝の肉、これが最上なのだが、これは常連がおおむね取り尽して、ほとんど見当らない。そこでゴカイ。

毎日毎日魚釣りをつづけている中に、初めはあまり気持良くなかったが、僕はしだいにゴカイという虫が好きになってきた。ゴカイというのは、形はムカデに似ていて、赤い色の虫だ。まったく見慣れると、ゴカイは女体のように艶めかしい。餌屋で買うゴカイが、粒がそろって生きがよければ、僕の心は躍る。身悶えするゴカイに釣針を刺すのは、一種のふしぎな快感があった。

で、その日は曇っていた。沖の方が暗くて、夕立が来そうな気配もあった。僕は沖の方に向いて釣っていたのだ。防波堤の外側と内側とでは、その日によって釣れ方がちがうし、また釣れる魚の種類もちがう。その日は外側の方が当りが良くて、皆そちら側に竿を出していたというわけだ。

その子供たちは、餌を使い果したのか、人の魚籠を見て廻ったり、脚を組んで沖を眺めたり、そんなことばかりしていたんだが——、ふと僕は餌をつけかえようとして、傍の餌箱を見た。するとゴカイがいなくなっている。

まだ十匹余りいた筈なのに、それが、二、三匹になっていて、その二、三匹も箱のふちにひっかかって、だらしなく伸び縮みしている。

盗ったな！　僕ははっと四辺を見廻した。その子供たちは、内側の方に腰かけている。急ふり返って僕を眺めていたらしい小さい方の子供の視線と、僕の視線がパッと合った。

におびえた表情になって、視線を外らして、すこし身体を兄の方にずらすようにした。兄の方は、黙って釣糸を垂れたまま、じっと浮子を眺めている。

さっきまで釣りは止めて、そこらをウロチョロしていたし、またぼんやり海を眺めていたではないか。今海面を見詰めている兄の硬ばった顔は、痛いほど僕の視線を感じているに違いないのだ。僕は意地悪く、暫くじっとそこから視線を放さないでいた。そう言えば先刻、僕の傍で何かかすかな音がした。僕はそれに気をとめないでいたのだ。あの跫音は至極かるかった。そうか。餌を盗るのに、弟を手先に使ったな。そう僕は判断した。僕はそっと立上った。弟がその僕をちらと横目で見た。僕は竿をたたんで帰り支度をした。餌箱を魚籠にしまい、かぶっているムギワラ帽の中から煙草とマッチを出し、火を点けた。それからそろそろと子供たちの方に近づいた。

僕が近づくと、二人は急に緊張したようだった。かたくなに僕の方を見ないようにして、ことに弟の方は背をかたくして、あきらかにおそれに満ちた表情でそっぽを向いている。子供の餌箱の中には僕のと大体同じ型の同じ大きさのゴカイが、ぐにゃぐにゃともつれ合っていた。そして子供の浮子がビクッと大きく動いた。

「そら、引いてるじゃないか」

そう僕は言いかけて、途中で止めた。兄は釣竿を上げようとはしない。じっとしている。浮子が動かなくなって、それからそろそろと竿を上げた。糸の先は針ばかりになっている。餌をとられたのだ。

「バカだな。しっかりしろ」

そう言おうとして、僕はやはり言わなかった。向うも内心ジタバタしているが、別の意味でこちらもジタバタしている。その意識が急に僕の口辺を硬ばらせた。僕はそのまま背を向け、振り返らず、まっすぐに防波堤を岸の方に歩いた。防波堤は岸に近づくにつれて低くなり、満潮時だから海水に没している。膝頭までひたす海水を、はねのけるような気持で進みながら、何だかやり切れない感じがしだいに強くなって来た。子供たちからなめられたような気がしたのか、子供の所業がしゃくにさわったのか、またその所業を見逃した自分がやり切れなかったのか。そしてあいつ等は、餌を盗むのに、沢山の中からよりによってこの俺をえらんだ。どういう目安で俺に白羽の矢を立てたのか。そういうことを考えることは、あまり愉快なことではなかった。連れでもいたら、その連れに話すことで、幾分気持は軽くなるだろうが、僕はその時ひとりだった。口下手な僕は、ことにその頃は性質も湿っていて、防波堤でもどの常連とも会話すら交したことはなかったのだ。

まあその日から一週間ばかり経った。やはり曇ったような天気のハッキリしない日だった。前の日とちがって、魚の当りが悪かった。潮加減がよくなかったのだろう。僕は朝から釣れないでいい加減くさっていた。その上岩にひっかけて、糸を何本も切らしていた。昼の弁当を食い終っても、僕の魚籠はほとんど空だった。そこでもう今日は止めて帰ろうと思ったのだ。

　そしてふと振り返った時、そこにこの間の子供がいたのだ。この前と同じように、兄弟並んで、ぼんやりと海を眺めている。その時僕は、ほとんど無意識に、そして彼等に気付かれないように、自分の餌箱を脇に引き寄せていたのだ。次の瞬間、その自分のやり方が急にあらあらしく僕に反撥してきた。れいのジタバタが始まった。

「ふん」

　と僕は思った。そんならあの子供たちに、今日はこちらから餌をわけてやる。そんな思いつきがとたんに頭をかすめた。もうどうせ帰るのだから、残りのゴカイは不用なわけだ。ゴカイというやつは、とても条件を良くしないと、翌日まではもたないのだ。

　僕は立上った。餌箱をぶら下げて、ためらわずに兄弟に近づいて行った。

　跫音を聞いて、兄弟は振り向いた。警戒するように二人の表情は突然するどくなった。その兄の方は、よりそってきた弟をかばうように、身体を動かして構えた。その兄の眼付きは、僕をたじろがせるほど烈しかった。

「餌をやろうか。え？」

　さり気なく言ったつもりだが、あるいは兄弟はその語調のうらに、なにか底意を感じたのかも知れない。

「餌がないのだろう。いらないのか」

子供の傍の餌箱は空で、底には小量の泥がかさかさに乾いている。兄は警戒の色をますます深め、じっと僕をにらんでいる。にらむとこの子はやや眇目になるのだ。弟の方の顔はしだいにくずれて、今にも泣き出しそうな顔になった。しかし泣き出しはしなかった。眼をキラキラさせて、唇を嚙みしめている。僕はしだいに自分のこんなバカな思い付きを後悔し始めていた。しかしこのままではひっこみがつかない。僕は少しいらだって来た。

「餌、欲しくないのか」

笑って見せようとしたが、笑い顔にならなかったかも知れない。僕は餌箱を眼の前につき出そうとした。その時突然、兄の方がいやにはっきりと答えた。

「いらん！」

そうか、と僕は言い、しかし俺はもう帰るし、どうせ餌は捨てるんだから、要るのなら置いてゆくよ、とまだ言い終らないうちに、

「いらん」

とも一度兄が言った。ほとんど同時に弟が唇を曲げるようにして、

「いらないぞ」

とつけ加えた。兄の声は、前ほどつっけんどではなく、やや弱々しくひびいた。そうか、としかし僕もすこしむっとした。しばらく視線を合わせていたが、僕は突き出した餌箱の恰好がつかず、そのままゴカイを放り出すようにして海面に捨てた。三人の視線は一

度にその方に動いた。

赤くもつれ合ったゴカイは、ひとかたまりのまま緑色を帯びた海水に落ち、そこでやわらかくほぐれ、数条の赤い模様をつくり、美しく伸び縮みしながら、しずかに沈んで行った。沈んで見えなくなるのを見届けて、僕は子供に背を向けた。

海沿道を歩いて帰りながら、僕はしだいに心が重かった。そして僕はあの貧相な兄弟のことをやはりあれこれと考えていた。たとえばあの子供たちは、父が居ない、母親だけのうちじゃないのか。そして彼等が釣って来る魚が、重要な家計の足しになると言ったような。いつも餌を使い果しているのも、充分に餌を買うだけの余裕のないやりくりではないのか。

しかしそれはことごとく、僕の感傷のジタバタだったんだろう。つまり現実の摩擦を避けるために、僕の打った手が、逆に僕を惨めにしたに過ぎなかったのだろう。そしてその日以来、僕はその防波堤に行くのを止めた。釣り場を他に移してしまったのだ。だからその子供たちとも、もう顔を合わせたことはない。

それから十年経つ。あの兄弟も生きていれば、もう二十歳を越しているわけだ。僕が時々あの子供たちを思い出すように、あの兄弟も僕を思い出すだろうか。思い出すと仮定して、その思い出される僕自身のこと、彼等の眼に映った僕の挙動や表情や声音を思うと、僕は今でもちょっとやり切れなくなってくる。それはあの時代の憂鬱と、二重に僕にかぶさって来るのだ。でも、あの緑の海に紅く伸縮するいくたのゴカイの姿は、ほんとに言いようもなく美しかったなあ。あんな美しいものは、僕はあまり見たことがない。この美しい終止符があるために、僕の記憶のやり切れなさも僅か救われているようなものだ。

（昭和二十八年十月）

突堤にて

どういうわけか、僕は毎日せっせと身仕度をととのえて、その防波堤に魚釣りに通っていたのだ。ムキになったと言っていいほどの気の入れかただった。太平洋戦争も、まだ中期末期までは行かず、初期頃のことだ。

その防波堤は、青い入海に一筋に伸びていた。突端のコンクリートの部分だけが高くなっていて、そこに到る石畳の道はひくく、満潮時にはすっかり水にかくれてしまう。防波堤の役にはあまり立たないのだ。これは戦争が始まって資材が不足してきたせいで、未完成のまま放置されたものらしい。だからまだ水のつめたい季節には、引潮のときに渡り、また引潮をねらって戻らねばならぬ。

しかし春も終りに近づいて水がぬるんでくると、海水着だけで釣道具をたずさえ、胸のあたりまで水に没して強引に渡る。帽子の中にはタバコとマッチを入れ、釣竿とビクと餌箱を胸の上にささげ持ち、すり足で歩く。その僕の身体を潮が押し流そうとする。また本来ならば、畳んだ石にカキが隈なくくっついているのだが、撒餌に使う関係上みんなが金槌で剝がして持ってゆく。剝がした跡には青い短い藻が一面にぬるぬると密生して、草履をはいていても時には辷るのだ。辷ると大変だ。潮にさからって元のところに泳ぎ戻るまでには、たいてい餌箱から生餌が逃げてしまっている。逃げられまいと餌箱を空中にささげれば、今度はこちらが海水を大量に飲まねばならない。

餌にも逃げられず、自分も海水を飲まないためには、始めから滑らないように用心するに越したはない。そこで僕らはのろのろと、潮の流れの反対に体を曲げて、長い時間の後三町ほども先にある突端にやっとたどりつくのだ。突端は海面よりはるかに高いから、満潮時でも水に浸ることはなかった。僕はそこでビクを海に垂らし、餌箱を横に置き、コンクリートにあぐらをかいて釣糸をたれる。帽子の中からタバコを取出し、ゆっくりと一服をたのしむのだ。僕のはく煙は、すぐに潮風のためにちりぢりに散ってゆく。

その突端の部分は、幅が五米ぐらい、長さが三十米ほどもあったと思う。表面は平たくならされたコンクリートで、雨の時には雨に濡れ、晴れの時には日に灼ける。海をへだてて半里ぐらいのところから、灰色の市街が横長く伸びている。戦争中でもここだけは隔絶された静かな場所だった。

この突堤にその頃集っていた魚釣りの常連のことを僕は書こうと思う。

先に書いたように、満潮時でもこの突堤にたどり着こうというからには、常連たちは万一を考えて水泳術を身につけていなくてはならない。それに一応の体力をも。――しかし僕より歳若いのはこの突堤に、日曜や休電日をのぞいては、ほとんどあらわれなかったようだ。（戦争中のことだからこれは当然だ）。皆僕と同じくらいか、大体に年長者ばかりだった。そして概して虚弱な感じの者が多かった。僕はその前年肺尖カタルをやり、いわばその予後の身分で、医師からのんびりした生活を命じられていたのだ。医者はその僕に、特に魚釣りに精励せよと命令したのではないが、僕の方で勝手に魚釣りなどが予後には適当（オゾンもたっぷりあるし）だろうと、ムキになって防波堤に通っていたわけだ。無為でのんびりというのは僕にはやり切れなかった。今思うと、魚釣りというものはそれほど面白いものではないが、生活の代償とでも言ったものが少くともこの突堤にはあった。それがきっと僕を強くひきつけたのだろう。

ここには何時も誰かが釣糸を垂れていた。僕は夜釣りはやらなかったが、夜は夜でチヌの夜釣りがいる。大体二十四時間誰かがここにいることになるのだ。少しずつ顔ぶれはかわって行くようだが、それでも毎日顔を合わせる連中は自然にひとつのグループをつくっていた。この連中と長いこと顔を合わせていて、僕は特に彼等の職業や身分というものを一度も感じたことはなかった。彼等は総体に一様な表情であり、一様な言葉で話し合った。いわば彼等は世間の貌を岸に置き忘れてきていた。

そしてこの連中のなかで上下がつくとすれば、それはあくまで釣魚術の上手下手によるものだった。こういう世界は常にそのようなものだ。碁会所、撞球場、スケートリンク。そんなところのどこでも、上手の人が漠然とした畏敬の対象となるように、この突堤でも上手なやつはやや横柄にふるまうし、初心者は控え目な態度をとる。その傾向があった。意識的でなく、自然に行われていた。しかしそれもはっきりときわ立ったものではない。きっぱりと技術だけが問題になるのではなく、やはりそこらに人間心理のいろんな陰影をはらんでくるようだったが。

そしてこの連中には漠然とではあったけれども、一種の排他的とでも言ったような気分があった。僕が始めてここに来た時、彼等は僕にほとんど口をきいて呉れなかった。僕が彼等と話を交すようになったのは、それから一箇月も経ってからだ。僕だって初めは彼等に変な反撥を感じて、なるべく隔たるようにして釣っていたのだが、どういう潮加減かある日のこと、メバルの大型のがつづけさまに僕の釣針にかかってきたのだ。その日から彼等は僕に口をきき始めた。そして僕は連中の仲間入りを許された。思うに連中の排他的気分というのは、つまりこのような微妙な優越感に過ぎないのだ。僕もこれらに仲間入りして以来、やがてそんな排他的風情を身につけるにいたったらしいのだが。

たとえば日曜日になると、この防波堤はたくさんの人士でうずめられる。勤人、勤労者、学生、それに女子供などが、休日を楽しみにやって来るのだ。それを突堤の常連は『素人衆』と呼んで毛嫌いをした。だから日曜日には常連の顔ぶれは半減してしまう。素人衆とならんで釣るのをいさぎよしとしないらしい。素人とさげすみはするものの、しかし僕の見るところでは、両者の技倆にそれほどの差異があるようには思えなかった。本職の漁師から見れば両者とも素人だし、それに実際並んで釣って見ると、日曜日の客の方がよけい釣ったりすることがしばしばなのだ。ただ両者に違う点があるとすれば、魚釣りにうちこむ熱情の差、そんなものだっただろう。それにもひとつ、日曜日の客たちは常連とちがって、ここに来てもひとしく世間の貌で押し通そうとするのだ。たとえば人が釣っているうしろで大声で話をしたり、他人のビクを無遠慮にのぞいて見たり、そんなことを平気でやる。そうした無神経さが常連の気にくわなかったのだろう。僕もそれは面白くなかった。

常連と口をきくようになってから、僕は彼等からいろんなことを教えられた。たとえば糸やツリバリの種類、どういう場合にどんな道具が適当であるかなど。また餌の知識。釣具店で売っているデコやゴカイより、岩虫の方が餌として適当であり、さらに突堤のへりに附着する黒貝が最上であることも知った。それから釣竿を自分でつくるなら、この地方における矢竹の産地や分布なども。

しかし畢竟そんな道具や餌に凝っても、この突堤で釣れるのは雑魚に過ぎなかった。メバルやボラ、ハゼ、キスゴやセイゴ、せいぜいそんなものだったから。

ある日僕は持って行ったゴカイを使い果したものだから、常連から得た知識にしたがって、海中にざんぶと飛び込んで黒貝を採取しようとした。水面近くのは皆採り尽してあるから、かなり深いところまでもぐらねばならない。苦労して何度ももぐり、やっと一握りの黒貝を採ったけれども、さて突堤に上ろうとすれば、誰かに上から手を引っぱって貰わねば上れない。ところが皆知らぬふりをして、釣りに熱中しているふりをよそおって、誰も僕に進んで手を貸そうとして呉れなかったのだ。知らんふりをしているのに、助力を乞うことは僕には出来なかった。莫迦な僕は、水泳は医師から禁じられているのにもかかわらず、防波堤の低い部分までエイエイと泳いでしまった。

その時僕はずいぶん腹を立てたが、後になって考えて見ると、特に彼等が僕だけに辛く当ったわけではないようだ。そういうのが彼等一般のあり方だったのだ。彼等は薄情というわけでは全然ない。つまり連中のここにおける交際は、いわば触手だけのもので、触手に物がふれるとハッと引っこめるイソギンチャクの生態に彼等はよく似ていた。こういうつき合いは、ある意味では気楽だが、別の意味ではたいへんやり切れない感じのものだった。

こんなことがあった。

その日は沖の方に厭な色の雲が出ていて、海一面に暗かった。ごうごうという音とともに、三角波の先から白い滴がちらちらと散る。三十分後か一時間あとかに一雨来ることだけは確かだった。しかしその時突堤の内側（ここは波が立たない）で魚が次々にかかっていたから、誰も帰ろうとしなかった。雨に濡れたとしても、夏のことだから困ることはないし、第一突堤にやって来るまでに海水に濡れてしまっている。だから皆困った顔をするよりも、むしろ何時もより変にはしゃいでいるような気配があった。

「一雨来るね」

「暗いね」

「沖も暗いし、白帆も見えない、ね」

そんな冗談を言い合いながら、調子よく魚を上げていた。その時、僕の傍の男が、ぽつんとはき出すように言った。

「もっと光を、かね」

もっと光を、というところを独逸語で言ったのだ。僕はそいつの顔を見た。そいつはそれっきり黙ってじっとウキを眺めている。

その男は四十前後だろうか、どんな職業の男か、もちろん判らない。いつも網目にかがったワイシャツを着込んで、無精髪をぼさぼさと生やしている。さっきの言葉にしても、思わず口に出たのか、誰かに聞かせようとしたのか、はっきりしない。はっきりしないが、僕はふいに「フン」と言ったような気持になった。魚釣りの生活以外のものを突堤に持ちこんだこと、それに対する反撥だったかも知れない。それにまたえたいの知れない自己嫌悪。

この弱気とも臆病ともつかぬ、常連たちの妙に優柔な雰囲気のなかで、ときに争いが起ることもあった。とり立てて言う原因があるわけでもない。ごく詰らない理由で——たとえば釣糸が少しばかりこちらに寄り過ぎてるとか、くしゃみをしたから魚が寄りつかなくなってしまったじゃないかとか、そんな詰らないことからこじれて、急にとげとげしいものがあたりにみなぎってくるのだ。しかしそれが本式の喧嘩になることはまれで、四辺からなだめられたり、またなだめられないまでも、うやむやの中に収まってしまう。しかしそんな対峙の時にあっても、そいつら当人の話は、相手を倒そうという闘志にあふれているのではなく、両方とも仲間からいじめられた子供のような表情をしているのだ。そのことが僕の興味をひいた。彼等は二人とも腹を立てている。むしゃくしゃしている。が、それは必ずしも対峙した相手に対してではないのだ。それ以外のもの、何者にとも判然しない奇妙な怒りを、彼等はいつも胸にたくわえていて、それがこんな場合にこうした形で出て来るらしい。うやむやのままで収まって、また元の形に背を円くして並んでいる後姿を見るたびに、僕は自分の胸のなかまでが寒くなるような、他人ごとでないような、やり切れない厭らしさをいつも感じた。そういう感じの厭らしさは、僕がせっせと防波堤に通う日数に比例して、僕の胸の中にごく徐々とではあるが蓄積されてゆくもののようだった。

一度だけ殴り合いを見た。

その当事者の一人は『日の丸オヤジ』だった。

日の丸オヤジというのは、僕よりもあとにこの突堤の常連に加わってきた、四十がらみの色の黒い男だった。背は低かったが肩幅がひろいし、指も節くれ立ってハリや竿のさばきがあまり器用でない。工員というタイプの男だ。

この日の丸オヤジはいつもの態度は割におどおどしている癖に、へんに図々しいところがあった。

いつも日の丸のついた手拭いを持っている。腰に下げていることもあるし、鉢巻きにしていることもある。工場からの配給品なのだろう。そこで日の丸オヤジという仇名がついていた。もっともこの突堤では、常連はお互いに本名は呼び合わない。略称か仇名かだ。ここは本名を呼び合う『世間』とはちがう、そんな暗黙の了解が成立していたからだろう。

その日の丸オヤジがナミさんという男と言い合いになった。どういう原因かと言うと、餌の問題からだ。大の男たちがただの餌の問題で喧嘩になってしまった。

その日、日の丸オヤジは持ってきた餌を全部魚にとられてしまったのだ。

そこで日の丸オヤジががっかりして周囲を見廻すと、コンクリートの地肌の上をゴカイが二匹ごそごそと這っている。これさいわいとそれを摑んでハリにつけたと言うのだが、ナミさんの言によるとそのゴカイは自分の餌箱から逃げ出したもので、逃げ出したことは知っていたが、魚の方で忙しかったし、たかがゴカイの脚だからあとで摑えようと思ったとのこと。それを勝手にとったのは釣師の仁義に反すると言うのだ。

僕らは口を出さず、黙って見ていた。

すると両者の言い合いはだんだん水掛論になってきた。たとえばゴカイが逃走して、餌箱から何尺離れたら、そのゴカイの所有権はなくなるか、と言ったようなことだ。こういうことはいくら議論したって結論が出ないにきまっている。

誰も眺めているだけで止めに出ないものだから、ついに日の丸オヤジが虚勢を張って、何を、と立ち上ってしまった。ナミさんもその気合につられたように立ち上ったが、そのとたんに二人とも闘志をすっかり失ってしまったらしい。あとは立ち上ったその虚勢を、如何にして不自然でないように収めるか、それだけが問題のように見えた。ところがまだ誰も仲裁に入らない。見物している。

二人は困惑したようにぼそぼそと、二言三言低声で言い争った。そして日の丸オヤジはおどすようにのろのろと拳固をふり上げた。それなのにナミさんがじっとしているものだから、追いつめられた日の丸オヤジはせっぱつまって、本当にナミさんの頭をこつんと叩いてしまったのだ。

叩かれたナミさんはきょとんとした表情で、ちょっとの間じっとしていたが、いきなり日の丸オヤジの胸をとって横に引いた。殴った日の丸オヤジは呆然としていたところを、急に横に押され、よろよろと中心を失って、かんたんに海の中にしぶきを立てて落っこちてしまったのだ。泳ぎがあまり得意でないと見えて、あぷあぷしている。

そこで皆も大さわぎになり、濡れ鼠になった日の丸オヤジをやっとのことで引っぱり上げたが、可笑しなことには、下手人のナミさんが先頭に立って、シャツを乾かすのを手伝ったりして世話を焼いたのだ。そして別段仲直りの言葉を交すこともしないで、漠然と仲直りをしてしまった。シャツが乾いて夕方になると、いつもは別々に帰るくせに、この日に限ってこの二人は一緒に談笑しながら防波堤を踏んで帰って行った。

正当に反撥すべきところを慣れ合いでごまかそうとする。大切なものをギセイにしても自分の周囲との摩擦を避けようとする、この連中のそんなやり方を見て、やっと彼等に対する僕のひとつの感じが形をはっきりし始めたようだった。もちろんその中に僕自身を含めての感じだが、それはたとえば道ばたなどで不潔なものを見たときの感じ、それによく似ているのだ。

日の丸オヤジはこの突堤へ二箇月ほども通って来ただろうか。そしてある日を限りとして、それ以後姿を全然あらわさなくなった。へんな男たちから連れて行かれてしまったのだ。

その日は秋晴れのいい天気で、正午をすこし廻った時刻だったと思う。丁度引潮時で、突堤と岸をむすぶ石畳道はくろぐろと海水から浮き上っていた。その道を踏んで、見慣れない風態の男が三人、突端の方に近づいてきた。見慣れない風態というのは、釣り師風ではないというほどの意味だ。石の表のぬるぬる藻で歩きにくいと見え、靴を脱いで手に持ち、裸足に縄をくるくる巻きつけている。近づいてきたのを見ると、その一人は警官だった。そして彼等はヤッとかけ声をかけて突堤に飛び上った。

あとの二人もがっしりした体つきの、いかにも権力を身につけた顔つきをしていた。僕らはもちろんそ知らぬ顔で糸をたれたり、エサをつけかえたりしていた。

「……はいないか」

と警官が大きな声を出した。警官の制服で足に縄を巻きつけている図は、なんとも奇妙な感じだった。

日の丸オヤジはその時弁当のニギリ飯を食べていたが、ぎくりとしたように警官の方にむき直った。

「お前だな！」

背広姿の男の一人が日の丸オヤジを見て、きめつけるように言った。日の丸オヤジは、ヘエッ、というような声を出して、どういうつもりかニギリ飯の残りを大急ぎで口の中に押し込んだ。

「ちょっと来て貰おう」

「ヘエ」

日の丸オヤジは口をもごもごさせながら、釣道具をたたもうとしたが、思い直したようにそれを放置して、男たちの方に進み出た。背広の一人が言った。

「釣道具、持って来たけりゃ持って来てもいいんだぞ」

「ヘエ、いいんです」

「じゃ、早く来い」

と警官が言った。日の丸オヤジはうなだれて、まだ口をもごもご動かしながら警官の前に立った。その時背広の一人が僕らを見廻すようにして、

「ヘッ、この非常の時だというのに、こいつら呑気に魚釣りなどしてやがる」

とはき出すように言った。僕らはそっぽ向き、また横目で彼等を眺めながら、誰も何と

も口をきかなかった。

やがて日の丸オヤジは三人に取り巻かれるようにして突堤を降り、石畳道を岸の方にのろのろと遠ざかって行った。その情景は今でも僕の瞼の裡にありありとやきついている。日の丸オヤジがどういうわけで連れて行かれたのか、僕は今もって知らない。あるいは工場に徴用され、それをさぼって魚釣りなどをしていたのをとがめられたのか。常連たちもそれについて論議をたたかわすことは全然しなかった。外見からで言うと、日の丸オヤジはその翌日から常連のすべてから忘れ去られてしまった。

オヤジの釣道具、放棄したビクや釣竿などは、誰も手をつけないまま、三日ほど突堤上に日ざらしになっていた。そして三日目の夜の嵐で海中にすっかり吹っ飛んでしまったらしい。四日目にやって来たら、もう見えなくなってしまっていた。


（昭和二十九年八月）

踏切番

その踏切りにさしかかると、あと五、六間というところで遮断機《しゃだんき》が必ずすっとおりてくる。そんな気が彼にはしている。彼だけを目標にしておりてくるように、彼はいつも感じている。実際はそうでなく、三度に一度くらい遮断されるのだが、首尾よくすっと通り抜けた場合のことは忘れて、かつて遮断された忌々しさだけがよみがえってくるのだ。

(あいつ、俺の姿を見ると、あわてて遮断機をおろすんじゃないか?)

あいつとは踏切番のことであった。踏切りのたもとに番小屋があって、そのなかで踏切番が小椅子に腰かけている。五十五、六のとしごろで、詰襟服《つめえりふく》を着て、板裏草履《いたうらぞうり》をはいている。ハンドルを回すと、遮断機がするするとおりてくる。ハンドルを操作するとき、老踏切番の顔はひどく満足げな、自信あり気な表情になるのだ。

(わざとやっているんじゃないか。人を遮断することに大きな喜びを感じているんじゃないか)

そう彼は考える。じりじりと電車が通り抜けるのを待ちながら、踏切番の顔をにらみつけていたりする。しかし電車はなかなか通り過ぎない。この踏切番の遮断機のおろし方は、すこし早過ぎるのだ。まだ遠くに、電車がまだ豆粒ぐらいの大きさにしか見えないのに、踏切番はするすると遮断機をおろしてしまう。他の踏切りではそうでもないのに、この踏切りが三度に一度という遮断率なのも、電車の動きが頻繁《ひんぱん》なためではなく、遮断機のおろし方が早過ぎるせいであった。おろし方が早過ぎるだけでなく、上げ方も遅かった。電車が通過すると、老踏切番はおもむろに顔を右に向け、それから左に向け、電車の姿の見えないことをゆっくりと確かめ、それから上げ方にかかる。その動作が腹立たしくなるほど遅かった。

（あの爺《じじい》一体何を考えてやがるんだろう？）

夜学の時間に遅れそうになったりする時、彼は声を出して怒鳴りつけたくなる。彼は貧しい夜学の教師であった。

（いくら安全第一といったって、必要以上に長過ぎるではないか）

腹を立てているのは、彼だけでなかった。待たされる人々は皆、待たされる時間の長さによって、いらいらしていた。中にはたまりかねて、番小屋に罵声《ばせい》をあびせかける者もいた。

「なにをまごまごしてるんだい。電車はとっくの昔に通り過ぎちまったじゃねえか！」

そんな罵声にも踏切番は動かされない。やるべきことをやったあとで、実にのろのろと遮断機を引き上げる。

時にはそういうのろさに対する抵抗《レジスタンス》として、遮断機がまだ上がらないのに、その下をくぐって、線路を横切ろうとする者が出て来る。すると老踏切番の眼が突然ぎらりと光って、呼笛をするどくピイと吹く。横切ろうとする者をはっと立ち止まらせるほど、その呼笛の音には烈しさがこもっていた。

（職務に忠実だと言えば言えるが、しかしあいつは自分の権威の上にあぐらをかき過ぎて

るんじゃないか)

夜学で生徒に教えながら、彼はふっとそんなことを考えたりする。教室で考えるぶんには、それほど腹は立たない。踏切番の姿が目前にはないからだ。

(それに性格として、あの爺《じい》さんはすこし気が長いんだろう)

ある夜、彼は夜学のもどりに、銭湯に入っていた。寒い夜であった。仕切りのガラス戸をがらがらとあけて、老踏切番が裸で入ってきた。老踏切番の裸は骨張って痩《や》せていた。

彼は湯に顎《あご》までひたして、踏切番の挙動を眺めていた。彼は踏切番を知っているが、踏切番は彼を知るはずがない。彼は流れ去る通行人のただ一人なのだから。

踏切番は忙しく身体をしめし、ざぶりと湯ぶねに入ってきた。ひたっていたのは一分そこそこで、踏切番はざぶりと飛び出してカランの前に腰をすえた。彼は相変らず顎までひたって、踏切番を眺めていた。

(まるでからすの行水みたいだな)

踏切番はタオルにセッケンをぬりつけ、身体をこすり始めた。その動作のせわしいことと言ったら、顔から足の裏まで洗い上げるのに、五分もかからないぐらいであった。熟練工みたいに手早く、またいらだたしげに、踏切番は自分の身体を洗い上げ、上り湯をざぶりとかぶると、また湯ぶねにもどってきた。

そして湯ぶねにとどまっていたのは一分三十秒ぐらいで、踏切番はざぶりと湯から抜け出し、さっさと身体をふき上げて、仕切戸のかなたに引き上げて行った。

（あの爺さん、気が長いのかと思ったら——）彼はものうく湯ぶねから出ながら考えた。

（おそろしく気が短いようでもあるな。まるで別人みたいじゃないか）

彼が上り湯をかぶり、身体をふき上げて仕切戸をひらいた時、もう踏切番の姿はそこには見えなかった。手早く衣服をまとって出て行ったものらしい。

次の日の夕方、彼が踏切りにさしかかろうとした時、また遮断機がするするとおりて来た。彼は舌打ちをしながら立ち止まり、線路をのぞいていた。線路のはるか彼方、豆粒ほどの大きさで電車が近づきつつあるのが見えた。この踏切り通過までに、五十秒や一分はかかるだろう。

（いくらなんでも少々早過ぎるじゃないか）

彼は踏切小屋の方をにらみつけた。老踏切番はゆうゆうたる物腰で煙草に火をつけている。板裏草履が床にかたかたと鳴った。

（一体何だろうな、この爺さんは。気が長いのか、それともわざとやってるのか——）

彼はじだんだをふみたい気持でそう思った。時間がじりじりと経つ。今日も夜学は遅刻かもしれない。……


（昭和三十一年二月）

飯塚酒場

飯塚酒場の横丁の塀越しに、大きな柳の木が一本立っていた。夏の夕方などには、そこらに蝙蝠《こうもり》がひらひらと飛んだ。

昭和十八年の初め、行列は大体そのへんまでであった。酒場の入口からその柳の木まで、一列にぎっしり並んで、せいぜい四十人か五十人ぐらいのものである。

だから五時開店で、次々に入場し、飲み終ったら外に出て行列の末尾につき、また入場し、そんな風にして、飲もうと思えばいくらでも飲めた。いくらでも飲めるとなると、人間はそういくらでも飲まない。いい加減満足すると引上げるということになる。今日無理に飲まなくっても、明日もあれば明後日もあるからだ。つまりその頃は、飲酒は遊びであり楽しみであり喜びであって、反抗とか闘いとか自棄の域には達していなかったのだ。明日という日があるのに、何を無理することがあろう。

飯塚酒場はがっしりした建物で、梁や柱も太い材木が使ってあり、総体にすすけて黒くなっていた。窓がすくないので、内はうす暗かった。入口にかかった『官許どぶろく』という看板も、黒くすすけて、文字の部分だけが風化しないで浮き上がっている。店から更に奥の土間に踏みこむと、そこに大きな掘抜き井戸があって、その水でどぶろくがつくられていたのだ。

その頃すでに、一人一回分の飲み量は制限されていた。一回入場すれば、どぶろくの徳利が二本、それに一皿のサカナ。サカナの種類は豊富で、その種類と値段が壁にずらずらと貼り出されてあり、どれもこれも質や量の割には安かった。戦時中の品不足の時代としては、もっとも良心的な飲み屋の一つと言えた。

だから三月、四月の頃から、行列がしだいに伸び始めた。新顔が日に日に加わってくるからだ。伸び始めたなと思うと、行列はばたばたっと伸びて行った。その伸び方の速度は驚嘆に価いした。行列は伸びるだけでなく、それに比例して行列のつくられる時刻が、ぐんぐんせり上がって行った。

五時開店で、それまでは五時すこし前にかけつけると、最後尾の柳の木の位置に並べたのに、行列が伸長するにしたがい、柳は最前方にかすむようになってきた。柳はもう末尾の象徴でなく、ひとつの目標に変ってきていた。行列が徐々に動いて、やっと柳の位置に到達すると、人々はほっと肩をおとし、ポケットから金を数えて出したりして、入場の準備をととのえたりした。手早く券を買い、手早くどぶろくを飲みサカナを平らげねば、また表に出て走って行列の末尾につくことにおいて、他人におくれをとるのだ。

のんびりと行列していた状態から、こんな状態に変るまで、ものの二ヵ月もかからなかったと思う。

戦時日本のやりくりが苦しくなって、その苦しさがいきなり民需に皺寄せになってきたのは、昭和十八年の春から夏にかけてだろうと、飯塚酒場の行列の具合から、私は今でも推定している。飲食業者への配給が手薄になったために、業者はその乏しい配給をもって生活するためには、高価なサカナなどを抱き合わせて売る他はなかったのだろう。もちろん品薄を利用する商人の商魂もあったわけで、そんな具合であちこちの店がいきなり値上げをしたり、居丈高になってきたりしたから、伝手を持たない善良にして貧しい大衆は、安くて良心的な店をあちこち探し求めて歩き、探し当てるとそこに蝟集するということになってきた。私は今でも眼を閉じると、その頃あちこちに残った僅かな良心的な店の名を、その店構えや雰囲気などを、次々に思い出すことが出来る。飯塚酒場の柳の木の枝ぶりなどもそのひとつで、それはありありと私の記憶の夕暮れの中で今でも揺れているのだ。

この飯塚酒場に貧しい飲み手が蝟集してきた理由のひとつは、他の店にくらべて品物が潤沢であったからである。何故潤沢であったかと言うと、この店は政府の配給にたよらず、自から生産をしていたからだ。

生産をしていたと言っても、原料の米は割当てによる他はないが、なにしろ生産の歴史が古いので、その実績を無視するわけには行かない。あの頃は、諸企業や事業の改廃統合は、おおむねその実績を第一としていた趣きがあって、実績というものがなければ、どうにもならなかった。実績は最大の強みであった。飯塚には徳川時代以来の実績がある。やすやすと配給を削減するわけには行かなかったわけだ。

そこで彼等（つまりその頃権力を保持していた者ども）は、配給を削減しないかわりに、製品を自己の組織用に捲き上げることによって、実質的な削減をした。すなわち飯塚酒場は、毎日二石八斗乃至三石のどぶろくを税務署、警察、消防署などに義務として納めなければならなかった。毎日のことだから、大変な分量にのぼるのだ。そして蒐集した善良な飲み手への配当は、日に一石から一石五斗、多くて二石ぐらいなものだったと推定される。一人当たり二合として、二石では千人分ということになる。千人というとたいへんな数のようであるが、東京中からこの酒場を目指して集まってくるから、ものの数に入らない。

そこで行列の意味が、柳が末尾の時代と変化し、また飲むことの意味も内容的に変化してきた。楽しみや疲労回復のために飲むのではなく、『飲むために飲む』という形になってきたのだ。自分の身体がどぶろくを欲するか欲さないか、『飲むために飲む』のであるから、そういうことは問題にも何にもなりやしない。

戦時中あるいは戦後の配給制度が、酒をたしなまない人を酒飲みにさせ、煙草をのまない人に煙草の味を教えた。それにちょっと似たような関係がここに発生してきた。人々は飲むために行列し、そして一回でも余計に飲むために、大急ぎで飲み乾して行列の末尾に奔った。飯塚のどぶろくは味わうためにあるのではなくて、早く嚥下されるためにそこにあった。どぶろくはたいへんな熱燗だったから、それを他人より早く飲むのは、さまざまの工夫と技術と、咽喉や舌などの訓練を必要とした。

妙な気取りというかダンディズムというか、そんなものがそういう具合にして行列の常連たちの間に、しだいに芽生えてきた。

それは以前の楽に飲めた時分には絶対に見られなかったもので、つまり他人より早く飲むことを誇りにし、また走って他人より早く末尾につくことを偉しとする、それが一種のダンディズムの形をとってあらわれてきた。

酒飲みくらべではあるまいし、早く飲むことが誇りになるかどうか、ちょっと考えれば判る筈なのだが、それはまたたく間に常連の一般的風潮としてひろがるようになった。どぶろく一日分の絶対量に対して、需要者の行列がむやみに伸びたこと、そういう歪みの中において、そういう風潮は自然のものだったかも知れぬ。どうせ早く飲むからには酒の味はしない。酒の味がしないものなら、せめて早さにおいて競う以外に楽しみはないのである。

一人だけゆっくりとどぶろくの味をたのしむということは、その頃はもう許されないシステムになっていた。

何故かというと、定刻が来ると行列の先頭から、三十人なら三十人だけ入場させる。そしてそれらが全部飲み終って退場するまで、次の三十人は入ることが出来ないのだ。二十九人が退場したあと悠々と一人で飲んでおれば、次の三十人が入口から顔を出して罵声や怒声をあびせかける。気が立っているから、袋叩きにもあいかねない。

すなわちこの酒場においては、早く飲める者でないと、どぶろくをビールみたいにあおれる者でないと、入場の資格はなかった。それが資格であるからこそ、その資格の最上を競おうという気持になるのも、ある程度はうなずける話だろう。

日本記録や世界記録を競うように、短時間であけることを競争する。それは本当の常連、早くから馳せ参じて先頭の方に並んでいる連中に、それはいちじるしかった。

定刻が来る。先頭の何十人かが入場して、その分の合い間を詰める行列の動きが最後部まで波及しないうちに、先頭グループのトップはいちはやく店を飛び出して、末尾目指して疾走して行く。後尾の連中は、行列の動きではなく、トップが走ってくることによって、もう開店したことを知るわけだ。そして次々走ってくる。皆そろって傾いた恰好で走ってくる。均勢のとれた正常な走り方をする者はほとんどいない。たいてい右か左に傾いて、マラソンの最終コースの走者みたいに走ってくる。

「飯塚のどぶろくにはね」ある男が私に教えた。「焼酎がすこし混ぜてあるんだ。だからどうしてもあんな走り方になってしまうんだ。あの万ちゃんがいい例だよ」

万ちゃんというのは飯塚酒場の長年の常連で、本来は俥夫なのだが、本業にはあまりいそしまず、消防署下で八百屋をやっている弟の庇護を受けながら、毎日飯塚に通っていた。アルコール中毒というより、どぶろく中毒というべき人物で、トップに立って走ってくるのは、たいていの場合この万ちゃんであった。万ちゃんの走り方は三十度ばかり左に傾いていた。

(万ちゃんは別として)万ちゃんやその他の連中の走り方を観察しながら、私は時々考えた。(皆そろって傾いて走るのは、自然にそうなるのではなくて、やはり一種のダンディズムじゃないのかな。気取り、あるいは、照れ)

そして実際に自分の番になり、行列の視線を逆にしごいて走る時、傾いて走る方がやはり具合のいいような感じもあった。私の場合は、照れの気分もすくなからず混じっていた。なにしろたくさんの視線を逆にしごくのに、胸を張って堂々と走るわけには行かない感じがたしかにあったのだ。やはり傾走がその場にふさわしかった。万ちゃんのはそんな気取りやポーズではなかった。長年のどぶろくが身体のどこかをむしばんでいて、運動神経の働きもすこしは鈍っていたらしい。彼は戦後のある日新宿で飲み（飯塚は戦災で焼けたから）、電車にタダ乗りして帰宅の途中、電車から飛び降りたとたん、大型自動車に衝突して、彼らしい壮烈な最後をとげた。やはりどぶろくのために運動神経が弱まっていて、ついタイミングを誤まったのであろう。

しかし神経はにぶっていても、彼のどぶろくの飲み方は、群を抜いて早かった。コツがあったのである。

徳利から盃についで飲む、そんな正常の方法を彼はとらなかった。その方法はどぶろくが熱燗だから、かなり時間がかかるのだ。

先ず器《うつわ》の大きいサカナを注文する。サカナの種類は問わない。器が大きければ大きいほどいいのだ。その器の中のサカナを指でぶら下げ、空いた器の中にどぶろくを注ぎ込む。それをあおるのである。器は盃より大きいから冷え方も早い。だからスピードが上がるのだ。それであおって、サカナは指にぶら下げたまま飛び出し、走りながらそれを食べるのだ。

空気の抵抗を極度に排除するために、航空機は非常に美しい流線形のかたちをとる。眺めるだけでもこころよい。万ちゃんのやり方もそれと同じく、その合理性において、ほとんど美しく壮烈であると言ってもよかった。

では、万ちゃんはその飲み方の速さにおいて、衆人の畏敬の的になっていたかと言うと、それはそうでなかった。畏敬と正反対のものの的になっていた。
皆もその速さを競い争っていたにもかかわらず、万ちゃんが畏敬されなかったのは、その極致の姿において、競い合いのバカバカしさがあらわに出ていたからだろう。極致というやつはどんな場合でも、奇怪でグロテスクなものである。人間という生身の場合においては特にそうだ。

行列が伸び、後尾は角を曲がり、更に伸びてまた角を曲がってくるようになると、どうしてもそれを整理する人間が必要になる。つまり世話人だ。

それらの世話人は、行列の伸長につれて自然的に発生し、やがてそれらは一種のボスとなって行った。

その世話人の発生、ボス化は、実に典型的な過程を示していて、私は今でも思い出しては興味をそそられる。

ボスの元締めと言うべきは『棒屋』という男で、何で棒屋というのか知らないが、棒か何かの製造に従事していたのだろう。

その下にレンガ屋、赤鼻、なんて言うのがいて、その下に万ちゃんがいた。万ちゃんは小ボスというより、ボスの手下であり、手下であることによって行列に割り込んだり、あるいはタダで飲ませて貰ったりしていた。

彼がそういう位置を占め得たのも、実力によるものでなく、この酒場に何年何十年と通った『実績』による方が大きかったのだ。

実績という言葉は、判ったような判らないような、たいへん日本的な言葉で、私はこの実績ならびにボスの形成の有様を、いつか別の形でくわしく書いて見たいと思う。


（昭和三十年十月）

ヒョウタン

春のことでした。

「苗や苗」「苗はいりませんか」

苗売りの小父さんが、次郎の家の庭先にぬっと入って来ました。顔の平たい、背の高い、とても大きな身体の小父さんで、掌ときたら八つ手の葉ぐらいもありました。次郎を見て、にこにこしながら近づいて来ました。

「ぼっちゃん。苗はいらんかね。ダリヤにパンジー。バラに鶏頭。スイートピーの苗」

リヤカーの中には、大きな苗、小さな苗、双葉の苗、球根、そんなのがたくさん、ごちゃごちゃに並んでいます。次郎はそれをのぞきこみながら、言いました。

「ヒョウタンの苗はないかしら。僕、ヒョウタンが欲しいんだけど」

「ヒョウタン」

小父さんは眼尻をくしゃくしゃさせて、ちょっと困った顔をしました。

「ヒョウタンかい」

「うん。ヒョウタンだよ」

次郎は小さい時から、あのヒョウタンの形が大好きで、いつかは自分で植えて、その成長ぶりを記録し、出来たら学校にも出したいと、かねてからそう思っていたのでした。次郎は小学校の五年生なのです。

小父さんはリヤカーの中をあちこち探して、やっと一つの苗を取り出しました。

「ああ、一つだけ残っていたよ」

と小父さんはひとりごとを言いながら、それを大事そうに次郎の掌に渡しました。

「これは立派なヒョウタンだ。尾張ヒョウタンと言ってね。こんなに大きな実がなるよ」

小父さんはにこにこしながら、手で恰好をして見せました。

次郎は苗を地面にそっと置き、急いで家に入り、貯金箱から金を出して、急いで戻って参りました。この金は、次郎が鶏を飼い、その卵をお母さんに売って、やっと貯めたその金なのです。苗売りの小父さんは、藤棚の下に立ち、上を見たり地面を見たりしていましたが、次郎が出てくると言いました。

「ヒョウタンを植えるなら、先ずここだね。秋になるとこの棚から、ヒョウタンがたくさんぶら下がって、きっといい眺めだよ」

小父さんがリヤカーを引っぱって帰ったあと、次郎はシャベルをふるって、藤棚の、藤が生えている反対側の根元を、せっせとたがやし、その小さな苗を植え、水をかけてやりました。つまり藤棚の、藤が這い残す余地に、ヒョウタンを這わせようというわけです。

ヒョウタンはずんずん伸びました。

夏になると、蔓は藤棚に縦横にからみ、たくさんの葉をつけ、藤の蔓とヒョウタンの蔓は藤棚の上で、押し合いへし合いからみ合い、まるで大喧嘩しているみたいに見えました。そしてそれらの葉々が、暑い日射しをさえぎり、涼しい葉陰をつくるので、家中のものが大喜びでした。

ヒョウタンの花が、その葉の間に点々と咲きました。きっとこれが秋になると、ヒョウタンとなってぶら下がるのだろう。楽しみに思って、次郎はノートにその花の写生をしたりしました。

秋になりました。

風のためか、虫のためか、折角咲いた花はほとんどぼとぼとと落ちてしまったのです。次郎はがっかりしました。それでもやっと一つだけ残って、それの根元がだんだんふくらんでくるらしいのです。

「ひとつでもいいや。立派なヒョウタンに仕立ててやろう」

毎朝起きると、次郎はまっさきに藤棚の下に行って、それを眺めるのです。毎日毎日、それはずんずん大きくなってゆきます。次郎はあの苗売りの小父さんの手の恰好を思い出したりして、心がむずむずするのでした。

「こいつだけは、うまく行きそうだぞ」

ところがどうも変なのでした。その実は、ヒョウタンみたいに丸くふくれるのではなく、ひょろひょろと細長く垂れ下がってくるばかりなのです。はてな、と次郎は首をひねりました。こんなヒョウタンがあるかしら。

ある日、お母さんが藤棚の下に来て、その実の形を、つくづくと眺めていました。そして次郎をふりかえって、すこし笑いながら言いました。

「次郎。これはヒョウタンじゃないよ。ヘチマだよ」

「ヘチマじゃないやい。苗売りの小父さんがたしかにヒョウタンだと言ったんだい」

「こんな長いヒョウタンはないでしょ。ヒョウタンは、真ん中がくびれているはずでしょ」

次郎は何か言い返えそうとして黙ってしまいました。そう言えば、こんなのっぺらぼうのヒョウタンなんか、あるはずがなかったからです。次郎はやっと負け惜しみを言いました。

「ヒョウタンだってヘチマだって、同じようなもんだい」

しかし次郎の気持は、ちょっと淋しいのでした。きっと苗売りの小父さんが苗を渡し違えたのだろう。そう思って見ても、やっぱり淋しいのでした。


（昭和二十六年五月）

クマゼミとタマゴ

次郎はセミ取り竿をななめにかまえ、庭を横切って、忍び足でニワトリ小屋に近づきました。ニワトリ小屋の入口の柱に、大きなクマゼミがとまっているのです。

クマゼミというセミを、皆さん知っていますか。セミの中でも一番大きい、ワシワシワシと鳴く、あのセミのことです。そのクマゼミが一匹、柱にとりついて、胴体や尻をふるわせながら、今やワシワシワシと鳴き立てていました。

金網にかこまれた、ニワトリ小屋の中で、オンドリが首を立てて、ゆうゆうと歩いていました。メンドリは巣箱の中に坐って、じっとしていましたが、ふっと顔を上げて、低い声でココと鳴きました。やっと卵を産みおとしたらしいのです。

オンドリはハッとしたように、メンドリの方を見ました。そしてあわてて咽喉を張って、

「コケッココ、ケッココ、ヤッココココ」

と騒ぎ立てました。その声を聞いて、クマゼミはふいに鳴き止みました。

次郎はとたんに腹が立ちました。オンドリの騒ぎを聞いて、セミが用心をしたらしいからです。せっかくつかまえようとするのに、用心されては、取りにがすおそれがある。

次郎はパッと柱のクマゼミに竿を近づけました。とたんにセミは、ジイッと言うような声を残して、すばやくむこうに飛んでゆきました。

「しまった！」

と次郎は思わず叫びました。取りにがして見ると、あのセミは今までにない大きなセミだったような気がして、じだんだを踏みながら、竿で金網をたたきました。

オンドリはそれにもかまわず、

「ケッココ、ケッココ」

と騒いでいます。巣箱からメンドリがごそごそと出て来ました。まっしろな卵がひとつ、巣箱のわらの上に乗っていました。次郎はそれを見て、足踏みをやめました。

「ははあ。卵を産んだんだな」

ニワトリが卵を産んだとお母さんに知らせようか、それとも小屋に入って卵をとり、お母さんのところへ持って行こうかと、次郎はちょっと迷いました。なぜなら、次郎はいつもお母さんから、ひとりでニワトリ小屋に入ってはいけないと、くれぐれも言われていたからです。

「しかし、卵をとるために入るんだから」

と次郎は思いました。

「いたずらで入るんじゃないから、叱られはしないだろう」

次郎はセミ取り竿を投げ捨て、金網戸を押して、そっと中に入りました。

するとオンドリは急に鳴き止んで、すこし羽根をふくらませて、じろりと次郎を見ました。なんだか怒っているようなのです。

「トトトトト」

ちょっと気味が悪くなってきたものですから、次郎はそう言いました。なだめるつもりなのです。

「トトトト」

そう言いながら、次郎はそろそろと巣箱に近づきました。オンドリも黙って、次郎のあとをくっついて来ます。その時、メンドリの方は小屋のすみで、ククタと鳴きました。

次郎は用心しながら腰を曲げて、巣箱の卵をぐいとつかみました。すべすべした、まだあたたかい卵です。

その瞬間、オンドリはすこし飛び上がるようにして、それと同時にかたいクチバシで、次郎の手の甲をコツンとつつきました。その痛さったら、思わず声を立てるほどでした。

次郎はしかし歯を食いしばって、入口の方に歩きました。するとオンドリは追いすがって、今度は次郎の足首をコツンとつつきました。

「痛いッ」

大急ぎで戸の外に出ると、次郎は卵を握りしめたまま、母屋の方に一所懸命にかけ出しました。涙が出かかり、泣声が咽喉から出そうになるのを、必死にこらえて、次郎は走りました。母屋までが、いつもより三倍も四倍も遠く感じられました。

そして台所にかけこんで、お母さんの顔を見た瞬間、次郎はこらえにこらえていた涙を滝のように流し、大声で泣きわめきました。泣いても泣いても、涙はあとからあとからあふれ出ました。

——それから三十年たちます。次郎はすっかり大人になって、元気に働いていますが、夏になると、時々三十年前のその日のことを思い出します。卵を握りしめて庭を走った幼ない自分の姿を思うと、今でもなにか胸が苦しくなってくるのです。

（昭和二十八年九月）

大王猫の病気

つい半年ほど前から、猫森に住む猫の大王の身体の調子が、どうも面白くありませんでした。

どこと言ってとり立てて悪いところはないのですが、なんとなく疲れやすく、食欲も減退し、脚をふんばって見ても昔みたいな元気がどうしても出て来ないのです。これはつまり公平なところ、相当にながく生きてきたので、そろそろ老衰期にかかってきたのでしょう。自分では若いつもりでいても、身体の方で言うことを聞かないというわけです。

猫森の真ん中にある茸庭のあたりを、その朝も猫大王はいらいらと尻尾をふりながら、よたよたと行ったり来たりしていました。眼をらんらんと光らせてと言いたいところですが、もう今は瞳もどんより濁って総体に暗鬱な気配でした。

尻尾をふっているのは、大王が怒っている時の癖なのですが、もうその尻尾もあちこち毛がすり切れて、なめし色の地肌がところどころのぞいているのです。これは大王が若い頃から怒りっぽくて、あんまり尻尾をふり廻したせいでもあるのでした。

そこへ椎の木小路の方から、朝の光をかきわけてオベッカ猫と笑い猫とぼやき猫たちが、何か世間話をしながらチョコチョコやって参りました。そして大王の顔を見ると、いっせいに立ち止まり、口をそろえて調子よくあいさつをしました。

「お早ようございます。大王様」

大王はじろりと三匹を見て、頰をもぐもぐ動かしたのですが、それは別段声にはならないようでした。なんだか口をきくのも辛そうな、面白くなさそうな表情なのです。そこで三匹は顔を見合わせませしたが、オベッカ猫はすばやくピョコンと大王の前に飛び出して言いました。

「大王様には今朝もごきげんうるわしく――」

オベッカ猫がそこまで言いかけた時、大王猫はむっとした顔でそれをさえぎりました。

「ヤブ猫を呼んできて呉れい。それも大至急にだぞ」

ヤブ猫というのは猫森の三丁目一番地に開業している医者猫のことなのです。そこで再び三匹は顔を見合わせ、お互いに眼をパチパチさせ、今度は三匹いっしょに口を開きました。

「大王様。どこかお身体が――」

「調子わるい！」

と大王猫は言いました。ゼンマイのゆるんだような、筋がもつれたような、それはそれはへんな響きの声でした。

「今朝の朝飯のとき、うっかりと舌をかんだのだ」

そして大王猫は大口をあけて、ぺろりと舌を出して見せました。三匹が首を伸ばしてのぞいて見ますと、タイシャ色の舌苔におおわれた細長い舌の尖端の部分に、歯型が三つ四つついていて、そこらに血がうっすらと滲み出ていました。ちょっとその形が踏みつぶされた芋虫みたいに見えたものですから、笑い猫は思わずクスリと笑い声を立ててしまったのです。すると大王猫はぺろりと舌を引っこめて、こわい眼付きで笑い猫をにらみつけました。そしていきなり怒鳴りつけようとしたらしいのですが、その前にオベッカ猫が早口でわめきました。

「こら。笑い猫にぼやき猫。大急ぎでヤブ猫のところに行ってこい。歩幅は四尺八寸、特別緊急速度だぞ！」

大王猫は先にわめかれてしまったものですから、とたんに気勢をそがれ、ぐにゃぐにゃとうずくまりながら、力なく言いました。

「早く行って呉れえ」

「早く行って呉れえ」

とオベッカ猫が猫なで声で、そう口真似をしました。するとぼやき猫が不服そうに口をとがらせました。

「そりゃ僕は行ってもいいよ。行ってもいいが、一体君はどうするんだね」

「僕か。僕はここに居残って」とオベッカ猫は前脚でくるりと顔を拭きました。「大王様の看護にあたるんだよ」

「ずるいよ。いくらなんでもそりゃずるいよ。他人ばかりに働かせて、自分は楽しようなんて」

「そんなんじゃないよ。そんなんであるものか。じゃ君が看護にあたれ。看護課の第九章を知ってるか」

するとぼやき猫はすっかり黙りこんでしまいました。第九章どころか第一章も知らなかったからです。オベッカ猫はすっかり得意になり、胸をそらして大声で命令しました。

「行って来い。出発」

大王猫はしごく憂鬱そうな表情で、このやりとりをぼんやり眺めていましたが、つりこまれたように自分も口をもごもご動かしました。

「出——発」

笑い猫とぼやき猫は大王の前に整列し、ピタンと挙手の礼をして右を向き、それっ、というようなかけ声と同時に、すばらしい速さで椎の木小路の方にかけ出して行きました。木の間を縫う朝の光が、そのためにゆらゆらゆらっと揺れたほどです。

大王猫はぐふんとせきをして、身体を平たく伸ばしながら言いました。

「こら。オベッカ猫。しばらくわしの腰を揉んで呉れえ」

「かしこまりました。大王様」

　オベッカ猫が腰を揉んでいる間、笑い猫とぼやき猫は猛烈なスピードで、

「大王様のご病気だよう」

「大王様のご病気だよう」

　呼吸のあい間にそうわめきながら、三丁目の方角に疾走していました。なにしろ歩幅が四尺八寸というのですから、人間にだってむつかしいのに、まして猫のことですから、後脚のキックに相当の力をこめねばならないのです。そこで一番地のヤブ猫の家の前まで来た時には、二匹ともすっかりへとへとになり、呼吸もふいごのようにはげしく、しばらくは声もろくに出ない有様でした。二匹とも一挙に目方が三百匁ぐらいは減ってしまったらしいのです。

「何か用か」

　途方もなく大きな一本の孟宗竹の、下から三節目のくりぬき窓から、鼻眼鏡をかけたヤブ猫が首を出して、威厳ありげに声をかけました。

　笑い猫とぼやき猫は並んで立ち、両の前脚を上に上げて横に廻わす深呼吸運動を、前後五回ばかり繰り返しました。そしてこもごも口をひらきました。

「大王様がご病気です」

「大へん御重体です」

「うっかりして舌を嚙まれたのです」

「そこでおむかえに参りました」

「どうぞ早く来て下さい」

「お願いでございます」

ヤブ猫は二匹の猫の顔を鼻眼鏡ごしにかわるがわる眺めていましたが、やがてフンと言った表情で首をひっこめ、そして根元の扉のところから、ちょこちょこと出て参りました。もう小脇には竹の皮でつくった大きな診察鞄をかかえこんでいたのです。それを見るとぼやき猫は急に不安になってきて、少しおろおろ声になって訊ねました。

「大王様はどうでしょうか。おなおりになりますでしょうか」

「まさか、おなくなりになるようなことはありませんでしょうね」

と笑い猫が負けずに口をそえました。

「それは判らん」とヤブ猫は鼻眼鏡をずり上げて横柄に答えました。「諺にも Xerxes did die, so must we. というのがあるな」

ヤブ猫がとたんに学のあることを示したものですから、あまり学のない笑い猫とぼやき猫は、まったくシュンとなって顔を見合わせました。ヤブ猫はすました顔で、

「じゃあ出かけるかな」

と竹皮鞄をつき出しました。これは二匹の猫に持って行けということなのです。二匹はあわててそれを受け取り、そして口をそろえて言いました。

「そいじゃ歩幅は三尺六寸ということにお願いいたします」

それはそうでしょう。重い鞄をかかえてそれで四尺八寸とは、これはもう猫業《ねこわざ》ではありません。

さて大王猫の方では、オベッカ猫に腰を揉ませ、四本の脚を揉ませ、次には裏返しになって背骨を指圧させ、つづいて、首筋をぐりぐりやらせていましたが、まだヤブ猫はやって参りません。オベッカ猫は揉みに揉ませられて、すこしはじりじりして来たらしく、もうやけくそな勢いで大王猫の首筋をつかんだりたたいたりしていました。こんなことなら使いに出た方がまだましだった、そう思っているようなしかめ面《つら》でした。ところが大王はそんな乱暴な揉み方が案外気に入っているらしく、眼を細めて咽喉をぐるぐる鳴らしていたのです。これはきっと大王の血圧が高く、それで首筋が石のように凝っているせいなのでしょう。

丁度そのとき椎の木小路の方から、エッサエッサと昼前の空気を押し分けるようにして、ヤブ猫一行がひとつながりになって走って来ました。ヤブ猫は鼻眼鏡が気になるし、笑い猫とぼやき猫は診察鞄を両方からかかえているし、と言うわけで、そのスピードもそれほどのものではありませんでした。オベッカ猫はそれを横目でにらみながら呟きました。

「あれほど四尺八寸だと言ったのに、ヘッ、あれじゃあ三尺六寸どころか、全然二尺四寸どまりじゃないか」

「なにをぐずぐず言っとる」

と大王猫が聞きとがめて、頭をうしろに廻しました。とたんに首の筋がよじれて、ぎくんと鳴ったらしく、大王はイテテテと顔をしかめました。

「いえ。ヤブ猫一行が参ったらしゅうございます」

「どれどれ」

大王は椎の木小路に眼を向けましたが、視力が弱っていてとらえかねている中に、もうヤブ猫一行は茸庭に勢いよくかけ入ってきて、ぱっと一列に整列をしました。笑い猫が大きな声で復命しました。

「笑い猫、只今ヤブ猫をたずさえて戻って参りました！」

「ぼやき猫、右に同じ！」

ぼやき猫も負けじとばかり大声をはり上げました。

ヤブ猫はすっかり荷物あつかいされてむっとしたらしく、二匹をにらんで何か言おうとしましたが、その前に大王猫が前脚をあげてさしまねいたものですから、二匹から診察鞄をひったくるようにして、大王の前に近づきました。

「大王様。如何なされました」

いくら横柄なヤブ猫でも、大王猫の前ではそうツンケンと威張るわけには行きません。すこし腰をかがめてまったく神妙な態度でした。

大王猫は眼をしばしばさせて、やや哀しそうにヤブ猫の顔を見上げました。

「身体のあちこちが、どういうわけか大層具合がわるいのだ」

「舌をお噛みなされたそうで」

「うん」

「ちょいと拝見」

大王猫は笑い猫を横目でじろりとにらみながら、忌々しげにべろりと舌を出しました。

ヤブ猫は診察鞄のなかから竹のヘラを取り出して、それで大王の舌をおさえたり、かるくしごいて見たりしました。そして仔細あり気に訊ねました。

「今朝は何をお食べになりました？」

「コンニャクを食べたのだ」と大王猫は舌をすばやく引っこめてちょっと恥かしそうに鬚をびくびく動かしました。「コンニャクを食べていると、口の中のものがコンニャクか舌か判らなくなっての、それでうっかり間違えて噛んでしまったのだよ」

笑い猫が急に横を向き、あわてて両の前脚で口をしっかと押えて、ブブッと言ったような圧縮音を立てたのです。ヤブ猫はえへんとせきばらいをして、教えさとすように言いました。

「それはもう相当に感覚が鈍麻しておりますな。もう以後コンニャクのようなまぎらわしいものは、一切お摂りになりませんように」

「うん。わしも別に食べたくはなかったが、今朝はなんだかとても身体がだるくて、全身に砂がたまっているような気がしたもんだからの」と大王猫は情なさそうに合点々々をしました。「で、どこぞに故障でもあるのかな」

「三半規管ならびに迷走神経の障害」

とヤブ猫は名医らしく言下にてきぱきと答えました。

「それに舌下腺も少々老衰現象を呈していますな」

大王猫はぷいと横を向いて、グウと言うような惨めな啼き声をたてました。

「グウ。それに対する療法は?」

「まあマタタビなどがよろしゅうございましょう」

そう言いながらヤブ猫は、診察鞄から聴診器をおもむろに取り出しました。鞄は竹皮製ですから、あけたての度にばさばさと音を立てるのでした。

「一応全部ご診察いたしましょう」

それから、ヤブ猫は聴診器のゴムを耳にはめ、大王猫の身体をあおむけにしたり、裏返しにしたり丸く曲げたり平たく伸ばしたり、そして要所々々に聴診器をあて、またもっともらしい手付きで打診などしたりしました。オベッカ猫と笑い猫とぼやき猫は、結果如何にと眼を皿のようにして、大王の軀とヤブ猫の顔色をかたみにうかがっています。それらはまったく真剣そのものの表情でした。

　ヤブ猫はやがて手早く診察を終り、聴診器をくるくる丸めて鞄のなかにしまい、腕組みをして首をかたむけ、フウウと大きな溜息をつきました。大王猫はびくっと身体をふるわせ、おそるおそる片眼をあけてヤブ猫を見上げました。

「まだ他にどこぞ故障があったかの」

　ヤブ猫は腕を組んだまま視線を宙に浮かせて、じっと沈黙しています。たまりかねたようにオベッカ猫が横あいから口をさし入れました。

「おい、ヤブ猫君。何とか言ったらどうだね。え。大王様はすっかり御丈夫だろう。ええ。まったく御健康だと言い給え」

　ヤブ猫はオベッカ猫にじろりとつめたい一瞥をくれて、しずかに首を振りました。その横柄な態度がぐっとオベッカ猫の癇にさわったらしいのです。

「なに。大王様が御壮健でないことがあるものか。御壮健そのものだぞ。僕がよく知っている。僕の方がよっぽど虚弱なくらいだぞ。だから僕は日夜大王様の身辺に侍して大王様のはつらつたる御健康のおこぼれを……」

「なんだと。おいぼれだと！」

大王猫が憤然と聞きとがめて、頭をむっくりもたげました。

「いえ、いえ。おいぼれじゃなく、おこぼれでございまする」

「ははあ。耳にも故障がございますな」

ヤブ猫は鞄の中から細い金属棒をせかせかとつまみ出し、大王猫の頭をいきなりぐっと押さえ、その尖端を右耳のなかにそっと差し込みました。途中でところどころ引っかかるようでしたが、とにかくその金属棒はしだいしだいに耳穴にすいこまれ、やがてその尖端が左の耳の穴からチカチカと出て参りました。その間大王猫はすっかり観念したように、身動きさえしませんでした。

「ははあ。思った通りだ」

金属棒を耳からずるずると引き抜きながらヤブ猫がつぶやきました。

「鼓膜も穴だらけだし、内耳も腐蝕しておるし、これじゃ右から左へぜんぜん素通しだ」

「どうしたらよかろう」

と大王猫はうめくように言いました。

「マタタビ軟膏をお詰めになるんですな」とヤブ猫はすました顔で言いました。「それに肝臓も相当に傷んでいて、すでにペースト状を呈しておりますな。早急に手当てをせねばなりません」

「どんな手当てがよろしかろうか」

「マタタビオニンがよろしいでしょう。それから坐骨神経の障害。ほら、ここを押すとしたたかお痛みになりますでしょう」

「うん。あ、いててて！」

「マタタビの葉をすりつぶしてお貼りになるんですね。朝夕二回ぐらいがよろしゅうございましょう」

「それから近頃どうかすると――」大王は胸を押えました。「すぐに心臓がドキドキするのじゃが」

「心悸亢進でございましょうな。すべてこれらは老衰にともなう典型的な症状でございまして――」

「なに。老衰だと」

　と大王猫はぎろりと眼を剝きました。

「じっさいお前は言いにくいことを、全くはっきりと言う猫だな。それじゃよし。そんなら老衰という現象には――」

「マタタビがよろしゅうございましょう」

　これはヤブ猫だけでなく、他の三匹の猫も一緒に合唱するように言ったものですから、大王猫はかっとなって二尺ばかり飛び上がって、総身の毛をぎしぎしと逆立てました。

「何を聞いても、マタタビ、マタタビ、マタタビだ。このヘボ医者奴。薬はそれしきゃ知らないのか。おい、ぼやき猫。ひとっ走りして文化猫を大至急呼んでこい！」

「文化猫はここしばらく、イタチ森へ講演旅行に出かけております」

「なんだと。講演旅行だと。あのロクデナシ奴。おい、ヤブ猫。お前は近頃全然勉強が足りないぞ。マタタビとはなんだ」大王猫は怒りのために尻尾をやけにうち振りふり廻し、呼吸をぜいぜいはずませました。「マタタビなんか古い。全然古い。十九世紀的遺物だ。現今はもはや二十世紀だぞ！」

ヤブ猫はかくのごとく真正面から痛烈に面罵されて、とたんにすっかり慄え上がり、おろおろと前脚を鞄につっこみ、がしゃがしゃとかき廻した揚句、小さな鼠革表紙の手帳をとり出しました。これはまあ医者のエンマ帳みたいなものでしょうな。ヤブ猫は大急ぎで前脚に唾をつけ、ぺらぺらぺらと頁をめくりました。

「ええと。ええ。大王様。お怒りにならないで。不勉強なわけでは決してございません。ええ。それそれ、ここに、カビ、抗生物質と書いてございます。これなんかは老衰に――」

「なに。このわしにカビを食わせる気かっ！」

「いえいえ」ヤブ猫はあわてて次の頁をめくり、鼻眼鏡の位置を正しました。「ええ、次なるは葉緑素。これは最新学説でございますな。これを摂ることによって体内の細胞はまったく更新し」

「葉緑素とは何だ」

「はい。木の葉などにふくまれている天然自然の貴重な元素でございます」

三匹の猫たちは横柄なヤブ猫がちぢみ上がっているので、お互いに目まぜをしながら痛快がっていました。大王猫は逆立てた背毛をすこし平らにしました。

「たとえばそれはどんな植物に豊富に含まれているのか」

「はあ」とヤブ猫は眼をぱちぱちさせました。「あのう、たとえば猫ジャラシとか——」

「ああ、あれはいかん」大王猫は前脚をひらひらとふりました。「あれを見ると、わしはイライラしてくるのじゃ」

「では、ツンツン椿の葉っぱなどは如何でございましょう。毎食前に五枚ずつ」

大王猫はちょっと眼をつぶって、顎をがくがく動かし、椿の味を想像している風でしたが、すぐにかっと眼を見開いてはき出すように言いました。

「あんまり感心しないな。お前の勉強はそれだけか」

「いえいえ」ヤブ猫はやけくそな勢いで次の頁をめくりました。「ええ。ええと。脳下垂体。これ、これ、これに限ります。これなら一発覿面《てきめん》でございます」

「覿面だと？」

「はあ。これは牛の脳下垂体でございまして、これを採取して内服するなり移植するなりいたしますと、たちまち十五年ばかり若返るのでございます」

大王猫は再びちょっと眼を閉じ、肩をぐっとそびやかしました。これはちょっと牛の気分を出して見たのです。すぐに眼をあけ、いくらか満足げににこにこしながら言いました。

「それはよかろう。面白かろう。それじゃ早速それを一発やって貰おう」

「今でございますか」ヤブ猫は手帳を急いでポケットにしまい、ハンカチでせまい額をごしごしと拭いました。「残念ながら只今のところ手持ちがございません。今しばらくの御猶予のほどを」

「なに。今手持ちがない？」大王猫の声はやや荒々しく、背毛もふたたび斜めに持ち上がりました。

「どこに行けば直ちに手に入るのかっ！」

「牛ケ原に参りますれば、そこらに黒牛が若干おりますので、あるいはそれに頼めば分けて呉れるかも知れません」

「よし。では早速家来どもを派遣する！」

大王猫は顔をじろりと三匹猫の方にむけました。三匹猫は思い合わせたように、一斉に一歩二歩あとしざりをしました。これは牛は黒くて大きいし力はあるし、それとの交渉はあまり好もしい役目ではなかったからです。

「ではお前たち、直ちに牛ケ原に向かって出発せよ」

「もうし、大王様」

と笑い猫が未練げに足踏みをしながら言いました。

「私どもは未だにはっきりと任務の内容を与えられておりません」

「よし。ヤブ猫。任務の内容を詳細に説明せよ」

ヤブ猫はまたハンカチでしきりに顔をふきながら、三匹の方に向き直りました。冷汗がひっきりなしに滲み出てくる風なのです。

「ええと、それは簡単である」ヤブ猫の声はおのずから苦しげな紋切型の口調になりました。「牛ケ原におもむいて、先ず黒牛をさがす。さがし当てたら、貴下の脳下垂体を少々分けて呉れと、相手を怒らせないように丁寧に頼みこむ。むこうが承諾したら、脳下垂体をすばやく採取して大至急戻ってくる」

「どういう方法で採取するのですか」とぼやき猫がおそろしそうに聞きました。

「ええ。それも簡単である」とヤブ猫は忙がしくハンカチで顔を逆撫でしました。もうハンカチは吸いとった汗でびしょびしょになってるようでした。「黒牛に先ず上をむいて貰うように頼む。そ、それから黒牛の鼻の穴に前脚をそろそろとつっこむ。右の穴でも左の穴でもどちらでもよろしいが、ただし、くしゃみをされるおそれがあるから、事前に前脚はよく洗っておくこと。まず前脚の付け根までつっこめば、何かぶよぶよしたものをきっと探り当てるから、そいつに爪をかけ、力いっぱい引っぱり出すこと。あとはそれをかかえて後も見ずに一目散にかけ戻って来ればよろしいのだ」

「うしろをふり返ってはいけないんですか」

「ふり返らない方がよろしかろう」とヤブ猫はぶるんと顔をふって冷汗をはじき飛ばしました。「万一ふり返りでもしたらどういうことになるか、それはもう保証の限りでない！」

その一言を聞いて三匹猫は一斉にぶるぶるっと身慄いしました。聞くだにおそろしそうな話だったからです。ことにぼやき猫なんかはもう目がくらくらしてほとんどぶっ倒れそうな気分でしたが、辛うじて脚をふんばり、最後の質問をはなちました。

「もし黒牛さんがイヤだと申しましたら——」

「他の黒牛にあたるんだ」

「そいじゃ黒牛さんが、脳下垂体は分けてやる代りに——」とぼやき猫はここで大きく息を吸いこみました。「その代りに猫森の一部分を割譲せよとか、猫的資源を供出せよとか、そんなことを言い出したら如何はからいましょうか」

「そりゃ困る！」

と大王猫が渋面をつくって、あわててはき出すように言いました。

「いや、大丈夫でしょう。黒牛なんてえものは至極お人好しの牛種ですから」とヤブ猫は診察鞄を小脇にかかえ、もう半分逃げ腰になりながら猫撫で声を出しました。「そんな悪らつなことを、まさかねえ、アメリカじゃあるまいし」

「よろしい。出発！」と大王猫がいらだたしげに前脚をふりました。「大至急、牛ケ原にむけ前進開始！」

「笑い猫にぼやき猫！」と大王猫の号令に便乗してオベッカ猫が声をはり上げました。「ただちに牛ケ原にむかって出発前進。糧食一食分携行。遠距離であるからして、歩幅は三尺六寸でよろしい。ただし帰りは四尺八寸に伸ばさざれば、生命の保証なしと知るべし。さらば征け、勇敢なる若猫よ！」

「バカ。このロクデナシ！」

大王猫は激怒のあまり逆上して、二三度ぴょんぴょんと飛び上がり、オベッカ猫をにらみつけました。

「ずるやすみもいい加減にしろ。先刻もこのわしをおいぼれ呼ばわりまでしやがって！」

「はい。何でございましょうか」

「何もくそもあるものか」と大王猫は王者のたしなみも忘れて、口汚ないののしり方をしました。

「行くんだよ。お前が先頭に立って出発するんだっ！」

「はあ、私がでございますか」とオベッカ猫はきょとんとした顔をしました。

「そうだよ。それがあたり前だ」

「でも私はここに居残って、大王様の御看護を――」

「看護にはヤブ猫が残る!」と大王猫は怒鳴りつけました。「弁当をこしらえてさっさと出て失せろ！」

鞄をかかえて逃げ腰になっていたヤブ猫は、大王猫に肩をつかまれて、当てが外れたようにへたへたと地面に坐りこみました。

三匹猫はうらめしそうにそのヤブ猫をにらみつけ、それからそれぞれ手分けをして、大王の朝飯の残りのコンニャクやそこらに生えている茸を、のろのろと弁当袋につめこみ、めいめいそれを頸から脇にかけました。なかんずくオベッカ猫の動作が一番のろかったのは、この牛ケ原行きにもっとも気が進まなかったせいでしょう。しかしとうとう用意がととのってしまったものですから、三匹はオベッカ猫を最右翼にしてしぶしぶ一列横隊となり、そしてオベッカ猫がまず哀しげに声をはり上げました。

「オベッカ猫、只今より牛ケ原に向かい、黒牛の頭蓋より脳下垂体を奪取して参ります！」

そしてオベッカ猫はぎょろりとヤブ猫をにらめました。

「笑い猫、右に同じ！」

「ぼやき猫、右に同じ！」

そして二匹は一斉にぎらりとヤブ猫をにらみ、それから視線を大王に戻してこんどは大王の顔をきっとにらみつけました。すると大王は何をかんちがいしたのか、まったく満足げににこにこしながら、荘重な口調で訓示を垂れました。

「よろしい。只今諸子の眼光をうかがうに俄かにけいけいとして、見るからに闘志にあふれておる。わしの満足とするところである。その闘志をもって牛ケ原に直行し、巧言令色もって至妙の交渉をとげ、首尾よく脳下垂体を獲得して帰投せよ。出発！」

「出発。右向けえ、右！」とオベッカ猫があまり力のこもらない号令をかけました。「行く先は牛ケ原。歩幅は二尺六寸。出——発！」

「三尺六寸だっ！」と大王猫が怒鳴りました。

「もとい。歩幅三尺六寸。出発」

彼方のゆらゆら木洩れ日をかきわけて、三匹編成の特別一小隊は、エッサエッサと懸け声をかけて椎の木小路の方にだんだんと遠ざかって行きました。あとはしんかんとした茸庭の正午の空気です。一隊が見えなくなると、大王猫は急にぐったりしたように、ぐにゃぐにゃと地面にへたりこみました。

「すこし疲労したようだ」と大王猫はものうげに小さな欠伸をしました。「脳下垂体か。それまでの間に合わせに、マタタビ丸を三粒ほど呉れえ。しかしあいつ等、うまく持って帰ってくるかなあ」

「あいつらが失敗すれば、また別の家来を派遣なさいませ」と鞄からマタタビ丸をつまみ出しながら、ヤブ猫がそそのかすような声で言いました。「まだ御家来衆は次々控えておりまするでございましょう」

「そうだ。そうだ。あいつらがやりそこなったら、今度はイバリ猫にズル猫にケチンボ猫を派遣しようかな」そして大王猫はマタタビ丸をぺろりとのみこんで、ふううと大きな溜息をついて身体を地面にひらたく伸ばしました。

「ヤブ猫。後脚の附け根あたりをすこし揉んで呉れえ。近頃わしは中脚の方も全然ダメになったようだが、脳下垂体を服めば回復するか。するだろうな。そうでなければわざわざ服む価値はないぞ」

一方オベッカ猫を長とする特別一小隊は、やがて猫森を出はずれ、ハンの木、ヤチダモ、アカダモ並木の大街道をかけ抜け、一面茫々の大湿地地帯を通過し、やっとタンポポ丘にたどりついた時は、もはや陽ざしは午後二時近くになっていました。さすがの若猫たちもこの長距離疾走にはすっかり疲労して、膝の関節もがくがくとなり、歩幅も二尺六寸ぐらいに縮小してしまっていたくらいです。そのタンポポ丘の頂上に立った時、突然笑い猫が彼方を指差してすっとんきょうな声を立てました。

「黒牛が！」

タンポポ丘のふもとから見渡す限り青々と草原がひろがり、五百米ほどの彼方に黒いものがひとつ、じっとうずくまっているのが見えました。ここが名だたる牛ケ原なのです。そいつは見るからに傲然として、途方もなく巨大な黒牛らしいのでした。ぼやき猫もその叫びにつられたように、哀しげな声を出しました。

「ああ。あそこに黒牛が」

オベッカ猫はその瞬間まっさおになり、しばらくむっと黙っていましたが、やがてへたへたとタンポポを踏みくだいて腰をおろし、情なさそうに口をひらきました。

「さあ。とにかく、それよりも、弁当ということにしようや。そして弁当が済んだら、君たちは二人とも小川でよく前脚を洗うんだよ。黒牛がくしゃみをすると僕だって大へん困るからなあ」

笑い猫もぼやき猫も同時に顔をぐしゃっとしかめ、よろめくように丘の斜面に尻もちをつきました。そこで三匹はそのままの姿勢で弁当袋をひらき、めいめいぼそぼそとコンニャクだの茸だのを口に入れては嚙みました。おそらくそれらは全然食べ物の味がしなかったに違いありません。三匹ともろくに唾液が分泌してこないようで、時々ちらちらと黒牛の方に横目を使いながら、ごくんごくんとむりやりに嚥下している様子なのでした。僕はこういう彼等につよく同情するのです。


（昭和二十九年三月）

凝視に耐える強い瞳孔

解説 外岡秀俊

高校の頃、梅崎春生の小説に強く惹かれた。

戦争の極限状況を多く描いた「第一次戦後派」に連なりながら、梅崎と椎名麟三、武田泰淳は、自らの心に潜む弱さや卑小感をさらけ出し、時には巧まざるユーモアの漂う筆致で、天邪鬼の年少の読者にも、居心地のよい隙間を与えてくれたのだと思う。

「桜島」や「日の果て」、遺作の「幻化」まで、戦争やその傷痕を扱う梅崎の作品は、人間を凄まじい力で捻じ曲げる戦場の非日常を描くというよりも、むしろ日常と地続きの人間関係や葛藤をそのテーマに据えていた。人間関係そのものが、強い緊張、果ては無間地獄にも似た心の迷路や妄想、幻覚を呼び寄せるという点では、「ボロ家の春秋」にまで、その作風は一貫している。

その点で梅崎は、ぐうたらで自堕落な落第生や、自らの弱さに崩れる主人公の日常を擬態として装いながら、鋭く人間の深層心理に迫った「第三の新人」の先駆者であり、師匠格だったろうと思う。

かつて小島信夫氏は梅崎作品を、梶井基次郎や太宰治の文学と比較したことがあった。三人に共通するのは「旧制高校をへて東大の門をくぐった人で私小説作家に近い人」なのだという。小島氏は梅崎を、「自分の生活不如意は相手のせいや、世の中のせいではなくて、自分の中にあるらしい、少なくとも自分の中にもあるらしい、とこう思わなくてはいけない、と考える最後の作家」と表現した。そして「自分ひとりでその負担に堪えるのがつらいので、他人に対してしんらつになる。自分に対しても厳しいが他人に対しても厳しい。その厳しさによってみずから生きているという実感をもつようである」と評した（新潮日本文学41「梅崎春生集」解説）。

梅崎作品の特徴をよく言い当てた言葉だと思う。彼の作品に共通しているのは、主人公や「私」が、第三者に対して不意に嫌悪感や忌まわしさを覚え、怒りや憎しみに駆り立てられるという構図だ。そして、そうした獰猛な感情に囚われるのは決まって、主人公がその第三者に、自らの「分身」を見出したときなのである。

「桜島」では、暴力を振るう吉良兵曹長が「私」の分身であり、「日の果て」では逃亡する花田中尉が、追討を命じられた宇治中尉の分身にあたる。

冴えない曲馬団を描く「贋の季節」では、猿の真似をする落魄した道化師の三五郎が、戦争で片腕を失い、曲芸ができなくなった「私」の鏡像になる。「蜆」では、一つの外套を奪い合う「あの男」が「僕」の分身になり、「Sの背中」で恋敵になる猿沢佐介は、蟹江四郎の似姿である。

そして、同じ屋根の下の奇妙な暮らしを描く「ボロ家の春秋」では、性格から境遇まですべて正反対の同居人野呂旅人が、「僕」と忠実な合わせ鏡になって、読者がその葛藤の重圧から逃れるには、笑うしかないほどの緊張を醸している。

そうした作品は、一言でいえば、「分身との格闘」に尽きる。しかし、なぜ梅崎という人は、こうした小説を書いたのか。書かざるを得なかったのか。いや、執拗低音のように、彼がなぜ同じテーマにこだわったのかに思いをめぐらすより、同一テーマでなぜ、かくも豊かな変奏曲を紡ぎだし得たのかを問うべきなのだろう。

作家にとって小説が「格闘」であるとするなら、随筆は「漫歩」に近い。「漫歩」こそ、作家その人の寛いだ表情が見えてくる普段着の姿だ。

作家の随筆集といえば人はそこに、身辺雑記に映る作家の感慨、文学論を通して語られる人生観や世界観、社会時評、作家の生い立ちなどを期待するだろう。

うまい具合に、書かれた時期もばらばらな長短の随筆を集めた本書は、そのテーマに沿って巧みに選別され、排列されているのである。つまり、「猫・酒・碁」は身辺雑記を、「茸の独白」は文学観を、「蟻と蟻地獄」は社会時評を、「ふるさと記」は生い立ちと故郷への追想をテーマとしている。では、最後の「馬のあくび」のテーマは何か。ここに収められた文章は、「随筆」というより「創作」であり、あるいは「随筆」から離陸したばかりの小品群であると言っていい。

長文はいわずもがな、その随筆のどんな小文にも、「梅崎印」が刻まれているのは、驚くべきことだ。

戦時の酒事情を振り返る身辺雑記「悪酒の時代」には、こんな名セリフがある。

「何故酒を飲むか。そこに酒があるからである。ところが当時、つまり戦争中（昭和十七年以降）の私の心境は、今の心境と正反対であった。すなわち、何故酒を飲むか。そこに酒がなかったからである」

そこから筆者は、カストリに特有の酔いをこう物語る。

「カストリの酩酊の仕方は正常な酒にくらべると、ラセン状にやって来る。ふつうの酒の酔い方をハリガネとするならば、カストリのは有刺鉄線である」

この暗喩の迫真性は、酒飲みの自省にではなく、時代の観察者の鋭い直覚に根ざしている。筆者が悪酒に仮託して語っているのは、戦時の鬱屈なのである。

いやむしろ、敗戦からそう遠くない時期に書かれたこれらの随筆の多くは、戦争の愚かしさを見据え、それを忘れまいとする確乎とした意思の発露と言ったほうがいい。

「茸の独白」で筆者はいう。「戦争に負けてこのかた、何も彼も変ってしまった。風俗にしても人情にしても、戦争前に比べるとどこか狂っている。人間も変ってしまった」。そして日本の伝統である私小説を、「精巧につくられた網」に例え、敗戦後はそのシステムが捕らえられるのは魚ではなく「魚の影」であり、燃え尽きた縄の灰のように、「縄の形はしているが、縄の用には立たない」と断じる。そして「私は私小説的精神と訣れよう。俳諧とも風流とも訣れよう。義理人情とも訣れよう」と決意を語り、何ものの徒弟でもなく、徒党も組まず、「風に全身をさらして歩きつづける」という。敗戦から二年後に書かれたこの文章は、いやおうなく戦争を背負いながらも、敗戦を経た自分と周囲の変化を、正面から凝視するという宣言だったと言える。

同じ年に書かれた「ランプの下の感想」で、その覚悟はさらに鮮明になる。

「私たちの伝統は、人間を凝視した世紀すらも持たないのである。数百の艨艟や数千の戦車やそして数万の竹槍をほこった日本の贋の世紀は没落した」

そこから筆者は、新しい世紀に向けて、何はともあれ「凝視に耐えるだけの強い瞳孔」を取り戻すことが必要だという。この苛烈な自意識こそ、作家梅崎の出発点だったに違いない。

その「強い瞳孔」は、自他ともに、どのようなごまかしも言い繕いも許さず、「贋物」の仮面をはがすことに徹底してこだわる。

こうして筆者は「人造米」の「惨めさ」や「厭らしさ」を槍玉にあげ（「食生活につい

て」）、「殿様に可愛がられている小姓のように、常住坐臥時をえらばずして膝下に伺候してくる」電話の暴力性を指弾する（「電話という奴」）。また、同情を強要するかのような学生の押し売りについて「特権意識の裏返し」と批判する（「学生アルバイト」）。

流行作家を目指す若者について、「文学以前においてかくも俊敏なる青年が、いざ文学となるととたんにだらしなくなるのは何故であろう」（「文学青年について」）とこき下ろす一方で、若者よりも、「近頃の年寄り」の人間的マイナスが社会に与える影響のほうが格段に大きいと、年寄りにも容赦はしない（「近頃の若い者」）。

しかし、どんな罵詈雑言も、この筆者の手にかかると、いっそのこと潔く、思わず噴き出したくなってしまうから不思議だ。たぶん自らに対しても「強い瞳孔」を向ける潔癖さが、その毒気を消し去ってしまうからだろう。

「食生活について」で筆者は「オコゲ」への偏愛を語っている。それは、オコゲができる炊き方をすると、それ以外の飯の味がぐっと好くなるからだという。「その話を聞いて以来、私はますますオコゲに対する愛着と尊敬の念を深めた。一身を犠牲にして他の飯粒の味を良くしてやる。人間にも仲々出来ないことだ」。筆者の毒気は、まさに、このオコゲのようなものだろう。

小説はともかく、半世紀以上も前に書かれた随筆は、時代の相とともに移ろい、その多くは、懐古や追想のよすがにはなっても、古びてしまうのが普通だ。しかしこの随筆集には、磨き上げられた浜辺の石や流木のように、長い歳月に耐えた文章が多く残されている。その中から特に二篇の味読をお勧めしたい。

一つは「日本的空白について」である。この文章は、「日本民族の心の中には、宿命のようにひとつの空洞があるのではないか」と自らに問いかけ、日本人は意識的に精神に空白の部分をつくりあげ、「消極的な強靱さ」を育んだと自答する。しかし、「自然に対応したギリギリの空白」は今や本来の意味を失い、「脱落」は形骸化してしまった。その代わりに、「私たちはひとつの頽廃としての空洞をいま内包しているのではないか」。筆者はそう読者に問いかける。この随筆が今なお色褪せないのは、私たちがいまだに、「頽廃としての空洞」を抱える「戦後」を生きているためだろう。

最後に一篇。ほとんど創作に近い「チョウチンアンコウについて」をお読みいただきたい。卑小なオスがメスにしがみつき、その体の一部になって次世代を残す。滑稽でもあり哀切でもあるこの小品は、梅崎春生の人生観を物語っていると見て間違いない。

梅崎春生

参考資料

『馬のあくび』の頃——根本英一郎（『梅崎春生全集』新潮社刊・月報第5号所収）

『馬のあくび』という梅崎さんの随筆集は、昭和三十二年一月に発行された。現代社刊。定価二八〇円。たしか四千部だったたと思う。小出版社のため宣伝も行き届かず、再版も出なかったから、梅崎さんの著作物の中では一番目立たない存在だろう。

その前年の晩秋、現代社編集部員のぼくは、一応電話で諒解を得て、練馬区豊玉中の梅崎さんの新居をたずねた。四月に世田谷から移られたばかりの小ぢんまりと明るいかんじの家だった。玄関のすぐ左脇の書斎も、南が庭に面し、障子にやわらかい陽ざしが張っていて明るかった。背の低い横長の本棚を背にして、部屋のほぼ中央に置かれた仕事机に向って坐った梅崎さんも、健康そのものの顔色だった。（当時、東京新聞に連載中の「つむじ風」の評判は大へん良かった）木目の浮いた一枚張りの机の上には無駄なものはなく、整然としていた。白い原稿紙、鉛筆、灰皿、広辞苑。

　お目にかかるのは、ぼくにとっては二度目だった。その三月ほど前、ある先輩の出版記念会の折、一言紹介されただけだから、むろん梅崎さんは覚えておられなかった。

「調べてみると、割り合い書いているもんですね」

　と随筆や短文のことを云いながら、梅崎さんは紙袋や整理箱から、新聞、雑誌の切り抜きを出して並べる。お茶を持たれた奥さんを呼び留めると、いろいろ訊ねはじめた。何か教えを求めているような丁寧な口ぶりであった。小柄な、美しい奥さんは、先の会の折も、ずっと梅崎さんの脇に寄り添っていたことをぼくは思い出していた。

　二度目にたずねた時、家へまがる角のところで、梅崎さんが向うから歩いてくるのを認めた。体軀は堂々としているけれども、どこかふわりと揺れるかんじで歩く梅崎さんの姿は、遠くからでもわかった。普段着に下駄ばき、手に下がでこぼこにふくれた風呂敷包を提げている。

「お買物ですか」

「いや、散歩です。果物をちょっと買いに」

　梅崎さんの言葉遣いは、いつも誰に対しても丁寧だった。

　編集や本の体裁は任されたものの、やはり幾度もぼくは練馬通いを続けた。沢山の切り抜きの中には〝自写自賛〟というグラビアの説明文もあり、省き難く、カット写真としてこれらを生かして各章（五章）の中扉に使用したい旨を相談した。

「これは必ず入れてください」

念を押されたのは「妻を語る」で、週刊誌のグラビアになったもの。恵津子夫人がキャンバスに向って制作中の写真である。〝強情な楽天家〟という文章が続き、最後は〈……なんか失敗しても、自分の非を間接的には認めるが、頭を下げてあやまることを絶対にしないのである。その点どこかの会社に似ている〉と結んである。

「ここ直しましょう。NHKと書いたのを消されたんですよ」

ちょっといたずらっぽく云って梅崎さんはペンを取ると〝どこかの会社〟を消し訂正した。奥さんの絵の話題から、ぼくは強引に装幀を夫人にお願いした。そしてこれも図に乗って、題字から扉まで、著者御本人にお願いしてしまった。

本の題名は梅崎さんの発案で「馬のあくび」にすぐ決った。これも本文の中扉に掲載した写真からとった。蓼科高原で、奥さんと知生さん（当時五歳）を乗せた馬を梅崎さんが写したという御自慢のもので、馬がたしかに〝あくび〟しているのである。

帯の推薦文は椎名さんに書いていただいた。見本が出来、急いで届けると、手にとって撫でるようにしながら、満足された様子だった。

二月に入って、約束の発行時半額という印税がまだ支払えないでいた。その頃、安吾忌が本郷の竜岡で催され、ぼくも社長について行った。梅崎さんは酒宴の中途から、碁敵に

挑まれたのか、盤に向った。ぼくらがそこへ挨拶に行き、印税の遅れの詫びを云うと
「ああ、いいです」

あっさり云って、またゆらりと碁盤から首を戻すとすぐこう続けた。「ぼくのほうはいいですけれども、装幀の方の稿料は早くお願いします」

また一目打ってから、こちらを向くと「あれはね、家内の始めての装幀料ですから」

装幀の絵の稿料は三千円ほどだったと記憶している。それは直ちに届けたはずだが、印税の方はなお遅れた。そしてその年も押し迫って、社はどうにも動きがとれなくなった。いったん倒産して再建委員会の手で新社が出来た時、ぼくは退いた。だから『馬のあくび』の印税がいつ完済されたか、確かめずじまいであった。

数年経って、ぼくはある機縁からまた梅崎さんとおつき合いするようになった。お目にかかるといつも酒をよばれた。時折、夜、電話をもらったが、あのやわらかい梅崎さんの声はいつもこう語った。

「深酒はいけませんよ。ところが三日ほどやめるとすぐ回復するでしょう。その三日やめれば大丈夫だという、自信が、君に、ありませんか。それがあぶない。その自信が、ほんとうは危険です」

今、ぼくの本棚には、とうとう梅崎さんから拝借したままになった『あなたは酒がやめられる』と、梅崎御夫妻作製になる『馬のあくび』が並んでいる。

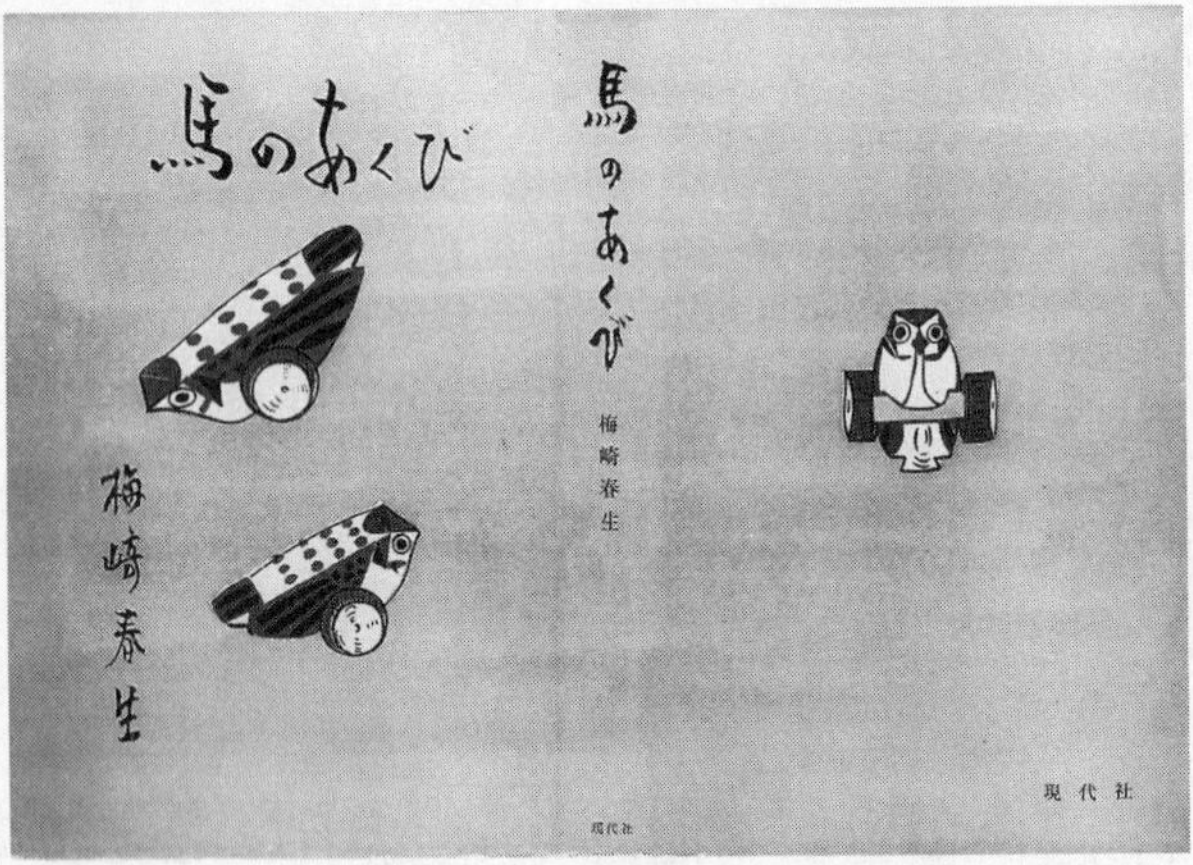

『随筆 馬のあくび』カバー（昭 32・1　現代社刊）装幀　梅崎恵津子／題字　著者

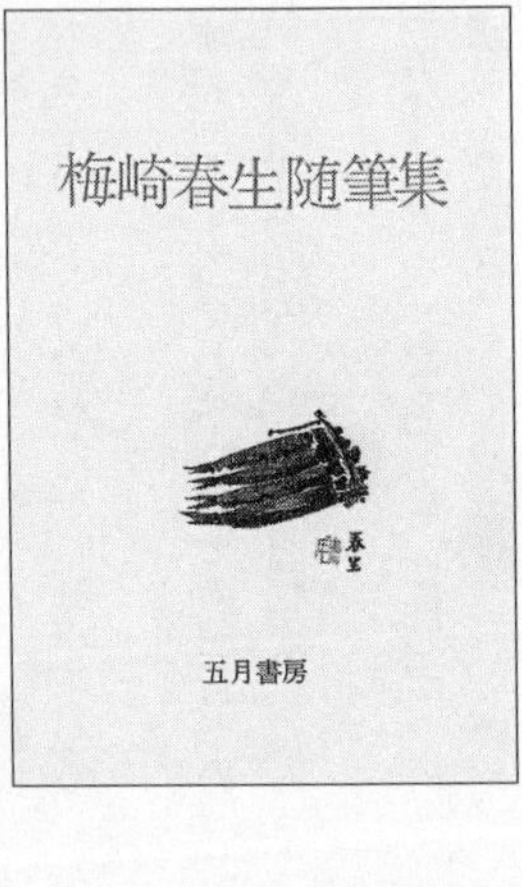

『梅崎春生随筆集』函（昭 49・3　五月書房刊）
画　梅崎春生

年譜

梅崎春生

一九一五年（大正四年）
二月一五日、父建吉郎、母サダの次男として福岡市簀子町（現在の福岡市中央区大手門二丁目）に生まれる。両親とも佐賀の出身。父は陸軍士官学校第十五期出身の歩兵少佐で、当時は福岡二十四聯隊に勤務していた。母は富裕な町家の生まれ。子供の養育については、文人気質の父は放任主義だったが、母の躾が厳しかった。男ばかりの六人兄弟で、長兄と末弟との年齢差は一七歳。

一九二一年（大正一〇年）　六歳
四月、福岡市簀子小学校に入学。成績はクラスで首位を占めたが、体育は苦手だった。

一九二三年（大正一二年）　八歳
父が病気と軍縮のために、少佐のままで退役。

一九二七年（昭和二年）　一二歳
三月、簀子小学校を卒業。四月、福岡市内の修猷館中学校に入学。改造社の円本全集や春陽堂の大衆文学全集を耽読し始める。

一九三二年（昭和七年）　一七歳
三月、修猷館中学校を卒業。四月、熊本の第五高等学校文科甲類に入学。進学は母方の伯父の経済的援助によった。水泳部に入る。同級に西郷信綱、島袋（霜多）正次《せいじ》がおり、二年の理甲には河北倫明《みちあき》、斯波《しば》四郎がいた。

一九三四年（昭和九年）一九歳
二月、同人雑誌〈ロベリスク〉を島袋正次や松本文雄らと創刊して、習作「明日」を発表。三月、怠け癖から二年に進級するとき平均点不足で落第し、木下順二と同級になる。梶井基次郎を愛読する。

一九三六年（昭和一一年）二一歳
三月、第五高等学校を卒業。試験の成績が悪すぎて、卒業を認めるかどうかで教授会が三十分以上にわたって揉めた。四月、東京帝国大学文学部国文科に入学。下宿は大学前の蓬莱荘。六月、島袋正次、永井潔らと同人誌〈寄港地〉を発行し、習作「地図」を発表。自分で勝手に留年した一年を含めて大学での四年間は、何となく教室に出そびれて、講義には殆ど出席しなかった。

一九三七年（昭和一二年）二二歳
幻聴による被害妄想から下宿の婆さんをなぐり留置場に一週間ぶちこまれる。

一九三八年（昭和一三年）二三歳
二月、脳溢血で倒れ半年ほど病床にあった父が死去。享年五八歳。九月、兄の光生に召集令状が届く。この後、母のサダは謡曲や仕舞を教えて生計を維持する。一二月、二週間かけて六〇枚の「風宴」を書きあげる。

一九三九年（昭和一四年）二四歳
三月、「風宴」を浅見淵《ふかし》のもとに持ちこむ。四月、下宿を本郷区台町の東陽館に移す。留年したので伯父に学資をねだりにくくなり、政府外郭団体の東亜研究所の書庫でアルバイトをする。八月、「風宴」が〈早稲田文学〉新人創作特集号に掲載された。

一九四〇年（昭和一五年）二五歳
三月、東京帝国大学文学部国文科を卒業。卒業論文は「森鷗外論」。その範囲を現代小説だけに限定して、詩歌、評論、翻訳、歴史小説、史伝等はいっさい除外した上に、初期文語体の小説も敬遠したので、資料や参考文献は要らず、下書きも用意しないで済んだ。そして提出期限直前の一〇日ほどで八〇枚を書き上げる。就職試験は朝日新聞、毎日新聞、東宝映画、NHKなどを志望したが、すべて不合格。やむなく島袋正次の紹介で東京市教育局教育研究所の雇員となる。給料七〇円。担当は錬成講習の雑務。島袋正次が、召集を受けて出征。

一九四一年（昭和一六年）二六歳

六月、「微生」を同人誌〈炎〉に発表。八月、随筆「一万日」を東京市吏員文化連盟刊の〈文芸先駆〉に発表。太平洋戦争の始まる三日前の一二月五日に、陸軍から召集を受ける。

一九四二年（昭和一七年）二七歳

一月一〇日、対馬重砲隊に入営したが、軽い気管支カタルを肺疾患と誤診され、即日帰郷となる。この時に入営した新兵の中に大西巨人がいた。帰郷後、春まで福岡市外の津屋崎療養所で、あとは自宅で療養する。八月、弟の忠生が中国で〝戦病死〟。秋、東京の職場にもどり、本郷区森川町の太営館に居をかまえて「防波堤」を執筆し、〈生産人〉に丹尾《にお》鷹一《よういち》の筆名で発表。一一月、兄の光生が召集解除となり帰宅。

一九四三年（昭和一八年）二八歳

二月、「防波堤」が『新進小説選集』（昭和一七年度後期版・赤塚書房）に収録される。六月、「不動」を〈東京市職員文芸部雑誌〉1号に発表。一二月、兄の光生が再度の召集を受ける。

一九四四年（昭和一九年）二九歳

三月、徴用を怖れて教育局を辞職し、東京芝浦電気通信工業支社に入る。六月、海軍から召集を受け、佐世保相ノ浦海兵団に入団。予備学生志願を忌避して暗号特技兵となる。

一九四五年（昭和二〇年）三〇歳

兵隊の辛さが身にしみたため、速成の下士官教育を受け、五月、通信科二等兵曹となり、敗戦まで九州の陸上基地を転々とする。八月二六日、復員。九月、上京して、書籍を預けてあった南武線稲田堤の知人宅にころがりこむ。一二月、「桜島」の構想がまとまる。

一九四六年（昭和二一年）三一歳
二月、目黒区柿ノ木坂一五七の八匠衆一《はっしょうしゅういち》宅に転居。創造社に就職して、総合雑誌〈創造〉の編集を手伝ったが、一ヵ月で退職。「桜島」の完成に専念して、書き上げた原稿を雑誌〈新生〉に持ちこむ。だが、浅見淵から近く創刊の同人誌〈素直〉に三〇枚ほどの小説を書いてみないかと勧められ、原稿を取り戻す。四月、浅見淵の紹介で赤坂書店に移る。六月、兄の光生がフィリピンより復員。九月、「桜島」が〈素直〉創刊号に掲載される。一二月、赤坂書店の江口榛一編集長から、もう文筆で食ってゆけるだろうと、ていよく馘首を申し渡される。

一九四七年（昭和二二年）三二歳
一月、山崎恵津と結婚。彼女は実践女子大学国文科の出身で、当時は、雑誌「若草」の編集者。三月、「崖」を〈近代文学〉に、六月、「紐」を〈新小説〉に、九月、「日の果て」を〈思索〉秋季号に、「蜩《ひぐらし》」を〈風雪〉に、一〇月、「行路」を〈不同調〉に、「ある顛末」を〈文芸〉に発表。世田谷区松原町三丁目九五七の椎名麟三宅の近所に転居。二八日、長女史子《ふみこ》が誕生する。一一月、「贋《にせ》の季節」を〈日本小説〉に、一二月、「鬚《ひげ》」を〈文芸大学〉に、「蜆《しじみ》」を〈文学会議〉に、「朽木」を〈文学季刊〉5号に、「麺麭《パン》の話」を〈別冊文芸春秋〉に発表。第一創作集『桜島』を大地書房より刊行。

一九四八年（昭和二三年）三三歳
一月、「飢えの季節」を〈文壇〉に、「握飯の話」を〈花〉に、二月、「埋葬」を〈早稲田文学〉に発表。第二創作集『日の果て』を思索社より刊行。四月、「失われた男」を〈個性〉に、六月、「虚像」を〈人間〉別冊に、「ある男の一日」を〈文体〉に発表。この頃、〈近代文学〉の第二次同人となる。また新日本文学会に加入。八月、「B島風物誌」を〈作品〉に発表。短編集『飢えの季節』を〈新鋭文学選書〉の一冊として講談社より刊行。九月、「輪唱」を〈文芸〉に、「一時期」を〈文芸首都〉に、一〇月、「赤い駱駝《らくだ》」を〈世界〉に発表。一二月、〈序曲〉創刊に際し同人に名を連ねる。短編集『B島風物誌』を河出書房より刊行。

一九四九年（昭和二四年）三四歳

三月、新版『桜島』を月曜書房より刊行。四月、「囚日」を〈風雪〉別冊に、五月、「黄色い日日」を〈新潮〉に、八月、「ルネタの市民兵」を〈文芸春秋〉に、九月、「赤帯の話」を〈文学界〉に発表。「限りなき舞踏」を〈北海道新聞〉〈西日本新聞〉等に連載（同年一二月まで）。一〇月、短編集『ルネタの市民兵』を月曜書房より刊行。

一九五〇年（昭和二五年）三五歳

一月、「ピンポンと日蝕」を〈新潮〉に、「故郷の客」を〈世界〉に、二月、「黒い花」を〈小説新潮〉に、四月、「日時計」を〈群像〉に発表。五月、長編『限りなき舞踏』を小山書店より刊行。六月、「黒い花」で昭和二五年度上半期の直木賞候補となる。七月、「南風」を〈婦人画報〉に連載（翌年六月まで）。「日時計」の続稿を「殺生石」と改題して七・九・一二月号の〈群像〉に断続的に連載（未完）。八月、「無名颱風」を〈別冊文芸春秋〉に翌号まで連載。一一月、「庭の眺め」を〈新潮〉に発表。短編集『黒い花』を月曜書房より刊行。

一九五一年（昭和二六年）三六歳

一月、「破片」を〈文学界〉に、二月、「是好日」を〈改造〉に、四月、「黒い紳士」を

〈文芸春秋〉に、五月、「溶ける男」（上記の「是好日」「黒い紳士」とこの作品とで、連作「莫邪の一日」となる）を〈別冊文芸春秋〉に発表。新潮文庫『桜島』を刊行。二一日、長男知生《ともお》が誕生する。六月、「ある青春」を〈群像〉に、七月、「指」を〈小説公園〉に、八月、「空の下」を〈新潮〉に、「万吉」を〈文芸〉に、九月、「風の街」を〈オール読物〉に、一一月、「山名の場合」を〈新潮〉に発表。このあたりから以後、いわゆる〈市井事もの〉の執筆量が増えてくる。一二月、「零子」で昭和二六年度下半期の直木賞候補となる。

一九五二年（昭和二七年）　三七歳

一月、「Sの背中」を〈群像〉に、三月、「春の月」を〈新潮〉に発表。四月、「幻灯の街」を〈中国新聞〉〈神戸新聞〉〈熊本日日新聞〉など七社の地方新聞に連載（同年九月まで）。五月、「A君の手紙」を〈文学界〉に発表。また、雑誌〈世界〉の依頼でメーデーの見聞記を書くことになり、たまたま人民広場で流血の惨事を目撃する。七月、ルポルタージュ「私は見た」を〈世界〉に、「警官隊について」を〈新日本文学〉に書く。一〇月、「カロ三代」を〈小説新潮〉に、一二月、「服」を〈文芸〉に発表。

一九五三年（昭和二八年）　三八歳

一月、「三日間」を〈新潮〉に発表。〈新文学全集〉の一冊として『梅崎春生集』を河出書房より刊行。二月、「来訪者」を〈小説公園〉に、三月、「犯人」を〈改造〉に、四月、「蟹」を〈明窓〉に、「拐帯者」を〈小説新潮〉に発表。晩春、九州旅行に出かけ、ついでに桜島に行く。五月、「春日尾行」を〈オール読物〉に、「凡人閑居」を〈文学界〉に発表。この「凡人閑居」は、二部構成の連作「A君の手紙」の後半となる。なお、連作前半の「カロと老人」は、既出の「A君の手紙」を改題したもの。六月、「雀荘」を〈群像〉増刊号に、「兆子」を〈小説公園〉に発表。「拐帯者」で昭和二八年度上半期の直木賞候補となる。八月、評論「天皇制について」を〈新潮〉に書き、母から〈軍人の妻として困る〉との厳重なクレームがつく。一〇月、「魚の餌」を〈改造〉に、一一月、「セミの話」を〈小説新潮〉に発表。角川文庫『日の果て・ルネタの市民兵』を刊行。一二月、「奇妙な旅行」を〈小説公園〉に発表。

一九五四年（昭和二九年）三九歳

一月、「その夜のこと」を〈別冊小説新潮〉に、「青春の陽溜り」を〈オール読物〉に、三月、「冬の虹」を〈小説新潮〉に、八月、「ボロ家の春秋」を〈新潮〉に、「突堤にて」を〈文学界〉に、「ニギリ飯と花」を〈オール読物〉に発表。「砂時計」を〈群像〉に連載（翌年七月まで）。九月、「歯」を〈改造〉に、「猫と蟻と犬」を〈小説新潮〉に、一一月、「山伏兵長」を〈文芸〉に、「秋山君の肝臓」を〈小説新潮〉に発表。

一九五五年（昭和三〇年）四〇歳

一月、「古呂小父さん」を〈新潮〉に、「風花の道」を〈小説新潮〉に、「老嬢」を〈小説公園〉に発表。二月、「坐り込み譚」を〈オール読物〉に発表。「ボロ家の春秋」により第三十二回直木賞を受ける。四月、〈昭和名作選〉『ボロ家の春秋』を新潮社より刊行。世田谷区松原町より、練馬区豊玉中二丁目に転居。五月、「人体改造法案」を〈小説新潮〉に発表。六月、短編集『山名の場合』を山田書店より刊行。七月、「紫陽花《あじさい》」を〈文芸〉に連載（同年一〇月まで）。八月、「熊本牧師」を〈新潮〉に、「風早青年」を〈別冊文芸春秋〉に、九月、「十一郎会事件」を〈小説新潮〉に発表。長編『砂時計』を講談社より、短編集『紫陽花』を河出書房より刊行。一〇月、「飯塚酒場」を〈新潮〉に、「弁慶老人」を〈オール読物〉に発表。一一月、短編集『春日尾行』を近代生活社より刊行。『砂時計』により第二回新潮賞を受ける。一二月、「寒い日のこと」を〈世界〉に、「眼鏡の話」を〈文芸春秋〉に、「上里班長」を〈別冊文芸春秋〉に発表。長編『南風』を河出書房より刊行。

一九五六年（昭和三一年）四一歳

一月、「軽犯罪法」を〈小説新潮〉に、二月、「侵入者」を〈新潮〉に発表。三月、「つむじ風」を〈東京新聞〉に連載（同年一一月まで）。メーデー公判第二七九回法廷で被告側証人として証言。四月、「西村少年」を〈別冊文芸春秋〉に発表。「風光る」を〈婦人画報〉に連載（同年一二月まで）。六日、メーデー公判第二八〇回法廷で証言。六月、「鳩と少年」を〈別冊文芸春秋〉に発表。七月、短編集『春の月』を三笠書房より刊行。蓼科高原に出かけ翌月まで貸別荘に居住し、この土地が無性に気に入る。一二月、「時任爺さん」を〈別冊文芸春秋〉に発表。この年、野間宏、武田泰淳、椎名麟三、堀田善衛、中村真一郎らと〈あさって会〉を作る。

一九五七年（昭和三二年）四二歳

一月、「炎天」を〈群像〉に、「尾行者」を〈週刊新潮〉六日号に発表。中編『風光る』を講談社より、随筆集『馬のあくび』を現代社より刊行。二月、角川文庫『ボロ家の春秋』を刊行。三月、「貸し夫」を〈オール読物〉に発表。長編『つむじ風』を角川書店より刊行。四月、「湯たんぽと犬」を〈小説新潮〉に「冬日」を〈文芸春秋〉に発表。短編集『侵入者』を角川書店より刊行。五月、「逆転息子」を〈週刊東京〉に連載（翌年五月まで）。六月、「ポストの嘆き」を〈別冊文芸春秋〉に、「遠雷」を〈小説公園〉に発表。前年の夏に出かけて気に入った蓼科高原に新築の別荘が完成し、以後かならず夏を蓼科で過ごす習慣となる。八月、「阪東医師」を〈新潮〉に、一〇月、「顔序説」を〈群像〉に、「不思議な男」を〈オール読物〉に、「師匠」を〈宝石〉に発表。

一九五八年（昭和三三年）四三歳

一月、「寝ぐせ」を〈オール読物〉に発表。五月、「人も歩けば」を〈北海道新聞〉〈中部日本新聞〉〈西日本新聞〉の三紙に連載（翌年六月まで）。六月、「葬式饅頭」を〈新潮〉に発表。九月、長編『逆転息子』を講談社より刊行。この頃より血圧が上がり、しばしば目まいに襲われる。旧知の広瀬貞雄医師（当時、松沢病院勤務）から鬱状態（不安神経症）と診断され、ズルフォナールによる持続睡眠療法を強く勧められた。しかし治療中は執筆が不可能とわかり、にがにがしい気分でユーモア小説の「人も歩けば」を書き進める。

一九五九年（昭和三四年）四四歳

四月、短編集『拐帯者』を光書房より刊行。五月二一日、広瀬医師の転勤した下谷の近喰《こんじき》病院に入院して、持続睡眠療法を受ける。七月一〇日、軽快退院。その翌日、蓼科の山荘におもむき、一夏を過ごす。八月、長編『人も歩けば』を中央公論社より刊行。一〇月、「神経科病室にて」を〈新潮〉に、一二月、「文学自伝――憂鬱な青春」を〈群像〉に書く。

一九六〇年（昭和三五年）四五歳

一月、「ある失踪」を〈新潮〉に、二月、「モデル」を〈群像〉に、四月、「満員列車」を〈小説新潮〉に発表。随筆「うんとか、すんとか」を〈週刊現代〉に連載（翌年八月まで）。九月、「遠足」を〈新潮〉に、一〇月、「益友」を〈小説新潮〉に発表。

一九六一年（昭和三六年）四六歳

一月、「小さい眼」を〈新潮〉に、「落ちる」

を〈小説新潮〉に発表。随筆「南風北風」を〈西日本新聞〉に連載（四月まで）。三月、「演習旅行」を〈世界〉に、五月、「ウスバカ談義」を〈小説新潮〉に発表。六月、「てんしるちしる」を〈中国新聞〉〈熊本日日新聞〉等に連載（翌年四月まで）。七月、「駅」を〈群像〉に発表。

一九六二年（昭和三七年）　四七歳

一月、「寝顔について」を〈別冊文芸春秋〉に、四月、「孫悟空とタコ」を〈小説新潮〉に、六月、「凡人凡語」を〈新潮〉に、七月、「記憶」を〈群像〉に、八月、「井戸と青葉」を〈小説新潮〉に、一〇月、「最後部処置なし」を〈小説新潮〉に発表。子供とふざけていて転倒し、第十二胸椎圧迫骨折となり難渋する。一一月、「雨女」を〈小説新潮〉に発表。長編『てんしるちしる』を講談社より刊行。

一九六三年（昭和三八年）　四八歳

一月、「雨男」を〈小説新潮〉に発表。「狂い凧」を〈群像〉に連載（五月まで）。三月、「雨男」（続）を〈小説新潮〉に、八月、「熊本弁」を〈新潮〉に発表。蓼科高原の山荘で吐血。九月、「大夕焼」（続）を〈小説新潮〉に発表。『狂い凧』を講談社より刊行。一二月、「仮象」を〈群像〉に発表。夏の吐血後の不摂生がたたって、武蔵野日赤病院に入院。

一九六四年（昭和三九年）　四九歳

一月、「希望」を〈新潮〉に、「八島池の蛙」を〈小説新潮〉に発表。肝臓ガンの疑いで、武蔵野日赤病院から東大病院に転院し、三月まで治療につとめる。二月、「狂い凧」により芸術選奨文部大臣賞を受ける。夏から秋まで、蓼科で静養。一〇月、「留守番綺談」を〈小説新潮〉に、一二月、「やぶれ饅頭」を〈小説新潮〉に発表。

一九六五年（昭和四〇年）　五〇歳

一月、「矢水の花火」を〈小説新潮〉に、二月、「朱色の天」を〈群像〉に、三月、「ふしぎな患者」を〈小説新潮〉に、五月、「年齢」を〈小説新潮〉に、六月、「幻化」を〈新潮〉に発表。七月一九日午後四時五分、肝硬変により東大病院上田内科で急逝。二一日、自宅で無宗教葬。葬儀委員長は椎名麟三。戒名は武田泰淳が〈春秋院幻化転生愛恵居士〉とつけた。八月、「火」が〈新潮〉に、「青春」が〈小説新潮〉に掲載され、遺作小説集『幻化』が新潮社より刊行される。一一月、『幻化』で第十九回毎日出版文化賞を受ける。

一九六六年（昭和四一年）

三月、赤坂書店の編集者時代の「戯詩文七編」が〈文芸〉に掲載される。一〇月、『梅崎春生全集』全七巻が新潮社より刊行（翌年一一月完結）。

この年譜を編むにあたっては『昭和文学全集』第20巻（昭和六二年六月　小学館）所収の古林尚編「梅崎春生」年譜を基に、文芸文庫出版部で纏めた。

著書目録

梅崎春生

【単行本】

桜島　昭22・12　大地書房
日の果て　昭23・2　思索社
飢えの季節　昭23・8　講談社
B島風物誌　昭23・12　河出書房
桜島　昭24・3　月曜書房
ルネタの市民兵　昭24・10　月曜書房
限りなき舞踏　昭25・5　小山書店
黒い花　昭25・11　月曜書房
日の果て（短編集）　昭26・6　雲井書店
ボロ家の春秋　昭30・4　新潮社
山名の場合　昭30・6　山田書店
砂時計　昭30・9　講談社
紫陽花　昭30・9　河出書房
限りなき舞踏　昭30・11　東方社
春日尾行　昭30・11　近代生活社
南風　昭30・12　河出書房
春の月　昭31・7　三笠書房
風光る　昭32・1　講談社
馬のあくび　昭32・1　現代社
つむじ風　昭32・3　角川書店
侵入者　昭32・4　角川書店
逆転息子　昭33・9　講談社
拐帯者　昭34・4　光書房
人も歩けば　昭34・8　中央公論社
てんしるちしる　昭37・11　講談社
狂い凧　昭38・9　講談社

幻化　昭40・8　新潮社
幻化　昭46・7　晶文社
ウスバカ談義　昭49・2　番町書房
梅崎春生随筆集　昭49・3　五月書房
幻化　昭58・1　福武書店

【全集】

梅崎春生全集　全7巻　昭41・10〜42・11　新潮社
梅崎春生全集　全7巻・別巻1　昭59・5〜63・11　沖積舎
梅崎春生兵隊名作選　全2巻　昭53・11　光人社
新文学全集『梅崎春生集』　昭28　河出書房
昭和文学全集29　昭29　角川書店
文芸推理小説選集2　昭32　文芸評論社
現代日本文学全集82　昭33　筑摩書房
現代長編小説全集『大岡昇平・梅崎春生集』28　昭34　講談社
新選現代日本文学全集　昭34　筑摩書房
新日本文学全集7　昭38　集英社
日本文学全集62　昭39　新潮社
日本現代文学全集98　昭40　講談社
現代文学大系51　昭42　筑摩書房
現代日本の文学38　昭46　学習研究社
現代日本文学大系80　昭46　筑摩書房
新潮日本文学41　昭48　新潮社
新潮現代文学26　昭56　新潮社
昭和文学全集20　昭62　小学館
ちくま日本文学全集44　平4　筑摩書房
梅崎春生作品集全2巻　平16〜17　沖積舎

【文庫】

桜島・日の果て・幻化　平元　文芸文庫
（解=川村湊　案　著=古林尚）

ボロ家の春秋（解＝菅野　平12　文芸文庫
昭正　年　著＝古林尚）
狂い凧（解＝戸塚麻子　年　平25　文芸文庫
著＝古林尚）

【文庫】は本書初刷刊行日現在の各社最新版「解説目録」に記載されているものに限った。
（　）内の略号は、解＝解説、案＝作家案内、年＝年譜、著＝著書目録を示す。

（作成・古林尚）

本書は、一九七四年五月書房刊『梅崎春生随筆集』（一九五七年現代社刊『馬のあくび』が原本となっています。）を底本とし、明らかな誤りは訂正し、多少ふりがなを調整しました。また、底本にある表現で、今日からみれば不適切と思われるものがありますが、作品が書かれた当時の時代背景と作品の価値および著者が故人であることなどを考慮し、あえて発表時のままといたしました。よろしくご理解くださるようお願いいたします。

悪酒《あくしゅ》の時代《じだい》　猫《ねこ》のことなど
梅崎春生《うめざきはるお》随筆集《ずいひつしゅう》

梅崎春生《うめざきはるお》

二〇一五年一二月一〇日第一刷発行
二〇二二年七月五日第二刷発行

発行者——鈴木章一
発行所——株式会社　講談社
東京都文京区音羽2・12・21　〒112-8001
電話　編集（03）5395・3513
　　　販売（03）5395・5817
　　　業務（03）5395・3615

デザイン——菊地信義
印刷——株式会社KPSプロダクツ
製本——株式会社国宝社
本文データ制作——講談社デジタル製作

定価はカバーに表示してあります。

講談社
文芸文庫

ISBN978-4-06-290290-8

講談社文芸文庫

青木淳選—建築文学傑作選	青木 淳——解
青山二郎—眼の哲学|利休伝ノート	森 孝一——人／森 孝一——年
阿川弘之—舷燈	岡田 睦——解／進藤純孝—案
阿川弘之—鮎の宿	岡田 睦——年
阿川弘之—論語知らずの論語読み	高島俊男—解／岡田 睦——年
阿川弘之—亡き母や	小山鉄郎—解／岡田 睦——年
秋山駿——小林秀雄と中原中也	井口時男—解／著者他——年
芥川龍之介-上海游記|江南游記	伊藤桂一—解／藤本寿彦—年
芥川龍之介 谷崎潤一郎-文芸的な、余りに文芸的な|饒舌録ほか 芥川vs.谷崎論争 千葉俊二編	千葉俊二—解
安部公房—砂漠の思想	沼野充義—人／谷 真介——年
安部公房—終りし道の標べに	リービ英雄-解／谷 真介——案
安部ヨリミ-スフィンクスは笑う	三浦雅士—解
有吉佐和子-地唄|三婆 有吉佐和子作品集	宮内淳子—解／宮内淳子—年
有吉佐和子-有田川	半田美永—解／宮内淳子—年
安藤礼二—光の曼陀羅 日本文学論	大江健三郎賞選評-解／著者——年
李良枝——由煕|ナビ・タリョン	渡部直己—解／編集部——年
石川淳——紫苑物語	立石 伯——解／鈴木貞美—案
石川淳——黄金伝説|雪のイヴ	立石 伯——解／日高昭二—案
石川淳——普賢|佳人	立石 伯——解／石和 鷹——案
石川淳——焼跡のイエス|善財	立石 伯——解／立石 伯——年
石川啄木—雲は天才である	関川夏央—解／佐藤清文—年
石坂洋次郎-乳母車|最後の女 石坂洋次郎傑作短編選	三浦雅士—解／森 英一——年
石原吉郎—石原吉郎詩文集	佐々木幹郎-解／小柳玲子—年
石牟礼道子-妣たちの国 石牟礼道子詩歌文集	伊藤比呂美-解／渡辺京二—年
石牟礼道子-西南役伝説	赤坂憲雄—解／渡辺京二—年
磯﨑憲一郎-鳥獣戯画|我が人生最悪の時	乗代雄介—解／著者——年
伊藤桂一—静かなノモンハン	勝又 浩——解／久米 勲——年
伊藤痴遊—隠れたる事実 明治裏面史	木村 洋——解
稲垣足穂—稲垣足穂詩文集	高橋孝次—解／高橋孝次—年
井上ひさし-京伝店の烟草入れ 井上ひさし江戸小説集	野口武彦—解／渡辺昭夫—年
井上靖——補陀落渡海記 井上靖短篇名作集	曾根博義—解／曾根博義—年
井上靖——本覚坊遺文	高橋英夫—解／曾根博義—年
井上靖——崑崙の玉|漂流 井上靖歴史小説傑作選	島内景二—解／曾根博義—年

▶解=解説 案=作家案内 人=人と作品 年=年譜を示す。 2022年6月現在

講談社文芸文庫

柄谷行人 ―柄谷行人対話篇Ⅰ 1970-83
柄谷行人 ―柄谷行人対話篇Ⅱ 1984-88
河井寛次郎-火の誓い　河井須也子-人／鷺 珠江――年
河井寛次郎-蝶が飛ぶ 葉っぱが飛ぶ　河井須也子-解／鷺 珠江――年
川喜田半泥子-随筆 泥仏堂日録　森 孝――解／森 孝――年
川崎長太郎-抹香町|路傍　秋山 駿――解／保昌正夫―年
川崎長太郎-鳳仙花　川村二郎――解／保昌正夫―年
川崎長太郎-老残|死に近く 川崎長太郎老境小説集　いしいしんじ-解／齋藤秀昭―年
川崎長太郎-泡|裸木 川崎長太郎花街小説集　齋藤秀昭―解／齋藤秀昭―年
川崎長太郎-ひかげの宿|山桜 川崎長太郎「抹香町」小説集　齋藤秀昭―解／齋藤秀昭―年
川端康成 ―一草一花　勝又 浩――人／川端香男里-年
川端康成 ―水晶幻想|禽獣　高橋英夫―解／羽鳥徹哉―案
川端康成 ―反橋|しぐれ|たまゆら　竹西寛子―解／原 善――案
川端康成 ―たんぽぽ　秋山 駿――解／近藤裕子―案
川端康成 ―浅草紅団|浅草祭　増田みず子-解／栗坪良樹―案
川端康成 ―文芸時評　羽鳥徹哉―解／川端香男里-年
川端康成 ―非常|寒風|雪国抄 川端康成傑作短篇再発見　富岡幸一郎-解／川端香男里-年
上林暁 ――聖ヨハネ病院にて|大懺悔　富岡幸一郎-解／津久井 隆―年
木下杢太郎-木下杢太郎随筆集　岩阪恵子―解／柿谷浩一――年
木山捷平 ―氏神さま|春雨|耳学問　岩阪恵子―解／保昌正夫―案
木山捷平 ―鳴るは風鈴 木山捷平ユーモア小説選　坪内祐三―解／編集部――年
木山捷平 ―落葉|回転窓 木山捷平純情小説選　岩阪恵子―解／編集部――年
木山捷平 ―新編 日本の旅あちこち　岡崎武志―解
木山捷平 ―酔いざめ日記
木山捷平 ―[ワイド版]長春五馬路　蜂飼 耳――解／編集部――年
清岡卓行 ―アカシヤの大連　宇佐美 斉―解／馬渡憲三郎-案
久坂葉子 ―幾度目かの最期 久坂葉子作品集　久坂部 羊―解／久米 勲――年
窪川鶴次郎-東京の散歩道　勝又 浩――解
倉橋由美子-蛇|愛の陰画　小池真理子-解／古屋美登里-年
黒井千次 ―たまらん坂 武蔵野短篇集　辻井 喬――解／篠崎美生子-年
黒井千次選-「内向の世代」初期作品アンソロジー
黒島伝治 ―橇|豚群　勝又 浩――人／戎居士郎―年
群像編集部編-群像短篇名作選 1946～1969
群像編集部編-群像短篇名作選 1970～1999

講談社文芸文庫

講談社文芸文庫

種田山頭火	山頭火随筆集	村上 護——解／村上 護——年
田村隆一	腐敗性物質	平出 隆——人／建畠 晢——年
多和田葉子	ゴットハルト鉄道	室井光広—解／谷口幸代—年
多和田葉子	飛魂	沼野充義—解／谷口幸代—年
多和田葉子	かかとを失くして｜三人関係｜文字移植	谷口幸代—解／谷口幸代—年
多和田葉子	変身のためのオピウム｜球形時間	阿部公彦—解／谷口幸代—年
多和田葉子	雲をつかむ話｜ボルドーの義兄	岩川ありさ-解／谷口幸代—年
多和田葉子	ヒナギクのお茶の場合｜海に落とした名前	木村朗子—解／谷口幸代—年
多和田葉子	溶ける街 透ける路	鴻巣友季子-解／谷口幸代—年
近松秋江	黒髪｜別れたる妻に送る手紙	勝又 浩——解／柳沢孝子—案
塚本邦雄	定家百首｜雪月花(抄)	島内景二—解／島内景二—年
塚本邦雄	百句燦燦 現代俳諧頌	橋本 治——解／島内景二—年
塚本邦雄	王朝百首	橋本 治——解／島内景二—年
塚本邦雄	西行百首	島内景二—解／島内景二—年
塚本邦雄	秀吟百趣	島内景二—解
塚本邦雄	珠玉百歌仙	島内景二—解
塚本邦雄	新撰 小倉百人一首	島内景二—解
塚本邦雄	詞華美術館	島内景二—解
塚本邦雄	百花遊歴	島内景二—解
塚本邦雄	茂吉秀歌『赤光』百首	島内景二—解
塚本邦雄	新古今の惑星群	島内景二—解／島内景二—年
つげ義春	つげ義春日記	松田哲夫—解
辻 邦生	黄金の時刻の滴り	中条省平—解／井上明久—年
津島美知子	回想の太宰治	伊藤比呂美-解／編集部——年
津島佑子	光の領分	川村 湊——解／柳沢孝子—案
津島佑子	寵児	石原千秋—解／与那覇恵子-年
津島佑子	山を走る女	星野智幸—解／与那覇恵子-年
津島佑子	あまりに野蛮な 上・下	堀江敏幸—解／与那覇恵子-年
津島佑子	ヤマネコ・ドーム	安藤礼二—解／与那覇恵子-年
坪内祐三	慶応三年生まれ 七人の旋毛曲り 漱石・外骨・熊楠・露伴・子規・紅葉・緑雨とその時代	森山裕之—解／佐久間文子-年
鶴見俊輔	埴谷雄高	加藤典洋—解／編集部——年
寺田寅彦	寺田寅彦セレクション I 千葉俊二・細川光洋選	千葉俊二—解／永橋禎子—年

講談社文芸文庫

寺田寅彦 ── 寺田寅彦セレクション Ⅱ 千葉俊二・細川光洋選　細川光洋──解
寺山修司 ── 私という謎 寺山修司エッセイ選　川本三郎──解／白石 征──年
寺山修司 ── 戦後詩 ユリシーズの不在　小嵐九八郎-解
十返肇 ──「文壇」の崩壊 坪内祐三編　坪内祐三──解／編集部──年
徳田球一
志賀義雄 ── 獄中十八年　鳥羽耕史──解
徳田秋声 ── あらくれ　大杉重男──解／松本 徹──年
徳田秋声 ── 黴｜爛　宗像和重──解／松本 徹──年
富岡幸一郎 - 使徒的人間 ―カール・バルト―　佐藤 優──解／著者──年
富岡多恵子 - 表現の風景　秋山 駿──解／木谷喜美枝-案
富岡多恵子編 - 大阪文学名作選　富岡多恵子-解
土門拳 ── 風貌｜私の美学 土門拳エッセイ選 酒井忠康編　酒井忠康──解／酒井忠康──年
永井荷風 ── 日和下駄 一名 東京散策記　川本三郎──解／竹盛天雄──年
永井荷風 ──［ワイド版］日和下駄 一名 東京散策記　川本三郎──解／竹盛天雄──年
永井龍男 ── 一個｜秋その他　中野孝次──解／勝又 浩──案
永井龍男 ── カレンダーの余白　石原八束──人／森本昭三郎-年
永井龍男 ── 東京の横丁　川本三郎──解／編集部──年
中上健次 ── 熊野集　川村二郎──解／関井光男──案
中上健次 ── 蛇淫　井口時男──解／藤本寿彦──年
中上健次 ── 水の女　前田 塁──解／藤本寿彦──年
中上健次 ── 地の果て 至上の時　辻原 登──解
中川一政 ── 画にもかけない　高橋玄洋──人／山田幸男──年
中沢けい ── 海を感じる時｜水平線上にて　勝又 浩──解／近藤裕子──案
中沢新一 ── 虹の理論　島田雅彦──解／安藤礼二──年
中島敦 ── 光と風と夢｜わが西遊記　川村 湊──解／鷺 只雄──案
中島敦 ── 斗南先生｜南島譚　勝又 浩──解／木村一信──案
中野重治 ── 村の家｜おじさんの話｜歌のわかれ　川西政明──解／松下 裕──案
中野重治 ── 斎藤茂吉ノート　小高 賢──解
中野好夫 ── シェイクスピアの面白さ　河合祥一郎-解／編集部──年
中原中也 ── 中原中也全詩歌集 上・下 吉田凞生編　吉田凞生──解／青木 健──案
中村真一郎 - この百年の小説 人生と文学と　紅野謙介──解
中村光夫 ── 二葉亭四迷伝 ある先駆者の生涯　絓 秀実──解／十川信介──案
中村光夫選 - 私小説名作選 上・下 日本ペンクラブ編
中村武羅夫 - 現代文士廿八人　齋藤秀昭──解